ディアローグ
デュラス/ゴダール全対話
DURAS/GODARD DIALOGUES

マルグリット・デュラス×ジャン＝リュック・ゴダール

シリル・ベジャン＝編
福島 勲＝訳

読 書 人

Marguerite DURAS and Jean-Luc GODARD : "DIALOGUES"
Introduction, notes and postface by Cyril BÉGHIN

目次

凡例

- 原則として、原語の斜体は傍点、大文字で始まる語は〈　〉、中略記号の[…]は[…]で表記し、文末の「…」、「!」、「?」は、日本語として不自然でない範囲で原文の通りとした。
- 原書の編者による脚註は◆を付して見開き左頁に配置し、本文内の(　)や[　]、対話の間に入る「中断」や「…」も原著の通りとした。訳註は〔　〕内に表記した。
- 引用文献については、邦訳が存在しない場合、原語のまま表記した(ただし、映画タイトル・紙誌名については日本語訳したものもある)。邦訳が存在する場合、邦訳の該当箇所を示した上で〔　〕内に原語の出典を記した。
- 引用文については、可能な限り既訳を利用したが、訳出上の都合で加筆・変更を行っている場合がある。また、引用が長大になる場合は既訳を参考にしつつ独自に訳出した。いずれの場合も邦訳の該当箇所を示してある。

はじめに

本書は、マルグリット・デュラスとジャン=リュック・ゴダールによる三回の対話《ディアローグ》を載録している。彼らの人生における例外的状況とも言えるこの邂逅は、一九七九年一〇月（ゴダールの映画『勝手に逃げろ／人生』の撮影時）の第一の対話に始まり、一九八〇年九月ないし一〇月（近親相姦をめぐる映画の企画時）の第二の対話を経由し、一九八七年一二月（テレビ番組〈オセアニック〉収録時）の第三の対話によって幕を閉じる。それは作家デュラスと映画作家ゴダールとの本質的な関係であると同時に、限られた短い歴史でもある。ゴダールは一九九七年のインタビューで、デュラスとは「二、三年ぐらい付き合いがあった」[1]と言っている。まるで彼の映画の題名『彼女について私が知っている二、三の事柄』のもじりである。数年間、二人の人生は交差し、お互いの思考を深める「二、三の事柄」を取り交わす。第二の対話のタイミ

◆1…「マルグリット・デュラスとは二、三年ぐらい付き合いがあった」（「本と私」（ピエール・アスリーヌによるインタビュー、『リール』誌、第二五五号、一九九七年五月）、ジャン=リュック・ゴダール『ゴダール全評論・全発言 III 1984-1998』奥村昭夫訳、筑摩書房、一九九八年、七一二頁［« Les livres et moi », entretien avec Jean-Luc Godard par Pierre Assouline, *Lire* n° 255, mai 1997, repris in *Jean-Luc Godard par Jean-Luc Godard*, t. II, Éditions de l'Étoile/Cahiers du cinéma, 1998, p. 437］）。

ングが、両者がそれぞれ映画についての省察集――デュラスは『緑の眼』、ゴダールは『ゴダール　映画史(全)』――を出版した後だったのは偶然ではない。実際、対話では、これらの著作を貫く問題意識のほぼすべてが出そろっている。書かれた言葉と映像《イメージ》との関係、さまざまな理由によって表象不可能と判断されているもの(強制収容所や近親相姦)の表象、子供時代やテレビについての考察。それに両者に共通する情熱の深さ、自分の作品と文字通り一体化しているあり方、作品を語るときに発露される驚くべき叙情性、また、その合間にはさまれるドライでアイロニカルなコメント。二人はある確信にもとづいて、歴史を辿り直し、モーゼ、ルソー、フォークナー、サルトルを次々に呼び出していく。

　彼らの遭遇地点は明白である。物書きデュラスは映画作家でもあるし、映画作家ゴダールは初期作品から、文学、書き物《エクリ》、言葉《パロール》への偏愛を示している。だから「あらゆるものがその反対を主張するとしても、ゴダールは映画作家の中でもっとも物書き的である」[◆2]とまで言われるのだ。その一方、デュラスも映像《イメージ》は信用できないと言いながら映画を作り、テクストを現前させる方法、すなわち、テクストの喚起力と、ほとんどないしはまったく説明的ではない、脈絡を欠いたわずかな動きしかないショットの喚起力とを結びつける方法を探求し続ける。それゆえ、デュラスは撮るごとに、サウンドトラックとショットとが分離していく。無人の、反復的な映像が多用されるばかりか、ときには『大西洋の男』(一九八一年)の黒画面のように、映像の不在そのものが映し出される。そこに流れるのは連祷《れんとう》のようなオフの声である。映像全体が、テクストが描写し暗示するものを受け入れ、増幅させる容器となっている。「映像において、私たちは完全に書いている。撮影された一切の空間が書かれている。それは本の空間の百倍にもなる」[◆3]。

ゴダールもまた、映像と言葉を親密に結びつける方法を探求している。ただし、彼の場合、物に対する名前の優位、役者や演技に対する演出の優位、映画に対するシナリオの優位を打ち砕くことによってである。『パッション』(一九八二年)では、登場人物の一人がこうつぶやく。「見なければ書くことはできず」、その逆はない。しかし「それを語る前にものを見ることは難しい」。それゆえ、ゴダールはスクリーンの中に語をはめ込む。言葉《パロール》、音楽、ノイズ。それらはリミックスされ、しまいには区別がつかなくなる。引用も素材と化し、反復され、断片化され、意味を歪められていく。最新作『さらば、愛の言葉よ』(二〇一四年)のフランス語原題である「さらば、言葉《ランガージュ》よ」という文句は、言葉の消滅ではなく、身体性への、映像の物質性の中への散逸である。この散逸は、短編ビデオ作品『言葉の力』における天使たちのおしゃべりの主題でもある。天使たちは互いに問いあう。「言葉は一語一語が大気に与える運動ではないでしょうか?」。一九八八年に制作されたこの短編は、本書に載録したデュラス

◆**2**…Raymond Bellour, « L'autre cinéaste : Godard écrivain », *L'entre-images* 2, P.O.L, 1999, p. 127.

◆**3**…マルグリット・デュラス/ミシェル・ポルト『マルグリット・デュラスの世界』舛田かおり訳、青土社、一九八五年、一七七頁[Marguerite Duras, Michelle Porte, *Les Lieux de Marguerite Duras*, Les Éditions de Minuit, 1977, p. 91]。

との最後の対話の直後に作られている。それはまるで最後の対話の真の結論であるかのようだ。作品は火山の爆発と激流の映像とがものすごいスピードで入れ替わるモンタージュの反復で終わる。しかも、サウンドトラックには、ボブ・ディランの《ホェン・ヒー・リターンズ》、レナード・コーエンの《テイク・ディス・ワルツ》と、シュトラウス、ベートーヴェン、ラヴェルの最高潮のフレーズがミキシングされている。水、火、声とオーケストラとが融合し、破滅的かつ原初的なマグマとなり、デュラスが初めて全編を監督した作品となる『破壊しに、と彼女は言う』(一九六九年)の結末と響きあう。この作品でも、いくつかの長い対話のあと、バッハのフーガと爆撃音とが混ぜ合わされている。ただし、このリミックスの場面でデュラスが画面に映し出すのは、静かな森と不動の人物のシルエットだけである。

デュラスとゴダールの三回の対話には、また別のやり取りが隠されている。伝統的な配給スタイルから距離を取り、政治的な作品と実験的なビデオ作品に十年を費やしていたゴダールは、一九八〇年代、より近づきやすい映画の制作に回帰する。ゴダール本人の弁によれば「映画における第二の人生」[4]である。それと同時期、十年以上にわたって映画に関係するテクストばかり書いていたデュラスもまた、映画制作とは関係ない作品の執筆に回帰する。『愛人 ラマン』(一九八四年)の文学的成功は彼女の映画作家としての活動の終点と一致している。彼女の最後の映画作品は一九八五年制作の『子供たち』である。彼らの対話は、まさしくこうした彼ら自身の変化の時期と重なっている。ゴダールが対談に応じたのは、自分が決してなれなかった物書きに質問をぶつけるためである。デュラスが対談に応じたのは、彼女にとって「世界の映画作家の中でもっとも偉大な触媒」であるとともに、彼女が手を切ろうとしている芸術分野において彼女が認めるわずかな人々の中でももっとも優れた映画作家と対峙するためである。しかも、対話しながら明らかになったのは、言葉と映像の交差という同じ問題意識を共有する他の映画作家を二人ともほぼ誰も知らないということだった。一九八七年の対話では、フィリップ・ガレル、ジャン・ユスターシュの名をゴダールは即座に挙げたが、ジャン゠マリー・ストローブとダニエル・ユイレ、シャンタル・アケルマンやハンス゠ユルゲン・ジーバーベルクの名前は出なかった。それは二人の輝ける孤立の証しであると同時に、美学的な後退の証しでもある。映像と音のラディカルな分離に立脚した偉大な作品群が作られた時代は終焉しつつある。ただ、ゴダールとストローブ゠ユイレだけが、この道を今日も追求し続けている〔ダニエル・ユイレは二〇〇六年没〕。デュラスとゴダールによる三回の対話という例外的状況は、こうした作品群の後退期と一致している。それゆえ、これらの対話は、こうした作品群を支えていた思考のもっとも優れた証言の一つでもあるのだ。

シリル・ベジャン

◆4…ジャン゠リュック・ゴダール『ゴダール全評論・全発言 II 1967-1985』奥村昭夫訳、筑摩書房、一九九八年、二八四頁〔*Jean-Luc Godard par Jean-Luc Godard*, t. I, Éditions de l'Étoile/Cahiers du cinéma, 1985, p. 449〕を参照。

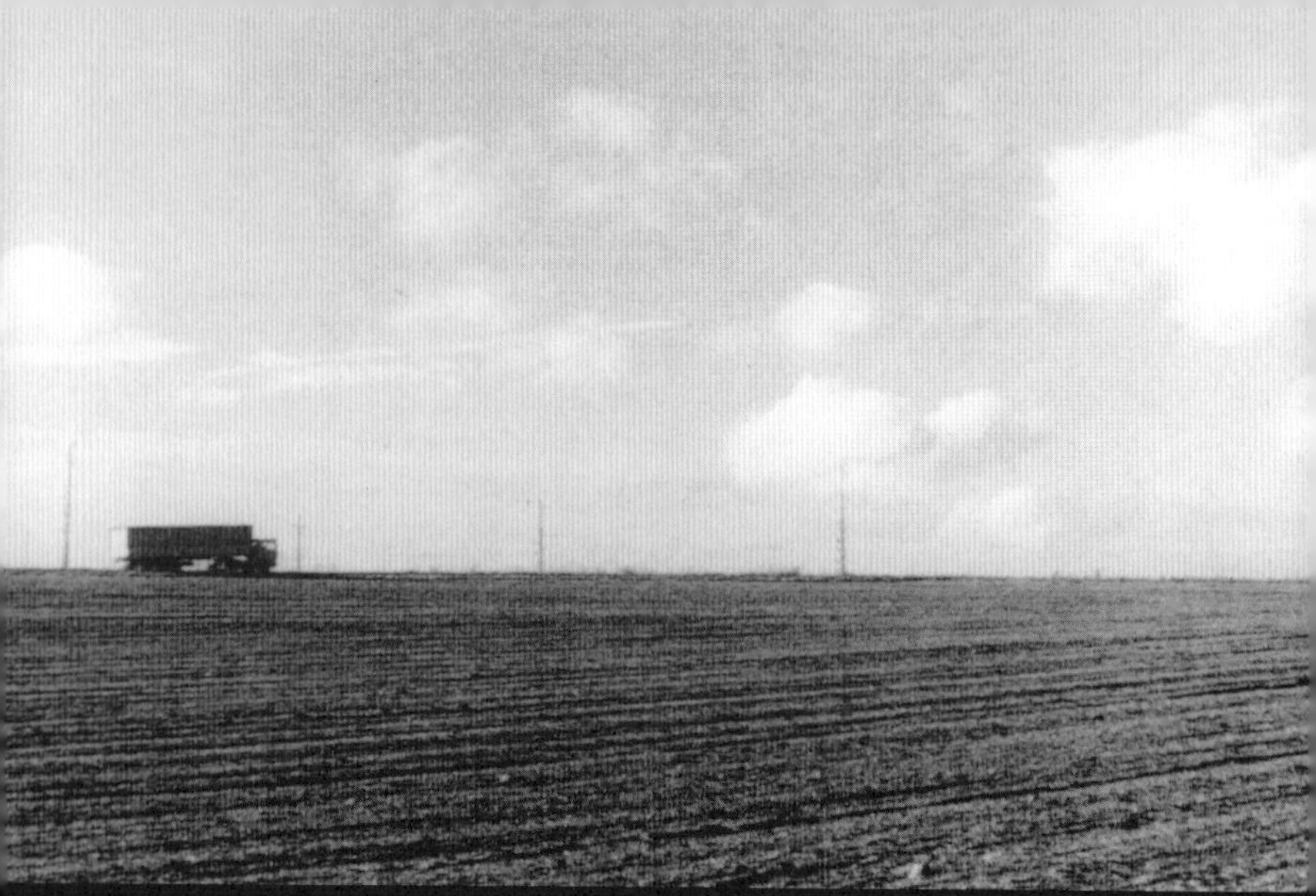

『トラック』*Le Camion*
写真（左）はジェラール・ドパルデューと
マルグリット・デュラス
写真協力：公益社団法人川喜多記念映画文化財団

1979年の対話

一九七九年秋、ジャン＝リュック・ゴダールは『勝手に逃げろ／人生』を、一九七七年以降の居住国であるスイスで撮影する。同年一〇月、ゴダールはマルグリット・デュラスを、その映画の一シーンに出演させるために呼びよせる。しかしデュラスは撮影されることを拒み、ゴダールは彼女との対話を録音する。そしてそのいくつかの言葉があるシークェンスの音声モンタージュに使用された。一時間にわたる彼らの会話は、ＩＭＥＣ（フランス現代出版史資料館）のマルグリット・デュラス資料に録音のコピーが保存されており、その文字起こしの全文は以下の通りである。この対話は、したがって、二人の出会いの証言記録というだけでなく、『勝手に逃げろ／人生』の「没テイク《シュット》」を考えるための材料でもある。

一九七九年から一九八〇年への変わり目は、ゴダールにとって極めて活動的な時期だった。商業映画として配給される作品に回帰するために、『勝手に逃げろ／人生』の撮影時期に、フランシス・フォード・コッポラの援助を受けて、アメリカ資本で映画『ザ・ストーリー』の制作を試みている。ただし、この企画は結局失敗に終わる。また、自ら責任編集した『カイエ・デュ・シネマ』第三〇〇号（一九七九年五月出版）を完成させた直後にもかかわらず、講演を集めた大部の『ゴダール 映画史（全）』（一九八〇年出版）にも着手している。一方、デュラスにとってもこの時期は重要だった。これほど旺盛に制作する映画作家は稀である。

『船舶ナイト号』（一九七八年）の制作に続いて、一九七九年には『セザレ』、『陰画の手』、『オーレリア・シュタイナー、メルボルン』、『オーレリア・シュタイナー、ヴァンクーヴァー』の短編四本が制作される。最初の二つは『船舶ナイト号』の没テイク（作品のために撮影されたものの使われなかったショット）を編集して制作されている。映像とオフの声と言われるものの分離や、映像とテクストが偶発的ないしは幻覚のように一瞬だけ一致するというアイデアは短編作品でもっとも押し進められている。これらの五つの映画のオフの声のテクストは、一九七九年末にメルキュール・ド・フランス社から一冊の書物として出版される。

ゴダールが『勝手に逃げろ／人生』にデュラスを出演させようとしたのは、二年先に制作されたデュラスの『トラック』が念頭にあったからである。『トラック』では、映像の中を「通り過ぎる言葉《パロール》」の具体的なメタファーとしてセミトレーラーが使われている。スター俳優ジェラール・ドパルデューを出演させながらも、その動きとセリフをほとんど封じ、条件法過去〔英語の仮定法に似た叙法〕で発話させているのを見れば、テクストと映像の関係、俳優たちとの共同作業、作品を不可能性の具現化とみなす考え方について、デュラスとゴダールに共通の問題意識があることがわかる。その約二十年後、ゴダールは『フランス映画の二×五〇年』（一九九五年）で、『トラック』の次のやり取りを再び引用している。「映画になっただろうかって？　映画よ、もちろん」。

彼らの出会いから数ヶ月後、デュラスは『緑の眼』の中で自分のローザンヌ滞在について語っている。「〔ゴダールは〕私を学校に連れて行った。リクリエーションの時間だったか、新学期だったか、もう覚えてないけれど、生徒たちが通る木の階段の下だったわ。会見はそこで行われた。彼が言っていることを私は一語も理解できなかった。彼も私の言っていることを一語たりとも理解できていなかった。学校がバカみたいにうるさかったけれど、そのせいだけではなかったと思う。だけど、そんなことはどうでもいい。それは一つの出会いだった。最後に、彼は笑って、私に言った。『パリからわざわざ来てもらったのに、こんな場所で話をすることになるなんてさ』。その後、お互いにもっと知り合えたように思うし、彼に友情も感じていた。それまで彼と私は、映画において、正反対の問題を抱えていたのだと思う。とくに、テクストと映像の関係についてね。しかし、それも本当のところはどうだったのかはわからない。多分、違うのかもしれない。彼の言い分もあるしね。ゴダールがそれについて何か言ってたらの話だけど。それから学校を後にして、街を走行中の車内で録音をした。そのテープを聞いてみたの。ところどころ、赤信号で停まっているときね、何を言っているかかなりよくわかるところがあった。ローザンヌの街の建物から建物へと渡された空中歩道橋についての面白いやりとりがあったような気がする。私はそれらが美しいわねと言ったの。ゴダールはあの歩道橋から飛び降りる人が沢山いるんだと言ったわ。私は自殺用にわざわざ作られたみたいだと言った。彼は全くその通りだと答えた」〔引用は拙訳。邦訳該当箇所は『緑の眼』小林康夫訳、河出書房新社、一九九八年、四七－四八頁〕。

ジャン=リュック・ゴダール（以下、**ゴダール**）　もしテレビで何かしてくださいと言ったら、引き受けてくれますか。

マルグリット・デュラス（以下、**デュラス**）　あなたの頼みならね。いいわよ。

ゴダール❖　「あなたの頼みなら」というのはどういう意味ですか。それはつまり、ぼくのことを知っているということですか。

デュラス⊙　あなたを知っていることと、あなたの映画を観ていることは同じことでしょ。

ゴダール❖　とはいえ最近はもう映画はあまり作ってないのです……。◆1

デュラス⊙　最近はね。でも、前に作ったやつがあるじゃない。

ゴダール❖　私たちはまるで敵同士の姉弟みたいだ。だって、非があるのは自分だとわかっているのですが、ぼくはエクリチュールが大嫌いなんです。エクリチュール自体というよりも、それがやってくる瞬間が嫌いなのです。それは頭にこびりついてしまう……。だけど、エクリチュールがなかったらあなたはどうします？　ちなみに、エクリチュールと呼べばいいのかテクストと呼んだらいいのかわからないのですが……。

◆1…一九七八年春、十二部に分かれた実験映画「二人の子どもフランス漫遊記」をテレビ局Antenne2のために完成させたあと、ジャン=リュック・ゴダールは、ビデオでも映画でも、さまざまな企画の失敗を経験している。マルグリット・デュラスとのこの対談のときには、一九七六年夏にFR3でテレビ放送された別のシリーズ『6×2』以来、何も発表していない時期だった。

デュラス⦿ 書き物《エクリ》って言ってるわ。テクストないしは書き物ね。

ゴダール❖ どちらにしたって映像が、少しは必要となる……。

デュラス⦿ スクリーンでは二つとも必要だと思うわよ。ただし、わたしが「言葉の広がり」とでも言うべきものを邪魔しないという条件でね。一般的に言って、あらゆる、もしくはほとんどの映像はテクストの邪魔をする。映像がテクストを聞こえなくしてしまうのよ。私が欲しいのは、テクストの自由な通行を妨げないような映像。私にとって問題はこれに尽きる。だから、『インディア・ソング』はオフの声で作ったのよ。[◆2]

ゴダール❖ テクストを自由に通行させるものは、テクストを運ぶものということでもいいですか。船が積荷を運んでいくように？

デュラス⦿ そう、トラックが積荷を運んでいくように。[◆3] しかし、私にとって、映画はあってなきがごときものよ。映画は存在しないってよく言っているわ。

ゴダール❖ どうにかこうにか存在している？ それとも、ほとんど存在するかしないか？

デュラス⦿ ほとんど存在するかしないかよ。どうにかこうにかでも存在しているとは思えないわ。

◆2…『インディア・ソング』（一九七五年）の撮影のとき、カメラを回しながら、デュラスは沈黙した俳優たちにテクストを読む自分自身の声を聞かせていた。この声はリハーサル時と、一九七四年四月にフランス・キュルチュールのために制作され、同年十一月に放送された〈創作教室〉の際に録音されたものだった（映画自体は七月の終わりから八月の初めに撮影された）。撮影は同時録音ではなかったので、デュラスは音楽も聞かせながら、演技の指示を出していた。それはセット内で行われる予備ミキシングの様相を呈し

ていた。「こんな風に撮影したのはこの一度きりだった。映像を撮るとき、テープレコーダーは三つあった。一つは音楽用であり、一つはリハーサル時に録音した台詞の再生用であり、一つは私が話し、秒を数えるためのものだった」（革命共産主義同盟（LCR）の週刊誌『ルージュ』一九七七年二月一一日号のインタビュー。Jean Vallier, *C'était Marguerite Duras. t. II, 1946-1996*, Fayard, 2010, p. 680に再録）。これらはデュラスが「俳優の無人化」と呼ぶものや、「言葉の領域」への開口部に接近するための方法である。「ほらわかるでしょう。彼らが話し、そして自分自身の声を聞くとき、言葉は無限に多く反響していくのよ。つまり、彼らがそれを言うことを期待されているのと同時に、まさしく厳密に同じ瞬間に、彼らは別のことを言っているかのようなのよ。領域が開く。言葉の領域が無限に大きく開いていくのよ」（« Dépossédée », entretien de Marguerite Duras avec Xavière Gauthier, *in* Marguerite Duras, Jacques Lacan et al. *Marguerite Duras*, coll. « ça/Cinéma », Albatros, 1975）。『インディア・ソング』に見られる「無人化」については、とりわけマルグリット・デュラス／ドミニク・ノゲーズ『デュラス、映画を語る』（岡村民夫訳、みすず書房、二〇〇三年、六九－八〇頁［*La Couleur des mots*, Benoît Jacob, 2001, p. 78-88］）のインタビューで触れられている。ニコル＝リズ・ベルネームによる技術者、俳優、デュラス自身へのインタビュー集（*Marguerite Duras tourne un film*, Albatros, *s.* d. [1975]）も本作の撮影を主題にしており、そこでも繰り返し音声のことが問題にされている。

◆**3**…デュラスは直前のゴダールの仄めかしが『トラック』（一九七七年）に対するものであることを明示している。ゴダールがトラックを船に模したのは、おそらくデュラスの次作である長編映画『船舶ナイト号』（一九七八年）のことを考えてのことである。『トラック』では、デュラスはジェラール・ドパルデューと条件法過去［英語で言う仮定法過去］で書かれた映画の脚本を読む。あたかも、それがまだ構想段階であるか、ある蓋然的な出来事の思い出でもあるかのように。物語の主題は一人の老婦人であり、トラックの運転席でひとり喋っている。彼女はボースの自動車道の脇（もしくはイヴリーヌの移民用集合住宅地）でヒッチハイクしていたところを運転手に拾われたのだ。作家デュラスの本物の顔が映されて、映されない老婦人の顔とオーバーラップし、走行中のトラックの姿と入れ替わる。ただし、そのトラックの運転席の中は見えない。トラックは二人の女性の言葉の形象化である。それは同時に、脚本の潜在的な例示であり、言葉ないしテクストが持つ孤独にさまよう力のメタファーである。「私たちはたえず書き続けている。私たちは自分の中に隠れた住処をもっていて、全てはそこに帰着し、体験の全てが集められ、そこに詰め込まれる。［…］映画の中で、トラックが運んでいるのはまさにこの塊なのよ。世界じゅうの書き物《エクリ》よ。まるでそのサイズや重さを測ることができるみたい。三二トンの書き物。考えただけで楽しくなるわ。それこそが私がイマージュと呼ぶものよ」(Entretien avec Michèle Porte in *Le Camion*, Les Éditions de Minuit, 1977, p. 105)。

ゴダール❖　ぼくの考えでは、映画はしゃべり過ぎだ。とりわけ文章を繰り返している、書かれたものを繰り返している。ぼくがあなたの映画作品を好きなのは、それらの作品が映画から生まれたものではなくて、映画を横断するものだからです……。

デュラス⊙　私は自分のテクストを映画に合わせているのよ。映像といっしょに見たり、聞いたりするテクストをただ投げ出すわけにはいかないわ。本の中だったら投げ出せばいい。本の中で読まれるためのテクストであればね。〔映画では〕スクリーンを起点にテクストの読みを組織しなければならない。だから、本と映画ではやはり同じではないの。

ゴダール❖　たしかに、全然違う。

デュラス⊙　でも、私にとって映画は存在しない。テクストがなければ、映画は存在しない。

ゴダール❖　ええ、存在しません。無声映画だってたくさんのテクストに支えられているわけだから。

デュラス⊙　そう、その通りよ。沈黙はいつもテクストの周りに生まれるの。テクスト自体というよりは、テクストの読みの周りにね。この沈黙はね、言葉がそれをもたらすことができるし、それを生み出すのも言葉なのよ。◆4

ゴダール❖　観客の前で、今しているような話をしたがりませんでしたね。繰り返すのはちょっとバカみたいだと感じたんじゃないですか？

デュラス⊙　ディーニュでのことね。◆5

ゴダール❖　そう、でも他の場合でもそうです。

デュラス◉　観客に向かって話すことについて話したいのね。

ゴダール❖　ええ。ちなみに映画祭には行くのですか。

デュラス◉　ええ。イエール映画祭のときには、[6] 会場にいるだけでいいから来てほしいと言われたの。

◆4…「沈黙は〜」以下の三つの文は『勝手に逃げろ／人生』のサウンドトラックに使われている。

◆5…一九七三年のディーニュ・レ・バン映画祭は一九八〇年代初頭まで、実験的な語りの作品を中心にプログラムを組んでおり、定期的にデュラスやゴダールの作品を上映していた。「六年前から毎年、私たちはプログラムに基準点を設けました。デュラスとゴダールです。［そして］その周りに、彼らの関心にとても近い作家たち、つまり、シャンタル・アケルマン、フィリップ・ガレル、ジャン＝マリー・ストローブとダニエル・ユイレがいるのです」（ジェラール・クーラン、映画祭のプログラマーであるピエール・ケイレルとの対話より。『*La Petite Quinzaine*』第三三号、一九七八年五月一八日号）。『トラック』の上映で、一九七八年の映画祭に招待されたデュラスは、来場したものの、作品紹介は拒んだ。ゴダールは『勝手に逃げろ／人生』の冒頭で、オフで挿入される自分とデュラスとの対話の抜粋の間にこの逸話を盛り込んでいる。「ディーニュの映画祭の誰かが私に言った。デュラスは映画を出品しに来たけれど、姿を現したがらず、でもディーニュにはやって来た。人々は彼女がそこでしていることを理解できなかった。ついには次のように言う女性たちまでいた。一体、彼女は来場したくないと言いに来るぐらいはできないのかしら。［…］私たちは対談をした。しかし、［『勝手に逃げろ／人生』に］出演しようとはしなかった。彼女が出るシーンとして考えていたのは、デュトロンが、テレビ局の労働者ではなく、シネクラブのプレゼンターをするシーンで、マルグリット・デュラスとレネの映画、つまり『二十四時間の情事』を紹介するというくだりでした。そこでディーニュで起きたのと同じことが再現されるはずだったのです。ところが、マルグリットは、いやよ、映りたくないと言う。それで、彼女に言ったんです。「映りたくないと言う声だけが聞こえるというのはどうだろう。できたらあなたとぼくとの対話を使いたいんだけれど」。このアイデアに関しては、彼女も了承してくれた。実際、彼女は正しかったんだよ。登場しないことによって、かえって増したものがある。つまり、彼女の存在感はずっと大きくなったのさ……」（ジャン＝リュック・ゴダール「思いつくままの話」、『カイエ・デュ・シネマ』三一六号、一九八〇年十月号、一五頁）。

いるだけでいいって。他の人々に混じってね。一度たりとも発言を求められることはなかったわ。ああ、そういえば一度だけ、ラジオでしゃべったわね。でも、何でもないことだった。私にとっては、それが現在、唯一受け入れ可能な形式だと思う。ディーニュでは、激しい無条件反射みたいに、上映のあとに発言するのはいけないと即座に感じた。だから、それ以来、もうおしまい。上映のあと、自分の映画について話すことは今後絶対にない。書くっていうことはね、少しばかり姿を消すこと、何かの後ろにいるということなのよ。[7] 書き始めたなら、姿を現す必要はないの。やや簡単な三段論法よ。だけど、そういうものなのよ……。

ゴダール❖ それでも、ある場合には、何かの世話になる、搬送される必要が出てくるのはなぜですか。テクストがより難しくなったときですか。

デュラス◉ その仕組みはよくわかっているでしょ。お願い攻撃のしつこさと来たら……。人々にお百度参りで懇願された結果、あなたはついに折れる。そうしたら、こんな状態になるわ。それだけのこと。しかし、肉体的な反応で、そこには何か疑わしいもの、[8] ほとんど不道徳と言っていいようなものがあるとわかったの。上映後の発言にはね。身体に変調が出ていたのよ。[9] 発言をしたあとは、いつも自己嫌悪をもよおしていた。それで、自分が間違ったことをしていたとわかったの。

ゴダール❖ あなたもぼくにしたい質問があったはずですね。ぼくに会いに来たいと言っていたということだけど……。

デュラス◉ そうよ。でも、テクストが嫌いだとか言い始めるから……。

ゴダール❖ 〈戒律〉という意味でのテクストが嫌いなんです。たとえば、ぼくの考えでは、モーゼは十戒の石版に何かを見た。その後で、書かれたものがあると信じさせたのです。[◆10]

デュラス◉ モーゼは話さなかったわよ。彼が話をしたのは、その前よ。

◆**6**…「イエール、そしてディーニュ、それだけがお金と関係ない唯一の場所、映画の情熱の唯一の場所だわ」（マルグリット・デュラス『緑の眼』、一一三頁[Marguerite Duras, *Les Yeux verts*[1980], Éditions des Cahiers du cinéma, 2014, p. 85]）。イエール国際ヤング映画祭（一九六五－一九八三）は、一九七一年以後、フランスで実験映画が批評的・制度的に認知されるのに決定的な役割を果たした作品の上映プログラムを組んでいた。一九七一年の映画祭はゴダールとジャン=ピエール・ゴランの『ウラジミールとローザ』（ジガ・ヴェルトフ集団）で始まり、デュラスの長編二作目である『黄色い太陽』で幕を閉じた。この二作が破廉恥だとして、イエール市は翌年以降の映画祭の開催を拒否し、映画祭は一九七七年までトゥーロンで行われた。デュラスは最後の開催までこの映画祭に参加し続けた。デュラスは全作品が上映されており（ゴダールはその反対である）、審査員も二回つとめている。ここでデュラスが言及しているのは一九七九年の回のことで、そのとき短編映画『セザレ』、『陰画の手』、それから『オーレリア・シュタイナー』シリーズを二作出品している。翌年（一九八〇年六月）には、大統領選最中のフランソワ・ミッテランによってヨーロッパ映画会議がイエールで開かれている。その際、デュラスは「インディーズ映画宣言」に共同署名している(Marce Mazé, « Marguerite Duras, militante du cinéma différent », dans Dominique Bax (dir.), *Marguerite Duras – Alain Robbe-Grillet, Théâtres au cinéma*, t. XIII, p. 52-53参照)。

◆**7**…『勝手に逃げろ／人生』にも使われたフレーズである。

◆**8**…デュラスが使った「疑わしい」という単語には『二十四時間の情事』におけるやりとりの記憶がつきまとっている。「男：怪しげな道徳のもちぬしって、どういうこと？（とても軽薄な口調で。）女：他人の道徳を怪しいと思うってことよ。（男は大いに笑う。）」（『ヒロシマ・モナムール』工藤庸子訳、河出書房新社、二〇一四年、五八－五九頁[Marguerite Duras, *Hiroshima mon amour*, *Romans, cinéma, théâtre, un parcours, 1943-1993*, Gallimard, coll. « Quatro », 1997, p. 570]）。

◆**9**…このくだりも、切れ切れに、『勝手に逃げろ／人生』のサウンドトラックに使われている。「肉体的な反応で、そこには何か疑わしいもの、ほとんど不道徳と言っていいようなものがあるとわかったの。上映後の発言にはね。身体に変調が出ていたのよ」。

ゴダール❖ そうです。でも、テクストはモーゼが作り上げたものです。

デュラス⊙ 彼は決して話をしなかった。彼は叫んでいたのよ。結局、彼らはみんな叫んでいたんだと思う。イエスはひっきりなしに怒っていたんだと思う。そして、モーゼは神の聖霊にあまりに取り憑かれていたので、叫ぶことしかできなくなっていたのよ。一言たりとも口にできなかったのよ。話していたのは言葉よ。〈十戒〉はそれ自身の中にあったのよ。[11]

ゴダール❖ ええ。ですが、それは書かれたものだったのです。結局、それは「聖なるエクリチュール（＝聖書）」なのです。それが身分証明書だろうが、交通案内のための警察のテクストだろうが、貿易収支だろうが同じことです。見ることを邪魔されているように感じるのです……。たとえば、何かを見て、それを現在使われているのとは違った言葉で表現しようとしても、古い言葉づかいの反復でしかない仕方で見ることを強いられるのです。[12]

デュラス⊙ たしかに、それはそうね……。

ゴダール❖ 「森が燃える」と書かれた脚本みたいなものです。もしあなたにお金があるなら、森を燃やさせるでしょう……。もしくは「タイタニック号が沈む」と書いてあれば、八百人を海中に投げ込んでから、タイタニック号も……。ですが、あなたは何も見なかった。

デュラス⊙ もし私が「タイタニック号が沈む」と言えば、私にはそれが見えるわ。

ゴダール❖ まさにそこです。あなたが書いているのは単なる文章ではなく、「タイタニック号が沈

◆10…デュラスとのこの対話の三年後、ビデオ作品『映画『パッション』のシナリオ』（長編『パッション』の後に、一九八二年に制作）の中で、ゴ

ダールはモーゼについてもっとも明示的な解釈を示している。編集台に一人座り、カメラを前にゴダールは独白する。「[『パッション』の]脚本は書きたくなかった。それを見たかったからだ。できあがった物語は結局かなりやばいものになった。それは聖書に端を発していることがわかった。〈戒律〉を見ることはできるのか。〈戒律〉は最初から書かれていたのか。それとも、最初は見られていたのを、モーゼが石版に書いたのか。私の考えでは、最初に人は世界を見て、その後、それを書いたのだ。だから、『パッション』で描かれた世界は、まずそれを見なければならなかった。すなわち、映画化できるようなかたちでそれが存在しているかどうかを見なければならなかった。[…][映画を一本撮るためには]世界の創造ではなく、世界の可能性の創造が必要なのだ。[…]必要なこと、それは脚本の中に蓋然性を創造することである。そして、その後、カメラがそれを実現していくのだ。この蓋然的なるものを創造すること、見ること、不可視なものを見ること。もし不可視なものが見えるとしたら、我々は何を見ることになるのだろう。それは脚本を見ることになるのである」。

◆**11**…デュラスにとって、モーゼの叫びは、絶対的で絶望的な「知」と彼女が名付けたものの表現である。まさにこの知こそが『インディア・ソング』の副領事や『陰画の手』のマドレーヌ期の人間の叫びを生み出すのである。たとえば、この叫びは、一九七八年に書かれた記事でも触れられている。それはロベール・リナールの『仕事場』についてのもので、あらゆる労働運動や組合の組織から必ず忌避されている本能的な衝動としての労働者のストライキを話題にしている。「それが労働者、女性、男性、知識人、読者、他のもの、動物、思想家のものであれなんであれ、この怒りは知そのものの怒りであり、自らを表現することのできない知の怒りである。モーゼは神の概念に完全に取り憑かれていたので、叫ぶことしかできなかった。言葉の使用法を喪失してしまったのだ。妥協の仕方も、常識も喪失してしまった。そこには、殺すか、死ぬかしかない」(« Le savoir de l'horreur », *Outside, Papiers d'un jour*, P.O.L, 1984, p. 184)。

◆**12**…一九八四年の対談では、ゴダールは言葉と物のヒエラルキーを覆すラディカルな提案をしている。「存在するために名前を必要とする物というのは何なのでしょうか。一本の映画の主題に値する問題です。私は作家たちにすごく近いところにいると感じています。彼らはテクストという私の最大にして、完全なる敵に仕えているのです。ご存知の通り、名前が物に存在を与えてしまえば、もはや物は存在しなくなります。映画は見せる力を持ち続けねばならないのに、まさにその瞬間、言葉が万場一致で選ばれてしまう。そうなると、人々が物に再び戻ったとしても、後に来る言葉、ガイドでしかない言葉を見つけて事足れりとなるのです」(Dominique Païni et Guy Scarpetta, « Jean-Luc Godard et la curiosité du sujet », entretien avec Jean-Luc Godard, *art press*, hors-série n° 4, décembre 1984-février 1985, repris dans *Jean-Luc Godard*, IMEC éditeur, coll. « Les Grands Entretiens d'*art press* », 2013, p. 52)。

む!」なんですよ。

デュラス⊙　まさか、単なる文章に過ぎないわよ! 私はいつも冗語法を使う。私が思うに、「タイタニック号が沈む」と誰かが言ったとしたら、タイタニック号は実際に沈むのよ。何も言わない場合よりも、はるかに効果的にね。[13]『インディア・ソング』の一場面で、私は「ガンジス川の漕ぎ手たちの叫び声が聞こえる」と言った。それは船から船への、漁師から漁師への呼びかけの合図よ。私はそれを言う。彼らはガンジス川の漁師たちであり、それはカルカッタの喧騒だと言うのよ。ちょうど観客が音を聞いているところにね。なるべくなら、音を聞いた後に、その直後にね。[14]そのとき、次のことを痛感したわ。つまり、言葉が音の効果を十倍にするってことをね。教師然とした言葉《パロール》以上に書き物《エクリ》に対立するものはないわ。それは戒律の言葉よ。たとえば、わかると思うけれど、私が書き物にもっとも対立させているのは、映像ではなく、政治的な言葉よ。つまり権力の言葉よ。

ゴダール❖　しかし、今日、教師然とした言説にならない書き物をすることが可能でしょうか。ぼくには難しいように思われるのだけれど。

デュラス⊙　努力することはできるわよ。

ゴダール❖　努力することはできる。しかし、それは徒労だと思う。だから、あなたは『トラック』、『インディア・ソング』、『ローラ・ヴァレリー・シュタイン』を作るのだし、『バクスター、ヴェラ・バクスター』を撮らねばならない。デルフィーヌ・セイリグがいる以上、彼女がいないときと同じようにはいかない。『太平洋の防波堤』を書いた時代は、事態はそこまで進んでいなかった。つまり、どこかで書く苦しみのスイッチが作動した瞬間というものがあったんだ……。ぼくの感じだと、映像《イメージ》が削除されている……。

デュラス◉　何のことを言っているの？　『太平洋の防波堤』のこと？

ゴダール❖　ぼくが憎み、嫌っているのは――そこから脱け出そうとして活動を少し休止したのです――、静かに、つまり喜びとともに、静かに映画を撮らせてもらえないということです。苦しみによって映画を作らせられる。この苦しみというのは、遅かれ早かれ、エクリチュールから来ているのです。しかも、このエクリチュールというのは、こういう言い方が通じればですが、おそらくは「真の作家」が書いたものではない。それはまさしく、モーゼから来ているのです。モーゼは映像《イメージ》を見た

◆**13**…ゴダールは、自分の論理を通して、まだ起きてもおらず言葉にもなっていないことを見せる方がより効果的だと反駁することもできただろう。二〇一〇年の『ゴダール・ソシアリスム』では、ゴダールは危機にあるヨーロッパ沿岸を資本主義の方舟のように進むクルーズ客船コスタ・コンコルディア号を撮影する。二〇一二年一月、同客船はイタリアで座礁するが、ちょうどヨーロッパ崩壊の時期に対応している。

◆**14**…『インディア・ソング』では、デュラスは前年の『ガンジスの女』で行った音声と映像の分離をさらに複雑にしている。「ガンジスの女、それは二つの映画なのよ。映像の映画と〈声〉の映画」（*Nathalie Granger, suivi de La Femme du Gange*, Gallimard, 1973, p. 103）。『インディア・ソング』の音声トラックでは、映画の音声の諸要素はばらばらにされている。物音、声、音楽は、映像と直接同期することなく入れられ、それらは交差し、時おり、わずかな間だけ、互いに関係し合う。デュラスがここで言及している場面も同様である。ロングショットで映される、地面に横たわるアンヌ・マリー・ストレッテル（デルフィーヌ・セイリグ）の上に、マイケル・リチャードソン（クロード・マン）が身を傾けるとき、オフの声の中の一つが沈黙の中で言う。「聞いて……。ガンジスの漁師たちよ……。演奏家たちもいるわ……」。その直前に聞こえていたのは、他のさまざまな遠い声であり、船の警笛である。そしてこの言葉の直後には沈黙が速やかに戻ってくる。

けど、叫びはしなかった。事後的に、彼は叫び始めたのです。

デュラス◉　でも、申命記〔旧約聖書のモーゼ五書の一つ〕も、エステル記も全部、言葉《パロール》でしょ……。

ゴダール❖　もちろん、映像《イメージ》を妨げているのは人々です。いつもかれらは言った。「汝、映像《イメージ》を作ることなかれ」。「映像《イメージ》を作ってはいけない」。それなしにはやっていけないというのに。

デュラス◉　フランスもヨーロッパも中世は全期間にわたって、イスラム世界もすべて、映像《イメージ》なしだったわよ。歴史的に言うと、そこには別の意味があったのよ。

ゴダール❖　その通り。だけどそれは普通じゃない。もしくは、ファン・ゴッホの話にしても、彼が怒りながら描いた稀な画家の一人だというのは本当です◆15。だけど、確かじゃないけれども、ぼくは彼の怒りが他のよくある怒りと同じだったとは思えないんです。完璧に同じではない。その証拠があるわけじゃないけれど、ぼくは同じじゃないと思っています。もちろん、作家や音楽家たちは怒っているとぼくも思います。作品が叫ぶことが彼らには必要なんだから……。

デュラス◉　完全に静謐な文学なんて私には想像つかないわ。むしろそんなものこそ、危機の文学と言えそうね。私が語の「無際限の増殖」と呼んだものの代わりをよもや映像《イメージ》ができるなんて思えないわね。

ゴダール❖　どうして映像《イメージ》を完全に締め出そうとするのですか。

デュラス◉　どうして言葉を完全に締め出そうとするのよ。

ゴダール❖　それはしていません。あなたが、言わずに見るという事態を締め出そうとしているんです！

デュラス◉ 私はそれをしていないわ。だって映画を作っているのよ。最近の三、四作品だけど、そこで私が締め出したのは俳優たちよ。ちょうど俳優なしの五作品目を作り終えたばかりなの。『インディア・ソング』は俳優が出ていると言っていいのかどうかはわからない。観客の前に差し出されている人間はいるわよ。だけど、それらを文字通りの俳優と言っていいのかどうかはわからないの。いずれにしても、彼らは演技をしていない。彼らは登場人物みたいなものをもたらすべくそこに立っている。[◆16] 私にはもう俳優たちが作品を支配しているような映画に入り込むことができないの。作者と観客

◆15…ファン・ゴッホはゴダール作品を横断するモチーフであり、少なくとも『気狂いピエロ』（《夜のカフェ》の絵のクローズ・アップが挿入され、フェルディナンがオフで「ある素敵な晩、ファン・ゴッホが自分の耳を切ろうと決めたカフェを見た」と言う）から、『さらば、愛の言葉よ』のいくつかの色彩的実験にまでいたる。ゴッホはゴダールの絵画的探求、また、孤独、狂気の可能性との関係において、自らの守護聖人としてたのむ人物の一人である。「ファン・ゴッホの耳の周りでは、沢山のカミソリがくるくると旋回したに違いない。だから、ゴダールの映画の一つ一つが誕生だとしたら、その誕生はあまりに過酷なので、常に彼の生命を危険にさらすものであると思われる。映画において、ゴダールは自己破壊にまでいたる誠実さを持つ唯一の例である」（François Chalais en 2002, cité par Antoine de Baecque, *Godard. Biographie*, Grasset, 2010, p. 181）。四時間半にわたる『ゴダールの映画史』の幕を閉じる映像は、ゴダールの所蔵写真とフランシス・ベーコンによる《ファン・ゴッホの肖像のための習作2》のオーバーラップである。

◆16…ゴダールとの会話の際、デュラスは俳優の出演しない三本の中・短編作品を撮り終わったところだった。映像の無人化は既に、一九七六年の『ヴェネツィア時代の彼女の名前』、『セザレ』、『陰画の手』、『オーレリア・シュタイナー』、『メルボルン』で行われており、これらはいずれも街並みと風景だけで構成されていた。デュラスは『オーレリア・シュタイナー』、『ヴァンクーヴァー』も同じやり方で撮ろうとしている。『インディア・ソング』とその無言の、夢遊病者のような俳優たちについて彼女が言っている「登場人物みたいなもの」は、『バクスター、ヴェラ・バクスター』、『船舶ナイト号』でも基本原則になっているし、『大西洋の男』でも『アガタ』でも踏襲されている。『子供たち』では、同時録音に戻り、このやり方からは離れている。

である私との間に立つ仲立人に、私はもう耐えられない……。でも、あなたは、俳優を否定しながら彼らを使っている唯一の人ね[17]。

ゴダール❖ あなたは悪魔はいると思いますか？

デュラス⊙ 私？ 悪魔はいると思うわよ。私は悪はあると思う。だって、愛もあると思うから、悪だってあると思うわよ。

ゴダール❖ 昨日、政治の消毒《デザンフェクション》が話題にならないのに驚いていると言っていましたよね。

デュラス⊙ 政治への興味の消失《デザフェクション》でしょ。

ゴダール❖ そうだった……。

デュラス⊙ あなたわざと言い間違えてるでしょ。人々はそれら〔政治家ないしはスクリーンのことか〕を消毒しようとはしていないわ。バイキンはどんどん増殖していく一方よ。スクリーンは品位のない言葉、品位のない言説で完璧に毒されている。完璧にね。真の言葉につきまとう二律背反。言葉を裏切る言葉よ。偉大な政治家はすべて本を書いた。彼らは語らなかった。つまり、事後的な言葉っていうのは、私たちとは無縁なものなのよ。つまり、さっき話題にしかけたような言葉ね。コメントみたいなやつ。ディーニュで私が拒否したタイプの言葉ね。権力による政治的な言説ほど書き物《エクリ》から遠い言葉はない。権力という語で私が言おうとしているのは、もちろん、右から左まで、制度化された全ての政党のことよ。つまり、政治交渉の言葉、プロパガンダの言葉。香具師《やし》の言葉ね。これほど真実の言葉の対極にあるものもないわ。そして、しばしば、映画の言葉、映画的な言葉が、そういった言葉を真似しているのを指摘しないわけにはいかないわね。それは身を売った言葉、商品を売るための言葉よ。本当のことを言うと、私はすごく道徳的なのよ！◆18（笑）

ゴダール❖ テレビに出るとしたら、今の話をしてもらわないとね……。

デュラス⊙ どこのテレビ局の話？ 本気で私と一緒にテレビに出る気なの？ こんな感じの基本原則に関わる質問をされるものだと思っていたのに。

ゴダール❖ ええ、本気なのは確かです。それよりもテレビ番組を作りたいというのが本音です。ただ

◆**17**…ゴダールは一九七二年以後、「職業的」俳優を使って作品を撮ることをやめた。最後の作品となったイヴ・モンタンとジェーン・フォンダ主演の『万事快調』は、同年の批評的実験作品『ジェーンへの手紙』（『万事快調』と同じくゴダールとゴランの共同監督）によって「否定され」た。ゴダールの映画に俳優が戻ってくるのは一九七九年であり、『勝手に逃げろ／人生』には、とりわけナタリー・バイ、ジャック・デュトロン、イザベル・ユペールが出演している。

◆**18**…デュラスは言う。「既成の権力の名の下に話すことも、未来の権力の名の下に話すことも同じことよ。［…］誰もがラディカルな解決法から出発して、権力から出発して話をしている。この考え方が、古典劇の俳優たちに、演劇的な朗唱に、映画俳優たちの完璧な心理主義に見られるのよ。役の真実を握っているのは彼らであり、未来の真実を握っているのも彼らなの。こんなんじゃ、お手上げよ（Claire Devarrieux, « La voie du gai désespoir », entretien avec Marguerite Duras, *Le Monde* du 16 juin 1977, repris dans *Outside. Papiers d'un jour*, *op. cit.*, p. 175)。ゴダールは言う。「文学は世界を調査したわけだ。この意味で、文学はぼくに芸術的倫理についての教訓を与えてくれた。ぼくは文学にこれを、倫理的意識を負うている。文学はひとつの言葉《パロール》、国家なり政府なり権力なりの言葉と敵対する言葉だ。党派の言葉じゃなく、人間一人一人の言葉なんだ。［…］映画はもはや、現実とのあの接触をもたらしてくれないんだ。」（「本と私」、『ゴダール全評論・全発言III 1984-1998』、七二四－七二五頁[Pierre Assouline, « Les livres et moi », entretien avec Jean-Luc Godard, *Lire*, n° 255, mai 1997, repris dans *Jean-Luc Godard par Jean-Luc Godard*, t. II, *op. cit.*, p. 439]）。

し、それはさらに難しい。

デュラス◉　テレビというのはあなた自身が作る番組ということね。◆19

ゴダール❖　いいえ。ちょっと変わった仕方で参加しようと思います。その方がまだしも好ましい。『フォーチュン』誌だったか『ビジネスウイーク』誌だったか、アメリカの雑誌で、ある対談を読みました。ＡＢＣ局のディレクターへのインタビューです。彼はこう言っていました。「テレビ局が制作するのはテレビ番組であり、それがテレビ局の主要な関心事だと人々は思っています。ですが、番組制作なんて二の次なのですよ。我々の一番の関心事はテレビ視聴者を作ることなのですからね」。これはぼくたちにはできないと思いました。本の中だったら、ぼくたちにもまだ可能かもしれないけれど……。

デュラス◉　ともかく、テレビで私に質問をしたいとあなたが言い、あなたが作るんだったら出てもいいと私が言ったら、本気でやる気でいるの？　それとも、あなたが作りたいのはテレビ映画なの。

ゴダール❖　ぼくの女友達でそれを作る予定の人がいます。『トラック』でぼくがいいと思ったポイントは、それはつまり、一台のトラックを見てからというもの、いまや三十六枚のイメージは必要ない。広告みたいに一枚だけしか必要ないんです。つまり、一台のトラックを見ると、ぼくは「一人の女がしゃべっている」と考えるんです。すごく異常なことだと思いますよ。マストドン〔象に似た化石哺乳類〕の言葉です。◆20

デュラス◉　（笑）じゃあ、あなたの言い分によれば、あなたは『トラック』を見て、私が大好きなものを見たのね。つまり、沈黙の瞬間よ。ジェラール・ドパルデューがだしぬけに私に煙草を差し出し、私がいらないと言って黙り込むと、彼はどうしたらいいかわからなくなって狼狽するんだけど、彼にはこの沈黙が何なのか理解できないの。強制収容所やアウシュヴィッツの小さなアブラハム〔ユダヤ人の子供〕たちの話をしたときもね。そういう沈黙の瞬間は、その前に言葉があったか、もしくは言葉に取り巻かれていなければ、生まれてこないものなの。つまり、本当の沈黙、何ひとつない沈黙、音楽のない沈黙。[21]

◆19…当時のゴダールが力を入れていたのは、一九七六年以来、フランスのテレビ局のための二つの実験的なシリーズもの(本章註1を参照)とモザンビークのテレビ局のための一つの企画である。この時期、ゴダールが実際に「自分で作る」テレビを夢見ているのは、ビデオの可能性(ライブ映像の再検討、スピードと映像サイズの調整、はめ込み効果)と放送の可能性(知識を伝達する力を手中にすること、番組編成というテレビ的な概念を哲学的、政治的、美学的なカテゴリーに応用すること)を試すためである。

◆20…『勝手に逃げろ/人生』で、ポール・ゴダール(ジャック・デュトロン)は、デュラスが出演を拒んだ教室でこう言う。「これらからはトラックが通るのを見るたびに、女の言葉が通過していると思いなさい」。

◆21…『トラック』に出てくる老婦人は、孫の名前はアブラハムだと言う。ただし、この子供は彼女が「多分作り上げた」と思われる。アウシュヴィッツという名称は一度も出ていないが、数々の対談の中で、デュラスはアブラハムを強制収容所と結びつけてきた(例えば « La voie du gai désespoir », *op. cit.*, p. 177を参照)。『トラック』の朗読において、子供への最初の言及は沈黙に包まれている。「海が非常に暗くなってしまう。日没後は外出禁止令が出されている。/夜になると、もう何も見えなくなる。森が国境の壁にのしかかる。/大陸と大陸の間の広大な海。/大陸と大陸の間には何もない。海をひかえた何台かの戦車。空白を見張っている。/沈黙。/彼女は小さなアブラハムのことを考えている。/沈黙」(「トラック」田中倫郎訳、『ユリイカ』一九七八年七月号、一四一頁[*Le Camion*, Les Éditions de Minuit, 1977, repris dans Marguerite Duras, *Œuvres Complètes*, t. III, Gallimard, 2014, p. 292])

ゴダール❖ そうだったとしたら、とてもすばらしい……。ところで、あなたはユダヤ人の出自ですか？

デュラス⊙ 違うわよ。私はクレオールなの。インドシナで生まれたのよ。

ゴダール❖ クレオールがアウシュヴィッツを語るなんていいですね。

デュラス⊙ 最新二作でね。

ゴダール❖ ぼくは強制収容所についての映画を撮りたいと思っています。だけど、資金が必要だし、それに……。[22]

デュラス⊙ ユダヤ民族について、ちょうど二つ目の映画を完成させたところよ。『オーレリア・シュタイナー』シリーズよ。つまり、一つ作ったら、また別のを作り始めるのよ。[23]

ゴダール❖ それにしても、『トラック』は、驚くべき映画だ。何しろ、妥協がない……。そういえば、あなたはお子さんがいるんですか。

デュラス⊙ ええ、息子が一人いるわ。でも、さっき沈黙は言葉に取り巻かれている……と私は言ったけど、あなたは同じ意見なの？　だって、二つの言葉は根本的に違ったものだと思うのよ。『トラック』の旅に関する言葉と私が「エクリチュールの部屋」と呼んでいる、テクストが生まれる暗室の言葉とはね。それらは同じじゃないの。『トラック』の言葉、外部の言葉はエクリチュールの部屋の言葉よりも私により近い。『トラック』を作りながらすごく喜びを感じたの。すごくよ。五日で撮りあげたのよ。

ゴダール❖ では一冊の本を作るときに喜びはある？　たとえば、『マルグリット・デュラスの世界』という本の場合とか。

デュラス◉　あれは私が作ったんじゃないの。今日みたいにインタビューされたのよ。それが文字起こしされて編集されたのよ。◆24 完全に口語体の本になっていると思うわ。発言集よ。対話者なしのね。それ

◆22…一九八七年の対談で、ゴダールはアンドレ・ラカズの『トンネル』（一九七八年）やジャン＝フランソワ・ステネール『トレブリンカ――絶滅収容所の反乱』（一九六六年）を原作にした映画の企画に言及している（本書一四二頁を参照）。

◆23…最初の『オーレリア・シュタイナー、メルボルン』はカラーで、セーヌ川沿いの移動撮影とデュラスがオフの声で朗読するテクストによって構成されている。二作目の『オーレリア・シュタイナー、ヴァンクーヴァー』はモノクロで、ジャージー島とノルマンディーの海岸の風景や時おり挿入されるエクリチュールのインサート画面の上を声が響き渡る。三番目の『オーレリア・シュタイナー、パリ』はテクストで出版されたものの、映画にはなっていない（『デュラス、映画を語る』一八三頁［*La Couleur des mots, op. cit.*, p. 183］を参照）。タイトルになっている人物は、画面に映ることはなく、数々の世代、数々の場所に属している。しかし、「同一なのよ。彼女はどこにいようと、つねに十八歳。そしてつねに同じ名前をもっている。そして地上全体に住んでいる。彼女は、収容所にも、［…］寒くて遠いこれらの都市にもいる」（同書、一八二頁［*Ibid.*, p.180］）。「すべての場所から彼女は呼びかけ、すべての場所を彼女は思い出す。メルボルンにもパリにもヴァンクーヴァーにもいる。分散して、亡命してきたユダヤ人がいるすべての場所を彼女は思い出す」（『緑の眼』、一六三―一六四頁［*Les yeux verts, op. cit.*, p. 122］）。

◆24…『マルグリット・デュラスの世界』（一九七七年）は、ＩＮＡ製作で、ＴＦ１で二回にわたって放映された同名のテレビ番組のために、ミシェル・ポルトが行ったインタビューをまとめたものである。『勝手に逃げろ／人生』において、マルグリット・デュラスが教室に姿を現すのを拒んだとき、ポール・ゴダールは『マルグリット・デュラスの世界』を開き、出だしのあるページを朗読する。「私が映画を撮るのは、時間をつぶすためだ。もし何もしないでいる力があれば、私は何もしないだろう。何もしないことに専念する力がかけているから、私は映画を撮るのだ。それ以外の理由はない。私の仕事についてこのように言うのが、一番の真実だ」。一九八三年にも、ビデオ作品『映画『こんにちは、マリア』に関するささやかな覚書』の短いシーンで再びこの本が登場する。そこでは、アンヌ＝マリー・ミエヴィルがゴダールにバッハの音楽に関するパッセージを読み上げる。デュラスはそれをゴヤにたとえている。「どこか無感覚にならないと、あんなふうに見ることはできない……。［…］バッハがもし自分のしていることを知っていたら、死んでたでしょうね」（『マルグリット・デュラスの世界』、五六頁［*Les Lieux de Marguerite Duras, op. cit.*, p. 29-30］）。

は録音とは全く別物と言えるわね。だって、テープ自体にはいかなる未来も存在しない。手直しできないのだから。本ができあがれば、テープは廃棄されるだけだわ。そのことを数年前から考えているんだけれど、奇妙なことに、最近、あの本みたいな口語体の本の企画が二つも来たわ。でも、カセットテープでそれを売っちゃったらどうなるかしら。裏切りよね。今あなたがしていることもね！[25]（二人笑）

ところで、映画の観客について聞きたいんだけれど。

ゴダール❖すごく時間がかかると思いますが、いいですよ。必要なことでしょう。

デュラス⊙丸一日あれば、色々なこと、たくさんのことを話せるのにね! 今朝、ホテルであなたを待っているとき、ゴダールとデュラスの観客について少し書いたの。

ゴダール❖観客たちは、……よりも真実ですよ。観客たちがぼくを支持したことは一度もなかったけれど、ぼくが彼らを支持するのは放っておいてくれた。彼らがぼくを受け入れてくれるのは、彼らに歩みよろうと努力しているときだけです。さもなければ、無視されるだけです……。

デュラス⊙だって、互いに混じり合うことのない階層があるのは知っているでしょう?

ゴダール❖もちろん。

デュラス⊙私たちは同じ考えだと思っていたわ。「第一の観客」と名付けたもの、これについて今朝少し書いたのよ。この層はもっとも小児的で、映画の未成年者だわ。自分の趣味から出ることがない、自閉症的な観客たち。この層は幼少期の暴力や、恐怖を求めている。彼らを立ち上がらせることのできるものはないわ。[26]だから、多くの人々に向けて作品を書けるなんて思うのは素朴に過ぎると思っているの。時にはそんなことが起きる。そんなことが起きるかもしれない。だけど、それは観客側の偶然的な事情によるものよ。

ゴダール❖　まさにその通りです。

デュラス◉　『二十四時間の情事』、あれはヒロシマという町とそこで起きた大惨事のせいで観客が入ったのよ。

◆**25**…これらの「口語体の書物」の出発点や用途はさまざまである。自分自身のテクストの朗読もあるし、『マルグリット・デュラスの世界』や『語る女たち』（田中倫郎訳、河出書房新社、一九七五年［*Les Parleuses*, entretiens avec Xavière Gauthier, Les Éditions de Minuit, 1974］）のようにインタビューを書物にしたものもある。デュラスは後に「語られた本」という言い方をする。一九八〇年代初めから、『緑の眼』のいくつかの段落のエクリチュール、『愛と死、そして生活』（P.O.L, 1987）、『エクリール』（Gallimard, 1993）の全て、『外部の世界』（P.O.L, 1993）のいくつかのテクストは、必ずしも言及されていないが、インタビューの書き起こしに基づいている。「語られた本」もしくは「パロールの本」については、Marguerite Duras, *Le Livre dit. Entretiens de « Duras filme »*, édition établie, préfacée et annotée par Joëlle Pagès-Pindon, Gallimard, « Les Cahiers de la NRF », 2014を参照。一九八七年にデュラスは、『緑の眼』をテクストにすることを唆《そそのか》したのはゴダールだったと明らかにしている。「あれは編集部から受けた一連のインタビューがきっかけでした。そのあと、彼らはわたしが直接、関わることを望み、わたしたちは最終的に、わたしに捧げられた雑誌一号全体を、わたしが自分で編集することに決めました。［…］わたしにアイディアを吹き込んだのはゴダールでした（マルグリット・デュラス『私はなぜ書くのか』北代美和子訳、河出書房新社、二〇一四年、一〇二頁［Marguerite Duras, *La Passion suspendue. Entretiens avec Leopoldina Pallota della Torre*, Seuil, 2014, p. 180］を参照）。

◆**26**…これらの考察は『緑の眼』での映画の観客についての考察を準備する。「たぶん観客について、最初の観客について語らなければならないのだわ。幼稚な、と言われる観客、楽しむために、愉快な時間を過ごすために映画館に行く観客、その段階にとどまっている観客について。［…］こういう観客はわたしたちから、わたしから遠く離れている。わたしはけっしてかれらに届かないだろうと分かっているし、そうしようとも思わない」（『緑の眼』、二二一−二二四頁［*Les Yeux verts, op. cit.*, p. 19-23］）。

ゴダール❖ まさしく。

デュラス⊙ だって難解な映画でしょ。それに『インディア・ソング』だってそうよ。二〇万人近い観客が入ったから売れたと言っていいと思うけれど、やっぱりインドっていうのが受けているとしか思えない。異国趣味も大いにあるわね。音楽もよ。ラオス音楽とカルロス・ダレッシオの音楽が受けたのよ。◆27

ゴダール❖ 音楽よりもテクストが嫌いなのは、強制されているような気にさせられることです……。つまり、権力の言葉ということです。ぼくには権力の言葉とそうでない言葉との見分けがもはやつけられないときがあるのです。時々ですが。

デュラス⊙ どの言葉のこと？

ゴダール❖ つまり、ぼくをある動きに従わせる言葉です。ある動きがぼくに従うのではなくて。

デュラス⊙ 音楽がついた言葉のこと？ それとも言葉そのもののことを言ってるの？ 『インディア・ソング』の中で言葉が邪魔だったの？

ゴダール❖ いえいえ、とんでもない！ ぼくのテクスト嫌いのせいです。どんなテクスト、あなたのテクストでさえ、それ以外の仕方で眺めることができないような感じなのです。ですが、テクストとは無縁のもの、たとえば、イメージを経由するときは別です。イメージの中にあなたのテクストを感じ取ることができる。しかし、あなたのテクストだけ単体で出されても、ヌーヴォー・フィロゾフ〔一九七〇年代に登場した毛沢東主義を出自とする新たな哲学者グループ〕や古代の哲学者たちの言葉と見分けることがぼくにはできない。

デュラス◉　『ロル・V・シュタインの歓喜』のことを言っているのね。

ゴダール❖　言葉はもう十分です。だって、一つのイメージを置く、一台のトラックを置く、他のものを置く、それから……という感じで、一日中それを続けていられる。ずっとこの作業をしていられるし、これが楽しいんです。

デュラス◉　つまり、本当に反射的な拒否反応が起きるのね。

ゴダール❖　そんな感じです……。だから、まさしく正反対の反射神経を持っているあなたの話を聞いてみたいと思ったのです。

デュラス◉　なるほど……。

ゴダール❖　この反射的な拒否反応はずっと昔からだと思います。悪化する一方でしたが、すごく当たり前な感じでそれは起こってきました。映画の仕事のせいで、拒否反応は強まるばかりで、もはや慢性的な持病となっています。まるで「よし、ぼくは間違ってない」と自分にお墨付きを出したかのようです。今ならよくわかります。つまり、あなたは対極であり、反対の運動なのだと。

デュラス◉　テクストがイメージを浸食していく。あなたにしてみれば、この反対の運動には面食らうでしょうね。でも、私が自分を一番再確認できるのは、やっぱりテクストの中なの。いつでもね。とはいえ、トーキー映画の台詞に代表される、堕落したディスクールは問題よね。時々、私は最初の

◆27…カルロス・ダレッシオは『インディア・ソング』や一九七四年から一九八五年に作られたほとんど全てのデュラス映画の作曲者である。

トーキー映画は『二十四時間の情事』だって言うことがある。だってね、レネがこう言ったのよ。「お願いしたいのは、あなたが書いていることと私が依頼したこととの間に一切の区別をしないで欲しいということです。あなたに依頼することに決めたのはそのためなのだから」◆28。レネはおそらく、世界最大の大惨事に関する一本の映画を「君はヒロシマで何も見なかった」という言葉で始めることを受け入れることができた唯一の人物、そうすることを望んだ唯一の人物ね。この写真まみれの世界でね。この観点からすれば、レネは本当に驚くべき存在だわ。思うに、この体験がずっと影響を与えているのよ、私の映画のすべてを通じてね。あの時にレネに頼まれたみたいに、敢えてそうすることが。もちろん、イメージで映画を作れなんて言われていたら、映画なんて絶対作らなかったでしょうね。やり方もわからなかっただろうし。

ゴダール❖ だけど、今日、ぼくは男と女は言葉が違うと考えているんだ……。だから、あの映画で「君はヒロシマで何も見なかった」と言うのが女性なのは、偶然じゃないと思う〔この台詞を言うのは映画では男性の岡田英次だが、脚本を書いたのはデュラスである〕。つまり、偶然ではない。それであなった。

デュラス⦿ いいえ、私はそうは思わないわ。私たち女性は、あなたたち男性ほど、話すことに慣れていないのよ。ヒロシマの大惨事なんていう、途方もない、あれほどの出来事に出くわして、その裁判官になるのにね。私たち女性は慣れていないの。男性たちは年がら年中裁いてばかりだけど。

〔**中断**〕

デュラス⦿ 絶対に私たちを生放送しようなんていうテレビは現れないわよ。まさに、さっき私たちがスクリーンの腐敗について話した通りよ。つまり、毒入りの言葉よ。前に一度、テレビ局内部で嘆願書が出たことがあったわ。嘆願書を出した人々が要求したのは、十五分間、サルトルと私に自由に話をさせることだった。

ゴダール❖　「君はヒロシマで何も見なかった」は女性の言葉だし、『トラック』でも、この女性の言葉というものが出てきて、重きをなす……。何を言いたいかというと、それは愛車のちっぽけなフォルクスワーゲンやプジョーに乗っているやつらに比べると、女性たちはマストドンだってことだよ。女性たちが書き始めたのはいいけれど、映画も撮ったほうがいいんじゃないかな。

デュラス⊙　女たちは自分自身のことを書くのをやめた方がいい。まずそちらが先ね。今、女性作家たちは男性作家たちの剽窃をしている。女性をテーマにしたセミナーは全部断ってるわ。女性作家、女性アーティスト、女性監督。どれもまっぴらごめんだわ。

ゴダール❖　それはどういうこと？

デュラス⊙　だって、それこそ今や女性たちが冒そうとしている大きな大きな危険だからよ。理論化すること。単にさっきあなたが言ってたようなことについてね。理論化。『ロル・V・シュタインの歓喜』でも、私は全然ベルナール=アンリ・レヴィ〔ヌーヴェル・フィロゾフの筆頭〕のようにふるまっていないわ。

◆**28**…「レネは『あなたは映画を作っていない。あなたには映画的な視点がない』と私に決して言わなかった唯一の映画人よ。それどころか、文学的にやるようにと、たえず私を挑発し続けたわ」(Entretien avec Marguerite Duras, *Les Lettres nouvelles*, 12 mai 1959, cité dans *C'était Marguerite Duras*, *op. cit.*, p. 300)。

（二人笑）

とはいえ、確かに、今や女性たちが、矛盾した競争を始めて、理論的な言説、理論的な実践において男に追いつこうとしている。これについてはいくらでも話せるわね。自分の映画の中で、これを扱ったことは一度もないけれど。

ゴダール❖「自分自身のことを書くのをやめる」というのは、どういう意味ですか。

デュラス⊙「自分自身のこと」というのは、自分自身についてということよ。女性たちが自分自身に対して男性から教わったある種の弁証法、自己分析、つまりは理論化を適用することをやめた方がいいと思うの。もし私が自分は誰なのかを知ろうとしたら、多くの人に利用されてきて、すでに手垢のついた分析に服従させられる。女性とは、女性のなすがままに《レッセ・フェール》、来るものを拒まず《レッセ・ヴニール》という態度の中で生成されるものなの。「君はヒロシマで何も見なかった」、この言葉はやって来たのよ。考えてひねり出した言葉じゃない。『インディア・ソング』の副領事の叫びのように、それはやって来たの。私がしたのは、その叫びが叫ぶがままにさせた、つまり、叫びが叫んだのよ。「ちょっと強烈にし過ぎたら、観客が出てっちゃうわね」なんて思わなかった。私はなすにまかせたの。あるかどうかわからないけれど、女性の場所というものがあるとしたら、そこはそれから遠からぬ場所にあると思う。そこは子供時代の場所であり、その上、男性の場所よりも、子供時代はずっと多い。男性の方が女性よりも子供っぽいけれど、子供時代は少ないのよ。◆29

ゴダール❖でも、子供というのは、何かの役に立つのですか。

デュラス◉　子供ってのは、狂気なのよ。五歳まで、ガキどもはみんな頭がおかしい。狂人よ。それは驚異ね。地上の驚異。ただし、その年齢を過ぎてしまうと、もう終わり。五、六歳で、終わりなのよ。

ゴダール❖　それが終わらないこともある。一本の映画や、一冊の書物は「それが終わらないこともある」ということをまさに示すためにある、とぼくは愚直に思っています。まるで、テープレコーダーの巻き戻しや早回しのように、過去に戻ったり、未来に進んだりできるようにね。[30]

デュラス◉　ええ、だけど、原則的には、書物には始まりも終わりもないの。エクリチュールになるよりもずっと以前に始まっていた書物というのは見たことがないわ。あなたの呼吸している空気や、他の著者たちによって運ばれたものが、突然、たまたまあなたが書いているページの上で動き始める。もちろん、これは空想だけれどね……。

ゴダール❖　子供を一冊の書物や一本の映画に喩えることはできますか。

デュラス◉　書物の作者を通過していく危機には喩えられるわね。ええ。

ゴダール❖　単に印刷された物体としての書物にということですが……。

◆29…「あるかどうか〜」以下の三つの文は『勝手に逃げろ／人生』のサウンドトラックに使われている。

◆30…ビデオを使うことで、一九七〇年代半ばから、ゴダールはスローモーション、ストップモーション、クイックモーションの映像効果を実験し始め、それは『ゴダールの映画史』まで続く。『二人の子どもフランス漫遊記』シリーズでは、服を脱ぐ、ランドセルを背負う、走る、黒板に書く……といった子供たちの運動を分解するのに、こうした映像効果が数多くのシークエンスで用いられている。しかも、ゴダールが「運動」と命名した、シリーズの各エピソードのタイトルクレジットでは、必要最低限の撮影機材で装備した子供たちが登場している。ヘッドホンを装着し、音声を録音している女の子、カメラのファインダーを覗く男の子である。また両者の役割は逆転もする。

デュラス⊙　ああ、それ？　それは無理ね。私が話していたのは執筆中の本のことだから。

ゴダール❖　自己表現する物体としての書物のことですが……。

［**周囲で激しい騒音**］

デュラス⊙　突然、白紙だったページが字でいっぱいになるんだから！

ゴダール❖　では、子供は字でいっぱいになる白紙に喩えられますね。

デュラス⊙　ええ、ええ。

ゴダール❖　あるテレビ映画の中で、一枚の紙にロネオタイプ〔謄写版の一つ〕で印刷している最中の男の子に、自分自身のことを少しずつ印刷されていく一枚の紙だとは思えないかいとぼくは質問したことがあります。すると、彼は「ない。絶対にない」と答えましたよ（二人笑）。[31]

デュラス⊙　その子は怖かったんじゃないかしら。

ゴダール❖　いいえ、彼は何でもない感じで答えていました。証明してやってもよかったんです。他にも二、三度、彼に証明してやったことがあるのですが、なるほど物事をそういう風にも眺められるんだと理解してくれていたので……。

デュラス⊙　子供にはね、自己への恐怖もあるのよ。子供はそれも感じている。自分自身が怖くなって、一人で自分を怖がっているの。

ゴダール❖　白紙が何か恐ろしいものだとしたら、子供を持つことが幸せなことだという伝説はどこから生まれたのでしょうか。

デュラス⦿　両者の境目はそれほどはっきりしたものじゃない。それは恐ろしいものでもあると同時に不可欠なものでもあるのよ。白紙のページというのは避けられない。子供も同じ。子供を愛することは避けられない。物事はそんなふうにつながっている。あなたが書物を作るのを避けようと頑張っているまさにそのとき、書物が存在している。ディーニュのことを話したいんだけどいいかしら？

ゴダール❖　いや……。その話は結構です。大丈夫です。

デュラス⦿　だって、あなたが言い出したんじゃない。

ゴダール❖　車に録音装置を仕込みます。そうすれば話しているうちに何か録れるでしょう。あれこれと考えなくていい……。

デュラス⦿　ねえ、面白い話があるんだけれどしていいかしら？　悪くないのよ。

ゴダール❖　じゃあ、車で話してください。車ではその話から行きましょう。

◆**31**…『二人の子どもフランス漫遊記』では、ゴダールは九歳の少女（カミーユ・ヴィロロー）と同じ歳の少年（アルノー・マルタン）と一人ずつ話をする。シリーズの五番目の〈運動〉では、教室で練習カードをロネオタイプしているこの少年が映される。ゴダールは、フレームの外から、ずっと彼に質問する。白紙とは何か、印象づけるという動詞を彼がどう解しているか、文字と数字、プログラムという概念についてどう思うか。「それらの物事が存在するということを思い出すためにそれらを印刷する必要はないかな。——ある。——じゃあ、君は存在するの？——うん、存在する。——どうやって自分が存在しているって思い出すの？——思い出さないよ。ぼくが存在してるのはわかってるから［…］——君も一枚の紙で、その上にみんなが君が存在するって書いて、それで君が思い出せるんだとは考えられないかな。——考えられないよ。そんな必要ないよ。だって、自分が存在することはみんな知っているもの」。このとき、画面上には、「真実」という単語が、青い大きな文字でオーバーラップする。

デュラス◉　うちの子が三歳だったときの話よ。

ゴダール❖　すごくいいですね！

［中断。エンジン音。車内の二人。運転しているのはゴダール］

ゴダール❖　どこまで話しましたっけ。

デュラス◉　自分の居場所を探して、あなたはローザンヌに来たって言うのね。おかしな話よ！

ゴダール❖　……あなたは来るように言われた。

デュラス◉　違うわよ、あの学校で撮影するためによ！　あの学校で話すためにね（笑）。

ゴダール❖　女性たちが、自分自身の意志で、戦争を起こすことがあると思いますか。

デュラス◉　あると思うわ。

ゴダール❖　ぼくの考えでは、イメージは鎮静化し、テクストは暴力をふるう。だから、リズムが必要だったら、両方を入れればいい。だけど、あなたが時たまそう思うみたいに、ずっと戦争ばかりで平和が全然ないというのは、やや誇張しすぎです。

デュラス◉　現在の世界情勢を見て、戦争は不可避だと思うわ。それは男性と女性の問題じゃない。したがって、戦争が不可避だと言うことができる限り、誰もが戦争をするでしょうね。だけど、「常に戦争か常に平和か」って……映画にあるかしら。あなたが平和というとき、それはどこにあるの。

ゴダール❖　さっき、あなたは「不可避だ」という言葉を使いましたが、他の話題に関しても使っていましたね。

デュラス◉　もう覚えてないわ。いえ、聞き覚えがあるわね。そうそう、書き物《エクリ》についてだったわね。書き物が不可避になったとき、それはすでに書かれている最中にある。あなたに私の子供の話を聞かせたかったのよ。子供たちについて、やつらは狂人だ、悪ガキだという話をしたでしょ。うちの息子が三歳のときのことよ。ある日、彼がやってきて、私にこう言うの。「ママ、ぼくの紙切りばさみ、ぼくの紙切りばさみは！　どこいったの。どこいったのさ」。彼は泣いていて、すごく悲しそうだった。だからこう言ってあげたの。「探せばちゃんと出てくるわよ、お前さんの紙切りばさみは」。彼はそれでもやめないの。「ママ、ぼくの紙切りばさみ！」。こんな感じだからまた言ってやったの。「探すのよ、言う通りになさい！　考えなさい！　どこに置いたの？」。そしたら、彼が言うのよ。「ぼくは考えられないんだよ！」。「どうして考えられないの」って聞いたわ。そしたらこう言うのよ。「だって、考えたら、窓から投げちゃったような気がするんだ」って（二人笑）。わかるでしょ。うちの子は自分が怖かったの。自分自身への恐怖から逃げ回っていたのよ。[◆32]［**少しの間があって**］停車中に回っているエンジン音とギアを変えた後の（走行中の）エンジン音にどんな違いがあるの？　そんなに大きく違うものなの、音が？

ゴダール❖　［**エンジン音**］録音上に生じる違いのことですか？

デュラス◉　録音上じゃなくて、その結果の話よ。停車している車と走っている車の違いを出すのは音なわけでしょ。多分、実際には……。

ゴダール❖ 赤信号を全部無視して軽快に走っているところです[33]！

デュラス⊙ その通り。いい夏の日を過ごしたわね。

ゴダール❖ ぼくはあの夏を思い出しました……。

デュラス⊙ 一九七五年の夏？

ゴダール❖ いいえ、一九三九年の夏です[34]。でも、遠い追憶の中ですが……。

デュラス⊙ すごく暑い夏だったかしら？　ともあれ、この気候はまだ続きそうね……。私は十月を過ごしにトゥルーヴィルにいく予定。みんなまだ泳いでいるのよ。それにしても謎ね。あなたが現在ここで暮らしているなんて。

ゴダール❖ 正確にはここではありません。というか、この地方ということですか。

デュラス⊙ いいえ、スイスで暮らしているっていうことよ。

ゴダール❖ ここは言葉の通じるアメリカみたいなものです。昔にちょっと馴染みもありましたし。そんなに違いはありません。しかも、スイスもアメリカも連邦制なんですよ。

デュラス⊙ こんなところに住んでいるのはフランス嫌いだからじゃないの？

ゴダール❖ 都会嫌いなんですよ。すごく好きなんだけれど、テクストみたいに、息がつまりそうになる。パリ市民たちが全員逃げ出さないのが不思議ですよ……。

デュラス⊙ そうだけれど、あなたもフランスに場所を持っていたことがあったでしょ。それに、フランスでも田舎は人が少ないわ。

ゴダール❖ そうだけれど、あまりに中央集権化され過ぎている。少なくとも、ここならまだ少しはね……。ここはここで不都合なことがありますが、やはり……。

デュラス◉ 今や、私も実質的にはパリを離れているようなものよ。一年に三ヶ月しかいないもの。しかも、パリで何が起きているか知ってる? 少しずつ、人々が追い出されているのよ。家賃の自由化のせいで、そのうち億万長者のフランス人と彼らの事務所だけになってしまうわ。

ゴダール❖ ニューヨークでも同じことが起きています。

デュラス◉ マンハッタンになりつつあるのよ。つまり破壊されていくということよ。そのことを考え

◆**32**…一九五〇年代から、デュラスは雑誌(『フランス=オプセルヴァトゥール』)、テレビ番組〈ディム・ダン・ドン〉、ラジオで、子供たちと何度も対談している。とくに、ここで思い出されるのは、フランソワ・トリュフォーのアイデアに基づいて、一九六七年に番組〈お気にめすまま〉で録音された会話である(CD *Marguerite Duras et la parole des autres*, Frémeaux & Associés, 2001)。「人工衛星スプートニクと犬」、「天才少年ピエール」(『アウトサイド』佐藤和生訳、晶文社、一九九九年[« Les enfants du Spoutnik ne sont pas dans la lune » et « Pierre A…, 7 ans et 5 mois », Outside, *op. cit.*])を参照。この手の逸話はその中に多く見られる。デュラスと子供たちとのこれらの会話はとりわけ一九七一年に絵入りの小話『ああ、エルネスト』(二〇一三年にThierry Magnier社から再版)というエクリチュールに結実し、その物語がデュラスの最後の映画作品『子供たち』(一九八五年)の原作となっている。

◆**33**…『さらば、愛の言葉よ』では、一台の車が赤信号に近づき、フレームの外から男の嘆き声が聞こえる。「絶対に成功しないなあ。赤信号に変わる瞬間に通過したいのに」。

◆**34**…一九三九年にゴダールは八歳で、両親がスイスに定住し始めた頃である。一九四〇年夏は、ゴダールはフランス――パリ、ブルターニュ地方、ヴィシー――に里帰りしている。一九三九年はマルグリット・デュラスとロベール・アンテルムが結婚した年であり、ロベールは一九四四年に逮捕され、ブーヘンバルト強制収容所、次いでダッハウ強制収容所に移送されている。

ると、やはり居ても立ってもいられない気分になるわね。

ゴダール❖　ここにいると、むしろロサンジェルスにいるような気分になる。それも地区の間にまだ野原の残っているロサンジェルスです。だって、ロサンジェルスとヴォー州〔ゴダールが住んでいるスイスの州〕はほとんど同じ大きさなんです。ただ、ロサンジェルスには高速道路とコンクリートの建物しかありませんけれどね。[35]

デュラス⦿　行ったことないの。

ゴダール❖　同じですよ。ローザンヌという地区からジュネーヴという地区に行くには森を横切らねばなりません。百年後には、全部……。

デュラス⦿　［**ゴダールを遮って**］ノーフル＝ル＝シャトー〔パリ郊外のデュラスの別荘〕にいるときは、買い物をするのにいくつもの麦畑、とうもろこし畑、森を越えて行くのよ……。いくつもの池の脇を通ってね。

ゴダール❖　ここでは、馬やニワトリを撮影したかったら簡単にできる。パリやニューヨークではそうはいきません。

デュラス⦿　あなたについての『カイエ〔・デュ・シネマ〕』誌の特集号――むしろ、あなたの『カイエ』誌かしら――には、数頭の若い雌牛の写真が載っていたけれど、あれもここで調達したの？[36]

ゴダール❖　あれは、アンヌ＝マリー・ミエヴィルです。[37] 彼女がたくさん撮影してきたんです。彼女の撮った雌牛たちはすごく表情豊かだった。

デュラス⦿　最高だったわよ。

◆35…当時、ゴダールはロサンジェルスとサン・フランシスコに行ってきたところだった。それは『ザ・ストーリー』という通称で呼ばれることがもっとも多い、アメリカ資本のある映画の企画の製作条件について、フランシス・フォード・コッポラと調整するためであった。ゴダールはロバート・デ・ニーロとダイアン・キートンを主役に起用することを希望した（ゴダールはこの後者と、一九七九年一二月、『勝手に逃げろ／人生』の撮影とデュラスとのこの対談の直後、ニューヨークで会っている）。この企画は一九八一年まで検討されたが、タイトルも共同製作者も何度も変わり、放棄された（*Godard. Biographie, op. cit.*, p. 567-570を参照）。

◆36…『カイエ・デュ・シネマ』第三〇〇号（一九七九年五月）は――デュラスの責任編集号が『緑の眼』と題されて一九八〇年六月に第三一二・三一三合併号として出版されたのと同じく――すべてゴダールの責任編集である。ゴダールは雌牛たちの写真三枚とアラン・タネールの映画『収穫月《メシドール》』（一九七九年）の写真一枚を掲載した。タネールは当時、ゴダールと並ぶスイスの重要な映画作家だった（この数ヶ月後、ゴダールはタネールの娘である若きセシル・タネールを『勝手に逃げろ／人生』に出演させる）。ゴダールは、同頁上、雌牛たちの直前に、タネールに向けて次のような手紙を掲載している。「雌牛たちの三枚の写真をここに掲載する。［…］火を見るよりも明らかだと私には思われるが、雌牛たちは三匹とも別々の表情をしているのに対し、君の女優たちはみんな同じ表情をしている。しかも、わざとやっているだけに無力さはひとしおだ」。さらに先で、ゴダールはこう続ける。「言われたり、書かれたりしていることとは反対に、この動物たちの眼差しは無色透明どころではない。それはまさに真に批評的な眼差しであり、真の映画雑誌というものが存在するとすれば、まさしくその中にあるにふさわしいものである。ところで、この雌牛が批評的な眼差しを向けているのは、映画作家たちが自動車で走っていることではなく、田舎に撮影にきているにもかかわらず、彼らの視線がずっと時速一二〇キロで走っているということなのである」（*Cahiers du cinéma*, n° 300, *op. cit.*, p. 32-35）。セルジュ・ダネーは『ノー・マンズ・ランド』（一九八四年）における雌牛たちの「めまいがするような美しい」ショットに、タネールからゴダールへの返答を見た（*Libération* du 30 août 1985, repris dans S. Daney, *Ciné-journal*, vol. 2, Petite bibliothèque des *Cahiers du cinéma*, Paris, 1998）。

◆37…アンヌ＝マリー・ミエヴィルは、一九七三年からゴダールと暮らし、ともに仕事をしており、いくつかの映画にはゴダールと共同署名している（『6×2』、『ヒア＆ゼア こことよそ』『ソフト＆ハード』『オールド・プレイス』）。また、ゴダール作品と対話する作品（たとえば『マリアの本』）や、ゴダールが出演する作品（一九九七年に『わたしたちはみんなまだここにいる』、二〇〇〇年には『そして愛に至る』）も撮っている。

ゴダール❖　フランスにいるやつとは違っている。

デュラス⊙　色がとても明るいわ。体毛がとても明るい色で、縮れ毛なのよね！

［中断］

デュラス⊙　あれは東プロイセンのクロマツって呼ばれているやつじゃないかしら。間違いないわね。ホテルの庭にも一本あった。巨大なのね。［少し間があった後に］ここが何を思い出させるのかわかったわ。ほんの少しだけど、テルアビブ［イスラエルの都市］に似ているのよ。

ゴダール❖　一年中、スイス人にも兵役がありますからね。

デュラス⊙　そう。それに高齢者たち、そして様々な言語。テルアビブでは、海沿いに伸びる遊歩道を歩いていると、ドイツ人、ハンガリー人、フランス人の老人たちとすれ違うのよ。あら、あの橋、すごく気に入ったわ。なんて名前の橋なの？

ゴダール❖　そこから飛び降り自殺する人々がたくさんいるんですよ。

デュラス⊙　そのために作られたんでしょ。

ゴダール❖　おそらくそうでしょう……。

デュラス⊙　ランプがついてるわ。夜にはそこを通る人々の身体を照らすのね。かなり印象的だわ。照らされて、身体そのものが今度は光源になる。死に場所の選択としてはよくないけれど、一つの美しい町になるわね。

ゴダール❖　一つの？

デュラス⊙　一つの美しい町。一つの情趣に富んだ町。観光ガイドブックの言い草よ。いたるところに、大通りを横切る橋がある町。

ゴダール❖　自分の仕事について、一人ぼっちだという気がしていますか？

デュラス⊙　それほどでもないわ。仕事に関しては、一ヶ月と十日ばかり、こもって始めたところよ。もうかなり長いこと、書こうとしていなかったの。つまり、できあがる映画のことなんかにまったく煩わされず、むしろ、そんなことは無視しながら、本当の意味で書くことはね。だけど、それができた。三十日かけて、ぎっしりとタイプ打ちされた、十五ページが書けたのよ。すごく時間がかかった。でも、そうすることが必要なテクストだったのよ。この孤独な苦労をね。

ゴダール❖　脚本を書くとき、メモ用のノートは作りますか？

デュラス⊙　いつも手で書くことから始めるわ。映画を作るときは、行程表にはまず従わないわね。『トラック』では、三日間議論した。夜も少し使ってね。どこに向かっているのかわからないままだった。とはいえ、事前にちょっと書いておいたものがあった。十ページぐらいのもの。即興でやるときはやれるようにするためにね。

ゴダール❖　映画に出てくる紙の束のことですね。[38]

デュラス⊙　そう、それそれ！……。ちなみに、名前のない、イヴリーヌ県の老女ヒッチハイカーがいるでしょ。すごく気に入っているのよ。彼女には真の愛情を感じているわ。何よりも、あの陽気さね。わかるでしょ、彼女には『インディア・ソング』の乞食女みたいなところがある。陽気さ、そして、運転手をどやしつけるあの厚かましさ。つまり、彼女は何にも不自由はないの。［**しばらく間があいて**］これはよくできたなと満足している作品はあるの、ジャン＝リュック？　当たり前にあるのかしら？

ゴダール❖　考えたことがないです……。

デュラス⦿　私はね、『トラック』を書いたこと、『トラック』を作ったことに満足しているわ。気持ちの動かない作品、どうでもいいと思っている作品、考えたこともない作品がある一方で、作ったことに満足している作品もあるの。ところで、いわゆる撮影だけど、つらい、報われない瞬間だと思うことはない？

ゴダール❖　あります。報われない撮影じゃないとだめだと信じ込ませられたのです。

デュラス⦿　「信じ込ませられた」って本当に思っているの？

ゴダール❖　誰が何と言っても、そう思います。

デュラス⦿　『トラック』に関しては、報われないなんてことは全然なかったわ。『トラック』の制作中、私はずっと満足な気持ちだったもの。ずっとよ。それに、スタッフもみんなとてもリラックスしていた。多分、あんな感じで展開する映画だったおかげね。最終的には時間順だったわ。場所は二つ、内部と外部だけで、予算的にも大きな問題は起きなかった。録音も問題なし。しかし、時には、撮影でくたくたになって、疲れ切ってしまうことがあるでしょ。私はあれが好きじゃないの。撮影中、映画のまわりで起きている全てのことが映画の中に入ってしまうと信じてるの。あなたはそうじゃないの？

ある日、朝の四時にローマ近郊を通りがかった老婆の話を知ってる？　ある村の農家のおばあちゃんの話よ。この老女が、投光器、可動装置、撮影車、クレーンを使ったまさしく大撮影隊と遭遇する。彼女はスタッフの一人を呼び止めて、こう言うのよ。「一体、皆さん、何をなさってるんじゃ」。彼は老女に答える。「何って、映画を作ってるのさ」。それを聞いた彼女はスタッフたちに言う。「なんとまあ。わしも観たことがあるねえ。でも、こんな時間じゃ、誰も観に来てくれんじゃろうがね」。という話なんだけど、たしかに、すでにそれは映画の一部なのよね。私のすごく好きな話よ。あなたはこれを聞いたことない？

◆**38**…『トラック』においてテクストの朗読を映すショットでは、デュラスとドパルデューがテーブルの周りに座り、「脚本」の紙の束を前にしている。「紙を手にして、その映画は読まれる。ドパルデューにとっても、その映画が読まれるのは初めてであり、そこで見られているのは、映画を読むのに集中する彼の姿である。[…]朗読が見られる。紙の束を手にした最初の朗読が見られている。それらもまた、朗読されている内容に関わる演技、その上演自体と同じくらい—それ以上ではないにしても—やはり映画なのである」(Entretien avec Michèle Porte dans Le *Camion, op. cit.*, p. 86)。デュラスによれば、紙の束を映すことは、映画の最後にドパルデューの背後に投光器があるのをばらすのと同じで、全景《パノラマ》を見せるという意味を持つ。「上映という偏見と縁を切らねばならない。もしある場面を見せるなら、どのようにしてそれが撮影されるか、どのようにしてカメラがその場面を撮影するかもまた見せられるはずだ。カメラで撮られた場面はそれだけで映画なのだ。」(『外部の世界』谷口正子訳、国文社、二〇〇三年、二四七－二四八頁[*Le Monde extérieur, op. cit.*, p. 189])。その後に出て来るローマ近郊の老婆の逸話についてのデュラスのコメントもこれと同じである。『トラック』から一年後、デュラスは『船舶ナイト号』をどうやって撮影するかを発見する。彼女の弁によれば、カメラを「さかさまに」置くのである(デュラスとゴダールに見られる「正しい向き」と「さかさま」の概念については、本書一二二－一二四頁を参照)。「『ナイト号』から派生した映画に到達することができる、ということを発見した。その映画は、わたしが幾月もの間探求してきた『ナイト号』という、自称映画を上回って(まったく計りしれないほど)、物語について証言するだろう。わたしたちはカメラを逆に据え、なかに入ってくるものを撮影した。夜、空気、映写機、道路、道路、顔も」(『船舶ナイト号』佐藤和生訳、書肆山田、一九九九年、二〇頁[*Le Navire Night*, Mercure de France, 1979, p. 14])。

ゴダール❖ 知らなかった。先日、ぼくも別のやつを一つ聞いて、それを作品の中で使おうと思っていたところです。

デュラス⦿ じゃあ、この話も使ったらいいわ。そう言えば、『カイエ』誌にあなたが載せた雌牛たちを見て、私は空飛ぶ象たちのことを思い出したの。象が一匹飛んでいくと、一番目の雌牛が言う。「ほら、空飛ぶ象だよ」。二番目の象が飛んでいくと、二番目の雌牛が言う。「ほら、また空飛ぶ象だよ」。三番目の象が飛んでいくと、三番目の雌牛が言う。相変わらず疲れ切った、感情のこもらない声でね。「あっちに、巣があるんだね」。だから、私の意見では、あなたの雌牛たちは空飛ぶ象を眺めているのよ。それも、すごく、すごく覚めた……、あらゆることの向こう側にいるような視線でね。

ゴダール❖ ええ、それは確かです……。さっきぼくが言った別の話というのは、ユダヤ的というか、宗教的というかそんな感じの話です。あるユダヤ教徒が自分のラビ、つまりは霊的指導者に会いに行く。彼はラビにこう言います。「悩みがあるのです。私が天国に行けるかどうかをどうしても聞いてきて欲しいのです。この件について、私には問題がたくさんあって、どうも雲行きがあやしい。不安で居てもたってもいられないんです。私が天国に行けるのかどうかを土曜日までにどうしても知りたいんです」。ラビは彼に答えてこう言います。「それを知るのは難しそうです。そんなに簡単に言えるものではないのです。よろしい、土曜日にまたおいでなさい。手を尽くして、その結果をお伝えしましょう」。というわけで、信者は土曜日に出直してくる。ラビは彼にこう言います。「良いニュースと悪いニュースがあります。良いニュースは、天国についてはバッチリです。了解が取れました。問題なく行けます。一方、悪いニュースの方ですが、あなたの出発は水曜日です」[39]（二人笑）。

デュラス⦿ いいわね、傑作よ、傑作！ でも、どうして「出発する」って言うのかしらね。

ゴダール❖ 一度行ったら取り返しがつかないからですよ！

デュラス⦿ 私は移送列車のことを考えたわ。

ゴダール❖ 移送列車か、なるほど。

デュラス⦿ ほら、あなたの工場よ。映画館よ。それにしても、あなたはロサンジェルスに行ったのね。わたしは一度もないわ。アメリカ人プロデューサーの顔っていうのを見たことがないのよ。

ゴダール❖ ぼくはモザンビークにだって行ってるんですよ。[40]

［**目的地に到着し、駐車する**］

◆**39**…『勝手に逃げろ／人生』では、ポール・ゴダールとドニーズ・ランボーが立ち寄ったカフェで、客の一人がこの話を謎めいた一人の女にしている。女は優雅な、毛皮を着た高級娼婦であり、男の話をつまらなそうに聞いている。

◆**40**…モザンビークでのゴダールの体験は、『カイエ・デュ・シネマ』誌、第三〇〇号（一九七九年五月）の最後六十頁を使い、「北vs.南、もしくは国民の（イメージの）創生」と題されたテクストと写真のコラージュで報告されている。紹介記事は次のように始まる。「一九七七年、テレビ番組と劇場用映画の製作・制作をしているソニマージュ社は、ジュネーヴの国際会議の際、共通の友人を介して、モザンビーク人民共和国の代表者たちと接触を持つ。ソニマージュ社はモザンビークに、テレビができる前に、テレビがモザンビークの社会的・地理的な資料体《コーパス》の隅々に（わずか二十年後には）浸透する前に、わが国の視聴覚状況を利用して、テレビを研究することを提案した。つまり、映像を研究すること、映像に対する欲望（記憶したいという欲望、この記憶を見せたいという欲望、出発点であれ、到達点であれ、その記憶を標識に、行動方針に、独立という目標のための道徳的・政治的指針にしたいという欲望）を研究することである」。一九七八年の八月と九月に行われた最初の調査滞在の後、この計画は放棄された。

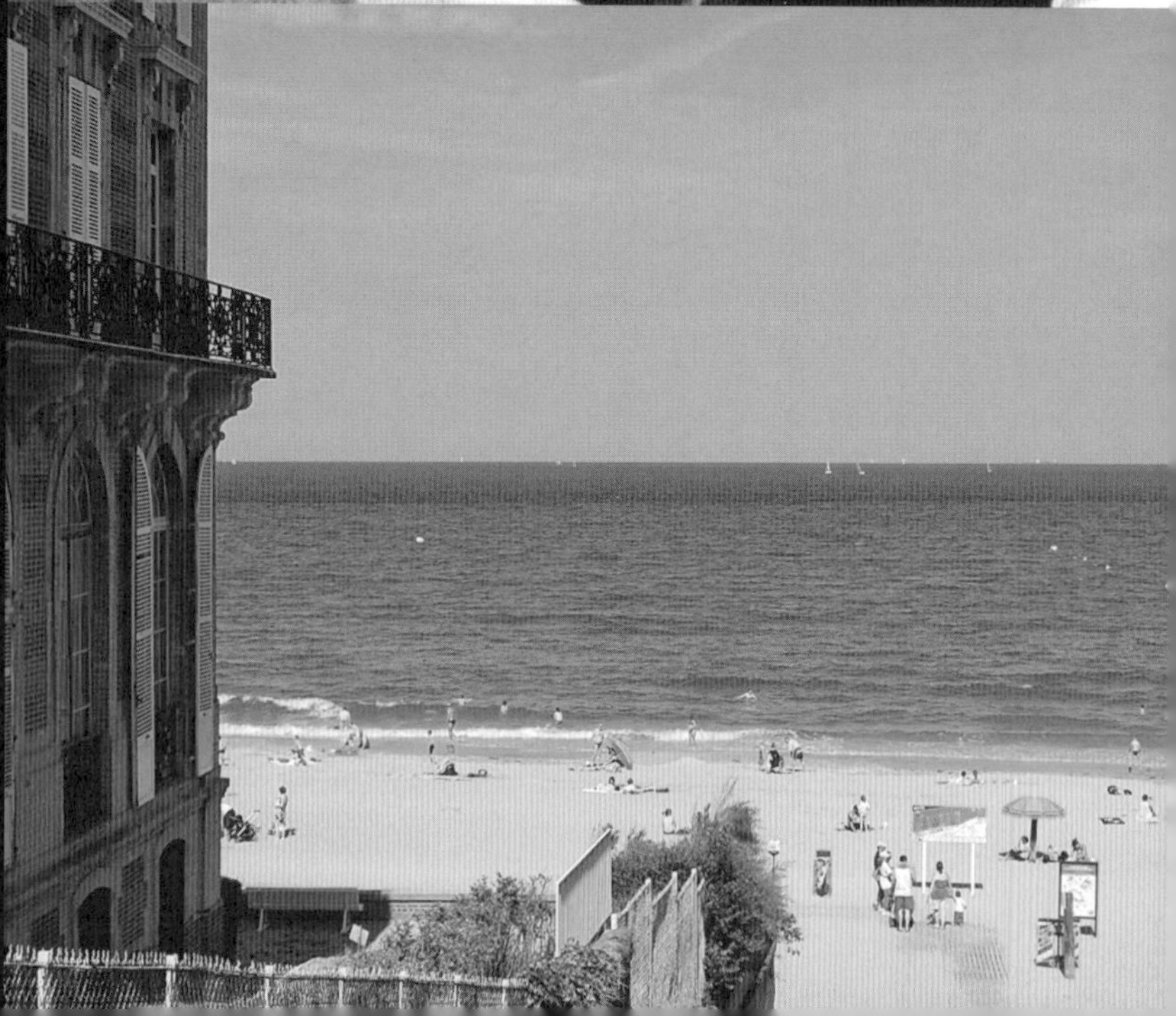

1980年の対話

『勝手に逃げろ／人生』*Sauve qui peut (la vie)*
写真（上）はジャック・デュトロンとナタリー・バイ。
写真協力：公益社団法人川喜多記念映画文化財団
写真（下）はロシュ・ノワール館（左）越しに望むトゥルーヴィルの海

一九八〇年七月から九月にかけて、マルグリット・デュラスは『リベラシオン』紙上で週刊コラムを担当する。その体験はすぐに小説『八〇年夏』となり、十月にミニュイ社から出版される。一九七七年の『エデン・シネマ』以来、映画とは無関係の久々のテクストである。ゴダールと二回目の対談をするのは、その直後の九月末ないしは十月中のことである。当時のゴダールは、五月のカンヌ映画祭に『勝手に逃げろ／人生』を出品し、十月中旬の一般公開を見守っているところだった。さらには、アメリカでの企画『ザ・ストーリー』も進めながら、『パッション』の準備も始めていた。

　アメリカ人批評家リチャード・ブロディが書いたゴダールの伝記によれば、プロデューサーのマリン・カルミッツが「ゴダールとデュラスを、双方がそれぞれアパルトマンを所有するトゥルーヴィル〔ノルマンディ地方の有名な海沿いの避暑地〕で合流させる。ゴダールは「近親相姦に関して」デュラスと一緒に何かをしたいと考えていたが、「共同企画」は合意には至らない◆1」とある。カルミッツとゴダールは旧知の仲である。カルミッツは一九六〇年代初頭、ゴダールのアシスタントをしていたし、封切られたばかりの『勝手に逃げろ／人生』のプロデューサーでもあった。その一方、カルミッツはデュラスとも知り合いだった。執筆中の小説『副領事』（出版は一九六五年）の要素をちりばめた、デュラス脚本の『黒い夜、カルカッタ』を一九六四年に監督した縁からだった。一九八五年にも再び、『愛人ラマン』の映画化をねらうゴダールの頼みで、カルミッツは両者の仲立ちをしたが失敗に終わっている。

対談に向けてゴダールが提案した近親相姦というテーマは、何の共作にも結実しなかったが、その後の作品にそのこだまを聞き取ることができる。一九八二年から一九八三年にかけて集中的に取り組んだものの、実現にはいたらなかったある映画の企画に加えて、ゴダールはそのさまざまな変奏を『カルメンという名の女』(一九八三年)、『こんにちは、マリア』(一九八四年)、『ゴダールのリア王』(一九八七年)の中に散りばめている。デュラスの方は、一九八〇年末にはすでに『アガタ』のテクスト執筆において、さらに一九八一年初めの映画『アガタ』の撮影において、近親相姦のテーマを追求している。そこには、ロベルト・ムージルの『特性のない男』に着想を得たある兄と妹の近親相姦が描かれているが、直接的な映像にいたることはなく――トゥルーヴィルの人気のない海岸とロシュ・ノワール館の冷たげな広間しか映らない――、あたかもそれは言葉の中でしか実現できないかのようである。

ＩＭＥＣのマルグリット・デュラス資料に保存された彼らの対談の録音は約一時間半に及ぶ。以下はその文字起こしの全文である。

◆1…Richard Brody, *Jean-Luc Godard, tout est cinéma*, Presses de la Cité, 2010, p. 520.

ゴダール❖ イタリア放送協会では、何をしているのです？

デュラス⊙ ローマについての映画よ。

ゴダール❖ ローマについて？

デュラス⊙ ええ、ローマに関して。[2]

ゴダール❖ アイデアはあるんですか？

デュラス⊙ 全然。二月にローマに三週間行くの。現地に行けば、何か見つかると思うわ。何かはわからないけど。

ゴダール❖ 一体、何を扱うんです。人々ですか。それとも町を？

デュラス⊙ 人じゃない、町だけよ。要するに、町で私が撮りたいものを、好きなだけ撮ってくるというわけ。幹線道路を一つ選んで、そこを走る予定よ。ちょっとしたいくつかのことしか決めてない。アッピア街道を撮るつもりよ。夜のね。

ゴダール❖ やっぱり、ずいぶん出来上がっているじゃないですか……。ところで、それは依頼されたものですか。どうしたらアイデアから出発できるのか。どうしてアイデアを受け入れることができるのか。依頼されたものなのに、どうしたら受け入れることができるのか。

デュラス⊙ 同じことよ。『二十四時間の情事』だって依頼されたもの。『オーレリア・シュタイナー』も依頼されたもの。『ロル・V・シュタインの歓喜』だって依頼されたものよ。

ゴダール❖ なるほど、依頼品なわけですね。でも、誰が依頼するのです？

デュラス◉ 『緑の眼』だって依頼されたものよ。[◆3] 誰が依頼するのかって？ そんなのどうでもいいのよ。締切がある。そしたら、それまでに完成させなくちゃならない。

ゴダール❖ わかりますよ。つまり、締切こそが……。

デュラス◉ そうよ。大事なのはそこよ。

ゴダール❖ じゃあ、まず、人は締切があっても大丈夫だということを受け入れる。それから、その依

◆**2**…これは一九八二年にデュラスが撮影する『ローマの対話』のことである。公開は一九八三年五月、パリ。テクストは、十年後、『エクリール』（ガリマール社、一九九三年）に収録される。『ローマの対話』は、『セザレ』（一九七九年）とともに、ラシーヌ『ベレニス』を参照している。『ベレニス』の悲劇のヒロインは「ユダヤ人と同じ軌跡をたどった。彼女は、同じ場所から旅立った。彼女は、自分の集団において否定された」（『デュラス、映画を語る』、一七二頁[*La Couleur des mots, op. cit.*, p. 172]）。『ベレニス』は、ゴダールにとっても重要な戯曲であり、何度もその映画化を試みるとともに、『恋人のいる時間』（一九六四年）で引用もしている。

◆**3**…『二十四時間の情事』はアラン・レネとアナトール・ドーマンの依頼だった。彼らはシモーヌ・ド・ボーヴォワールとフランソワーズ・サガンを検討したあと、デュラスに依頼をした(Anatole Dauman, *Souvenir-écran*, Éditions du Centre Pompidou, 1989, p. 85を参照)。『ロル・V・シュタインの歓喜』の最初のヴァージョンはアメリカの出版社グローブ・プレス社とテレビ局のフォー・スターの依頼に応じて脚本として書かれた。彼らはヌーヴォー・ロマンに属する作家たちの脚本による映画作品をまとめて製作する予定だった。唯一実現したのは、サミュエル・ベケットとアラン・シュナイダーによる、バスター・キートン主演の『フィルム』である(*C'était Marguerite Duras, op. cit.*, p. 413-417及び「クロスト氏への手紙」、『外部の世界』、二三七頁[« Lettre à M. Krost », *Le Monde extérieur, op. cit.*, p. 181]を参照)。デュラスは時々、最初の『オーレリア・シュタイナー』はテレビ・ジャーナリストで司会もしているアンリ・シャピエから依頼され、彼が会長をつとめるパリ・オーディオヴィジュエルという団体のために作ったものだと言っているが(『デュラス、映画を語る』、一八七頁[*La Couleur des mots, op. cit.*, p. 184])、シャピエは彼女がすでに持っていたアイデアを製作するように彼女に説得されたと語っている(Henry Chapier, *Version originale*, Fayard, 2012)。『緑の眼』は『カイエ・デュ・シネマ』誌の企画から生まれた。

頼を受け入れる。なぜなら、まさしく締切があるからですね？

デュラス⊙ 『リベラシオン』紙のコラムだけど、あれは毎週が締切だったのよ。信じられないようなペースだわ。◆4

ゴダール❖ あなたは誰か他の人と仕事をしたことは一度もないのですか。人々から頼まれたり、もしくは、あなたがその人に頼んだりして。

デュラス⊙ 一緒に仕事をしようって？

ゴダール❖ 一緒に仕事をしようってぼくに頼もうと思ったことはありませんか。いや、仕事じゃないな。だけど、ぼくがあなたに今頼んでいるような……。たとえばぼくは、二年前、試みたことがあります。一度、クロード・ミレールとシャンタル・アケルマンに会いました。本に載せる記事を書いて、各人が自分の興味を話そうということになっていました。しかし、会合は一回と半分しか続かなかった。◆5 だから、このアイデアを思いついたのです。自分で自分に依頼をすることにしたのです。それは畑が一つあるようなものです。強いてこの畑を通ってもらい、そこで見たものや聞いたこと、その畑をどうやって耕すかを言ってもらえたら……。「父親たちと娘たち」に関して、あなたと私は同じ考えでした。つまり、それを「ファーザーズ・アンド・ドーターズ」と英語で言うほうが、フランス語で言うよりもずっと素敵だという点においてです。◆6

デュラス⊙ ええ……「父親たちと娘たち《ペール・エ・フィーユ》」というのは好きになれないわね。

◆4…一九八〇年に、セルジュ・ジュリ「『リベラシオン』紙創立者」はデュラスに『リベラシオン』紙上でのコラムを依頼する。デュラスは週刊というリズムを好み、一九八〇年七月十六日から九月十七日まで、「緑の眼の夏」というタイトルで週間の連載をした(「緑の眼」と題された『カイエ・デュ・シネマ』誌の特別号はその一ヶ月前に出ている)。時事問題や虚構、日誌のいりまじったこのコラムは同年に『八〇年夏』[*L'Été 80*, Les Éditions de Minuit, 1980]としてまとめられる。

◆5…ゴダールの言っているのは『*Ça/cinéma*』誌(第一九号、一九八〇年)に掲載されたシャンタル・アケルマンとクロード・ミレールとリュック・ベローとの会話のことである。ゴダールは各人と進行中の企画について議論し、映画作家としての疑問点をともに語ろうとしたが、対談はすぐに独裁的な産婆術になっていく。まるでゴダールは『二人の子どもフランス漫遊記』の子供の尋問の続きをしているかのようだった。たとえば、シャンタル・アケルマンには、ゴダールはエクリチュールとシナリオについてこう問うている。「あなたは写真を撮るよりも書こうとしているのですか? でも、結局、映画は写真を撮ることになっていくのでは?[…]見ているものを描写できるとお思いですか。[…]勘違いだとは思いませんか。近づくことが可能だと思っているのですか。遠ざかっているのではなく? あなたは書き方をならったのですか」。

◆6…新たな関係のあり方を指し示すには、外国語で言い表すしかないということだろう。『ル・モンド』紙の一九七七年二月十日号にデュラスは「マザーたち」と題した文章を発表している(『外部の世界』、二五四-二五八頁[*Le Monde extérieur, op. cit.,* p. 194-197]に再録)。その後、映画『子供たち』(一九八五年)の中で、さらにそこから着想した『夏の雨』(一九九〇年)のテクストにおいて、デュラスは、文盲の主人公エルネストの兄弟と姉妹たちを「ブラザーたちとシスターたち」と呼んでいる。リチャード・ブロディによる伝記には、一九八〇年十月にニューヨークの映画祭に『勝手に逃げろ/人生』のプレゼンテーションのために現れたゴダールが、次の映画は「父親たちと娘たち《ファーザーズ・アンド・ドーターズ》」に関するものになると観客たちに告知していると書いてある(*Jean-Luc Godard, Everything is Cinema*, Faber & Faber, 2008, p. 433)。この「父親たちと娘たち《ファーザーズ・アンド・ドーターズ》」という言い回しは、一九八七年の『ゴダールのリア王』(全編が英語である)の冒頭でもつぶやかれる。リア王と娘コーデリアとの関係は、近親相姦に関するゴダールの考えの様々な変奏のうちの一つである。当初、ゴダールはリア王から着想した「役」を作家ノーマン・メイラーに、コーデリアを彼の娘の一人ケイト・メイラーに演じさせるつもりだった。だが、『リア王』の最初の数分間で、メイラーに演じさせることの不可能性が語られる。「それは三人の娘のいるリア王ではなかった。それは三人の父がいるケイトだった。すなわち、大スターとしてのメイラー、父親としてのメイラー、そして、監督の私だ。まったく多過ぎた」。ゴダールはメイラーに近親相姦的な言い間違いを言わせている。つまり、映画監督が依頼した動作を自問しながら、メイラーが「どうして娘は私の手を取るのか。私が彼女の手を取るのではなしに?」と言ったと物語る。

ゴダール❖　それじゃあ、別のものを考えなくちゃならない。

デュラス◉　娘たちと父親たち《フィーユ・エ・ペール》（女性を男性の先にしてある）でいいじゃない！（二人笑）。そのほうがマシよね……。

ゴダール❖　ただ最初は、やはりぼくにも抱えている締切がおそらくありました。ですが、あなたが『緑の眼』に書いた記事を読んで、締切という考えは――そう銀行に期日を忘れてはいけませんよと言われたときみたいに――私の中で思い出になってしまったのです。それはあなたが前に書いた記事を再掲したものでした。インタビュー記事で、ある一人の少女と夫が出奔してしまったママへのインタビューです。[7] 読んだときに思ったのは、一人の少女よりも……。

デュラス◉　自分の娘とは別の少女とよ。

ゴダール❖　自分の娘とは別の少女とですね。でも、別の少女ではなく彼自身の娘にして、恋愛物語にしましょう。『美女と野獣』であると同時に、『ボヴァリー夫人』[8]であり、『恋人たち』であり、『俺たちに明日はない』[9]でもあるようなものにしたい。

デュラス◉　全員集合ね！

ゴダール❖　そう、全員でもいい。父親と娘でもいいし、その他にも……。あまり多くなりすぎないように「娘は二人にしよう」と思うこともあります。それから、家族の中に別の人物を加えること。たとえば弟です。それから、娘たちのひとりと別の娘よりも仲良くなってしまう。

デュラス◉　つまり、子供たち相手とはいえ、すでに選択があるということね。何人かの少女たちの中に、ひとりだけ該当者がいる。

ゴダール❖　その通り。だけど、それはすぐにはわからない。一目惚れみたいな感じじゃないんです。情念ではなく、そんなのではなくて……何かを見つけるような感じなのです。それで今日おうかがいしたいのは、小説家であり、映画作家であり、その両方であり、子供をもつ親としてのあなたにです。「これは主題としてありでしょうか。これは主題に、畑の一つになりえるでしょうか。◆10」

◆7…話題になっているのは「甘く優しいオランジュのナディーヌ」の記事である。そこでデュラスは、相思相愛になった少女と駆け落ちをし、性的な関係を持たないまま、勾留された留置場で自殺をしたアンドレ・ベルトーの妻にインタビューをしている。当初、一九六一年十月十二日の『フランス＝オプセルヴァトゥール』誌に掲載され、一九八〇年に「オランジュのナディーヌ」のタイトルで、元の記事にあったアンドレ・ベルトーとナディーヌ・プランタジュネの顔写真とともに『緑の眼』、九八－一一一頁［*Les Yeux verts, op. cit.*, p. 74-82］に再掲載され、さらに一九八一年には写真無しで『アウトサイド』、三五－四六頁［*Outside, op. cit.*, p. 106-113］に掲載された。

◆8…『ゴダールの映画史』エピソード1Bにおいて、ゴダールは『ボヴァリー夫人』とポルノグラフィを結びつけている。「あらゆる技術を発明した二〇世紀は愚かしい行為もまた発明したということ、そして、『ボヴァリー夫人』は電信技術によって成長し、アダルトビデオとなったのだということを記憶に留めておかねばならない」。

◆9…一九六四年、フランソワ・トリュフォーの推薦で、トリュフォー用に書かれた脚本『俺たちに明日はない』をすんでのところでゴダールが監督するところだった。最終的には、この作品はアーサー・ペンによって一九六七年に制作されている（*Godard. Biographie, op. cit.*, p. 402-403を参照）。脚本を書いたロバート・ベントンとデヴィッド・ニューマンの話では、ペン監督版公開のとき、パリで会ったゴダールにこう言われらしい。「さて、あの映画を作ろうぜ！」（Richard Brody, *Jean-Luc Godard, tout est cinéma, op. cit.*, p. 273）。

◆10…この「畑（champ）」という言葉には、研究や観察の領域を示すとともに、撮影される空間の範囲を示す映画用語が含意されている。同じく、「主題（sujet）」という言葉も「テーマ」と「個人」という意味において理解する必要がある。ゴダールは第一の対話でのやり取りを実践しようとしている。つまり、ここで、それが発話される前、それが発話されると同時に、何が見えるのか？

デュラス◉　それは人々に知られていない主題だと思うわ。だけど、永遠で、普遍的で、日常的な主題よ。だって、数日前パリで、あなたが私に主題について話したとき、このことを考えたのよ。

ゴダール❖　でも、誰もが経験していることです……。

デュラス◉　ええ、だけど、その経験に自分で気がついていないのよ。そこまでいくのは、やっぱり稀よ。たとえば、私が思ったのは、男の子たちと比べると、女の子たちは役立たずの子供みたいなところがあるってことね。数十年前までは、男の子たちだけが……。

ゴダール❖　役立たずというのは、何に対しての話ですか……？

デュラス◉　役立たず。つまり、男の子たちは名前を継承し、遺産を相続していくの。男の子には永続性みたいなものがあって、そこにいて、家を続けていく。けれども娘はどこかに行ってしまう。娘はお嫁にもらわれていくものだったのよ。こういってよければ、父子関係の余計者みたいなものだったのよ。おそらく娘っていうのは、父子関係における遊びの部分なのね。この遊びの部分は、当然ながら、骨の髄まで情熱的よ。だって、少女たちの子供時代を導くような指針はなかった――少年たちのに比べたらずっと少なかった――から。話を始めるならそこだと思ったわ。たぶん、面白くないかもしれないけれど、でも考える価値はあるわ。私の母は私のことを「私のお荷物」って呼んでいたわ。母が子供たちを紹介するときは、「私の息子たち」と言ってた。つまり「私の長男」、「私の次男」、それから「私のお荷物」、つまり私の娘ってね。すなわち、数に入らない娘、余計な娘なのよ。〔母のこの言葉は〕片時も忘れたことはないわ。◆11

ゴダール❖ 現在もそれは変わっていないと思う？

デュラス⊙ 今は、昔よりずっと体験が進んでると思うわ。公然の、体験されている近親相姦が山ほどあるんじゃないかしら。

ゴダール❖ 私的だけれど、限られた人たちの間で公然の事実となっている近親相姦ですか。隣人は知らないのでしょうか。

デュラス⊙ たとえば、母親は了解している。それに兄弟も姉妹も。だけど、まだ古いと思うのは、外には言わないということ。たとえば、堕胎はずっと昔から行われてきた。私たちの世代の新しいところは、そのことを口にしたことよ。そして、あばずれ扱いされる。私も道端で罵られたことがあるわ。中絶したことをあえて口にしたものだから。[12] 近親相姦は家の敷居の外に出ることはない。もしわたしがその映画を思い描くとしたら、完全に閉じられた映画になるわね。

ゴダール❖ 閉じられた？[13]

デュラス⊙ 自分自身に閉じた映画よ。近親相姦は家庭の中で行われてきた。閉ざされた環境で行われ、

◆11…「私のお荷物」に関しては、マルグリット・デュラス『戦争ノート』田中倫郎訳、河出書房新社、二〇〇八年、一二九－一三二頁［*Cahiers de la guerre et autres textes*, P.O.L, 2006, p. 124-126］を参照。そこでは、この表現が、子供時代、デュラスが母親から受けたと説明する暴力と、長兄からのしばしば性的な含意を伴った打擲と罵詈雑言とに結びつけられている。

◆12…デュラスは一九七一年四月、堕胎の合法化を主張する「三四三人の女性の宣言」（「三四三人のあばずれの宣言」とも呼ばれた）に署名している。

家族というゲットーの中に完全に封印されてきた。それと、近親相姦の方程式をあなたに教えようと思っていたのよ。多くの人と同じように――というのは私はそれを知っているの。兄弟がいたのよ。歳上のね。私には兄たちがいて、彼らは妹である私に欲望を抱いていた。私が彼らに欲望を抱いていたようにね。この欲望を体験したの。最後までは行ってないけれど、この欲望を生きたわ。すごく激しくね。とくに下の兄と私との間はそうだった。[14]

あと何を言おうと思っていたのか忘れてしまったわ……。そうそう、加えて、このテーマを私が扱うことになったら、エロティシズムに、近親相姦の方程式のエロティックな暴力に飲み込まれてしまうと思う。これより先に行ける人は誰もいないわ。[15]

ゴダール❖ ぼくの場合、外側からアプローチするしかない……。子供もいないし、近親相姦の思い出もないから……。

デュラス⊙ そうね、でもあなたも誰かの息子でしょ。

ゴダール❖ ええ、おそらく誰かの子供ではありますし、同い歳の姉〔姉ラシェルは一九三〇年一月、ゴダールは同年十二月生まれ〕もいます。でも、それだけじゃなかったと思うのです。たしかに姉が浴室で入浴しているのを見たり、もしくは見たいと思ったりしたとしても……それは家族とは関係なく、たまたま身近にいて、目に入る女性だったということだと思うのです。極端に閉鎖的な、ブルジョワ家庭でし

◆**13**…ここで話題にされている囲いは単に空間的なものではないが、そのイメージの元にあるのは、家庭の中にある、恋人たちのために仕切られた空間である。デュラスは、仕切られていると同時に外側に、「外部の世界」に開かれている場所――部屋、家、宮殿、読

書机、『トラック』の運転席――を変わらぬ舞台として用いることで自分の映画作品をしばしば構造化している。そこにはデュラスが「エクリチュールの部屋」と名付けているもののメタファーや、「幻覚性《アリュシナトワール》の部屋」(『アガタ』の中で初めて使われた言葉で、近親相姦の場所を示す)の具現化がある(『死の病・アガタ』小林康夫+吉田可南子訳、朝日出版社、一九八四年、一三七頁では「不思議な部屋」[Marguerite Duras, *Agatha*, Les Éditions de Minuit, 一九八一年、p. 47])。その反対に、ゴダールの場合、閉鎖空間内で行われる長いシーン(『軽蔑』のマラパルテ邸、『カルメンという名の女』の恋人たちのアパルトマン、そして『ゴダール・ソシアリスム』の大型客船)があっても、映画全体と混じり合うことはなく、その秘密を握ることもない。一九七〇年代から頻出する編集ルームにしても、インサート映像やオーバーラップでこじ開けられてしまう。この点に関する彼らの違いは、彼らの逆交差の現れの一つであり、この表=裏の関係をゴダールは一九八七年の対話で口にすることになる(本書[一二三―一二四、一四八―一四九、一六四―一六五頁を参照)。

◆14…デュラスと「下のお兄ちゃん」との関係は、とくに『愛人 ラマン』(一九八四年)の中で語られている。ゴダールとのこの対話の数ヶ月後、『アガタ』(一九八一年)が執筆され、撮影されることになるが、そこで展開される近親相姦的な物語と下の兄とのつながりが、一九八一年に書かれたテクストで仄めかされている。「わたしの子供時代は[下の]兄と一緒に死んでしまった。[…]どのような情熱も近親相姦の情熱の代わりにはならない。近親相姦は他の人々とは決して行われない。なぜならそれはまさに二重に与えられたものだからだ。それは愛であり、記憶だからだ。そして愛は子供時代の測り知れない記憶によってつくられているからだ。子供時代には、愛し合っていること、愛し合うであろうことがまだ知られていない。こうした無知の発見こそが愛なのだ」。そして続く段落は唐突に『アガタ』の話に飛ぶ。「時折、すべてをつくり出したのはアガタだとわたしは思う。兄への愛を、兄を、すべてを、世界をだ。近親相姦を発見したのはアガタだ、と思う。おそらく彼の方でしたのではなかったのだ。彼はそれを発見することはできなかった。この少女、アガタの測り知れない力はそこにある」(「撮り直し」、『外部の世界』、一一一―一一三頁[« Retake », *Le Monde extérieur, op. cit.*, p. 10-11]を参照)。

◆15…方程式は閉じられている。なぜなら、数ヶ月後、『アガタ』の撮影に際して、デュラスは「近親相姦においては、欲望の全体が、愛の全体がある」(*Livre dit, op. cit.*, p. 44を参照)と言い、この絶対性によって表象不可能性を結論するからだ。「近親相姦を、その性質を証言するものは何もない。何もだ。だから、それは表象不可能なのだ」(*id.* p.43)。その結果、『アガタ』のエロティシズムは、声の想起(「彼女の身体のしどけなさは神の壮麗さを持つ。あたかも潮騒がそれを甘やかな深いうねりで包むかのようだ」)、離れて歩くシルエットの緩慢な遊歩、反復される大洋のヴィジョンにおいて、完全に遠ざけられている。

たし……。もう覚えていませんが、家族と関係があるとは思えません……。

デュラス⦿ でも、その体験は明らかで、明白なことだったでしょ。

ゴダール❖ 近親相姦というのはどこから起きるのか。なんでそれが起きるのか。ぼくにはわかりません。社会学とか民族学の研究も読んだことがないし……。

デュラス⦿ だって内緒にしなければならないのよ！ それに、レヴィ＝ストロースは知っているでしょ。

ゴダール❖ あらゆる社会にそれはあるのですか。そういえば、かろうじて本は買っているのですが、読むところまでは行ってないんです◆16（二人笑）。

デュラス⦿ レヴィ＝ストロースは近親相姦はタブーだとはっきり言っている。だけど、あなたの映画の中で何をしようと自由だと私は思う。近親相姦の禁止は、部族の富が濫費されないようにするためなのよ。

ゴダール❖ それが知りたかったことです。民族学者たちがそれをどう扱っているか。

デュラス⦿ つまり、部族の娘は他の部族の男に富として売られていくのよ。そうすることで、商業的な循環ができあがるの。

ゴダール❖ 動物界にもそういうのは存在するのかな。

デュラス⦿ 近親相姦は完璧に存在するわ。ロイヤルファミリーにも犬たちにもね。ずっと存在してきたわ。

ゴダール❖ だとしても、犬の場合、部族の富が問題になるはずがない。だって水牛たちは……。

デュラス⊙　違うに決まってるでしょ。レヴィ＝ストロースは近親相姦の禁止を説明しているの。近親相姦が部族の内部で禁止されたのは、さまざまな部族間の富の自由な循環を可能にするためよ。娘は麦のように売られていたわ。娘は持参金をもたらし、この持参金と交換で相手の部族の人々からも富の贈与があったの。最初は物々交換なのよ。だけど、近親相姦の禁止はとても強力で、すごく厳格だったから、現在の私たちにいたっても、ものすごく厳格に守られているのよ。

ゴダール❖　だとしたら、どうして動物たちにも禁止があるのですか。

デュラス⊙　動物に禁止はないわよ。◆17

ゴダール❖　それを知らなかった。何にも知識がないんです。

◆**16**…無知や愚者の振りをするのはゴダールの産婆術に頻出する戦術の一つである。クロード・レヴィ＝ストロースを読んでなかったとしても、その一章が近親相姦に費やされている『親族の基本構造』が出版された一年後の一九四九年、ゴダールはわずかな期間であれソルボンヌ大学の人類学講座に登録しており、その名前を聞いていたはずである（クロード・レヴィ＝ストロース「インセスト問題」、『親族の基本構造』福井和美訳、青弓社、二〇〇〇年、七五－九六頁［Claude Lévi-Strauss, « Le problème de l'inceste », *Les Structures élémentaires de la parenté*, 1948, rééd. Mouton de Gruyter, 2002, p. 14-34］。しかも、レヴィ＝ストロースは、エリック・ロメールを更迭してジャック・リヴェットが編集長になったときの『カイエ・デュ・シネマ』誌上で、インタビューを受けた最初の大知識人の一人だった。この更迭劇はゴダールの支持によって計画された（les *Cahiers du cinéma*, n° 156, juin 1964を参照）。人類学については一九九〇年代の対談でも再び言及され、映画がそこから忍耐と方法を学ぶべき研究者の模範とされる。「よそを見にいき、報告すること。あれは映画の運動なんだ。デュメジルやレヴィ＝ストロースは優秀な脚本家だった」（「ゴダールの週末」、『ゴダール全評論・全発言 III 1984-1998』、二七〇頁［Jean Daniel et Nicole Boulanger, « Week-end avec Godard », entretien réalisé pour *Le Nouvel Observateur*, 1989, repris dans *Jean-Luc Godard par Jean-Luc Godard*, t. II, *op. cit.*, p. 179］）。

デュラス⦿　だって動物はそればっかりじゃない。兄弟と姉妹、母に娘！

ゴダール❖　そうなんですね。ええと……ぼくの考えでは、成人指定のマークをつけて、専用の上映館で上映される等々の仕組みをもった合法ポルノ映画がフランスに導入されてからというもの、映画という領域で、キスをすることが絶対的にできなくなってしまった、もしくは、うまくできなくなってしまった。[18]実際にラブシーンをすることができる領域で出直そう、それを再発見しようという考えもあった。だけど、それは恋人同士のものではない。だって、その瞬間、十九世紀末の演劇をしている自分たちに気がつくことになるでしょうから。

デュラス⦿　わざとらしい、偽物だものね……。

ゴダール❖　結局うまくいかない状態に戻ってしまいます。だけど、ぼくが見ている数少ないあなたの作品の一つである『インディア・ソング』には、ポルノ映画よりも強烈なシーンがあると思います。というのは、あなたは自分がしたいことをやっていて、おそらく何かが起きているということを人は思うのです。

デュラス⦿　でも、彼ら彼女たちはキスをしていないわ。まるでキスが禁じられているかのようにね。

ゴダール❖　ええ、だけど、ある瞬間には、さらにキスが見たくなってしまう。つまり、キスがそこにあるということを感じるのです。たとえば、キスが禁じられているということ、しかし、キスが館を取り囲んでいるということ、そのようなことを感じるのです……。

デュラス⦿　まさにその通りよ。[19]

ゴダール❖ それは、例えばファルジュにはまったくできなかったことです。[20] ぼくがぼんやり持ってい

◆**17**…この行き違いは二人の違いを表している。デュラスとゴダールは「近親相姦」という語を同じ意味で用いていない。ゴダールにとって、この語はそのままで近親相姦の禁止を意味している。デュラスにとって、この語はその関係という事実だけを意味していて、禁止はこれから吟味し、考えるべきものである。これと同じ行き違いは、近親相姦をめぐるデュラスとヤン・アンドレアの会話の中にも、より明白に、より進んだ形で見られる（*Le Livre dit, op. cit.*, p. 45-46 : « Je crois à l'interdit » の章を参照）。

◆**18**…一九七〇年代のポルノ映画の興隆は、ゴダールにとって終始変わらぬ反面教師である。ゴダールは、弁証法的な仕方で、ポルノ映画を自らの思索と映像の中に取り込んでいる。たとえば、『勝手に逃げろ／人生』の有名なアダルトチャンネルのシーンである。性器の大量の表象がポルノグラフィに放置されたせいで、性器は愛、欲望、美というその他のすべてのものから切り離されてしまったことをゴダールは確認している。「ドヌーヴが《あなたを愛しているわ》と言うすべを知らないからこそ、やはりそれを言うすべを知らないポルノ映画がつくられるわけだ」（ジャン＝リュック・ゴダール『ゴダール全評論・全発言 I 1950-1967』奥村昭夫訳、筑摩書房、一九九八年、六三三頁［*Jean-Luc Godard par Jean-Luc Godard*, t. I, *op. cit.*, p. 605］）。近親相姦が「主題《スュジェ》と領域《シャン》」であるような映画の企画はこの放置に敢然と立ち向かうことになるだろう。まるで『勝手に逃げろ／人生』でポール・ゴダールが別の家族の父親に向かって娘に欲情したことはないか、「愛撫をして、肛門性交とか、もっと他の何かをしたい」と思ったことはないかと尋ねるように。『パート2』（一九七五年）では、表象不可能性や直視不可能性などおかまいなしに、一人の男が、ワイプで映される娘の見ている前で、妻と肛門性交する。

◆**19**…行為のない絶対の愛は、『インディア・ソング』の副領事とアンヌ＝マリー・ストレッテルとの関係の中にその精髄がある。「あなたを知るのにダンスに誘う必要はありませんでした。そしてあなたもそう思ってらっしゃった」。ヤン・アンドレアとの会話でも、いくつかのフレーズがこの絶対に言及している。「愛は完全にそこにあるのに、完遂されないということがありえる。［欲望は］全き不死のうちに死ぬか、何でもないかである」（*Le Livre dit, op. cit.*, p. 49 et 50）。

◆**20**…ジョエル・ファルジュ監督の『愛の対象』（一九七九年、主演はオロール・クレマンとブルーノ・クレメール）への参照である。ファルジュは、わけても、アルバトロス社の『*Ça/cinéma*』誌の共同創立者であり、一九七五年には『インディア・ソング』について、一九八二年には『勝手に逃げろ／人生』についての重要な特集号を出版している。また、ゴダールの講演集（*Introduction à une véritable histoire du cinéma*, Éditions Albatros, 1980）も編纂、出版している。

るアイデアは、大ラブシーンを撮ることです。ですが、今日、映画におけるラブシーンとは何か。ぼくにもよくわかりません。ぼんやりとしたアイデアなのです。また、べつのときには、絵画しか思いつかなくなる、とくに好きでもないルーベンスのタブローのようなものしか思いつかなくなるのです……。ただ、ぼくは思うんです。裸体を撮ることのできる映画作家は一人もいない。例えば、腹を小鳥についばまれているといったような、そんな感じのはね。そんなことは絶対に無理そうです。ぼくの考えでは、映画はそれすらも見せるためにあるのに。どのように見せるのか。それはわかりませんけれど◆21。

デュラス⦿　レンブラントのことかしら。

ゴダール❖　ルーベンスです。

デュラス⦿　ああ、ルーベンスね。私の場合、男が一人で自室から自分の娘、たとえば、庭や隣の部屋にいる自分の娘を見つめているとしたら、彼は娘に近づこうとしている場合よりも、はるかに先に進んでしまっているわ。思うに、すべてはあなたが出発点をどこに置くかだと思う。撮るときにどこにあなたはいるのか。わたしはいつもこのことを、撮影前の位置決定を大事にしているわ。

ゴダール❖　ぼくの場合、自分には娘も息子もいないからこそ、近親相姦という主題が撮れる気がするんです。時には、接近したいという願望を持たねばなりません。ぼくにとって映画は自分一人では行けない場所に行くための移動手段だという気がします。そこが興味深いところです。映画をぼく自身の延長だと感じています。もしくは、映画によって自分自身を延長させるのです。

デュラス◉ 不可能な体験なのに?

ゴダール❖ でも可能になるのです!

デュラス◉ 可能になっても決して体験されることはない……。

◆**21**…当時のゴダールは一九八一年秋に撮影されることになる『パッション』の準備中だった。『パッション』の一部は活人画で構成されており、レンブラントの《夜警》、ゴヤの《マドリード、一八〇八年五月三日》、ドラクロワの《十字軍のコンスタンティノープルへの入城》の活人画が扱われている。ルーベンスの《罰せられた者の地獄堕ち》も出てくる予定だったが、一九八一年にフランシス・フォード・コッポラがアメリカのスタジオを一日自由に使わせてくれた際に撮影した映像は最終的に作品に使われなかった(*Everything is Cinema, op. cit.*, p. 436を参照)。いくつもの裸体(アングルの《小浴女》もある)が映されるが、それを演じるのは若き端役のミリアム・ルーセルであり、彼女は『カルメンという名の女』に出演したあと、『こんにちは、マリア』で聖母マリアを演じる。そして彼女を主演としてゴダールは一九八四年まで『父と娘』もしくは『生涯の男』と題された近親相姦をめぐる企画を進めている。「『父と娘』とでも題するミリアム・ルーセルを主演にした映画の企画をあたためていたら、フロイトの初期の精神分析の一つ、ドラの症例を題材にした映画の企画と一緒になってしまった。最初のシナリオはもっとドラよりのものだった。そのときは、長い間、登場人物の医者が主役だった。それから、父と娘の話になった。ぼくには子供がいないのだけれど、ずっと近親相姦について、それも父と娘の近親相姦の映画を作りたいと思っていた。一度、マルグリット・デュラスにそのことで話をしたことがある。その結果、考えうる限りもっとも古い、納屋の例を使うことにしたのさ」(Dominique Païni et Guy Scarpetta, « Jean-Luc Godard et la curiosité du sujet », art. cité, p. 62)。ゴダールの言っている「古い納屋」とは、『こんにちは、マリア』の元になったマリアとヨセフをめぐる聖書の逸話のことである。「たまたまフランソワーズ・ドルトの書いた『精神分析に照らした福音書』という本を手に取ったのです。その序文で(その続きはちゃんとは読んでいないのですが)、著者は見たこともない仕方でマリアとヨセフを語っていたのです。つまり、一対のカップルの物語としてです。それがぼくにはとても映画的に感じられた。ところで、ぼくという人間は、とても伝統主義者です。いつも恋愛ものやカップルの物語を作っています。だから、こうして神とその娘という題材にいたったわけです」(Entretien pour Révolution du 1er février 1985, cité dans Richard Brody, *Jean-Luc Godard, tout est cinéma, op. cit.*, p. 549)。

ゴダール❖ 可能になっても決して体験されることがないのは、もし体験されたらそれはもはやそのようなものではなくなるからです。私たちは不可能なことを作り出すことしかできないのです。

デュラス⦿ その通りね。その通りだわ。おっしゃる通り。思うに、近親相姦はつねに近親相姦の瀬戸際にあるのよ。ルソーの本にあるサン＝プルーの言葉をふまえていたのかは知らないけれど。

ゴダール❖ 『告白』それとも『新エロイーズ』[22]？

デュラス⦿ サン＝プルーは「幸福は幸福の前にある」って言ったのよ。

ゴダール❖ 幸福は何の前……？

デュラス⦿ 幸福の前、そうなのよ。ちなみにエロティシズムも前ね。オーガズムが来ると終わってしまうから[23]。これについても話して欲しいということなので言うけれど、あなたが作りたがっているような映画を私が作ることになったとしたら、そんな感じで作ると思うわ。すべてはなされるべく起きる、すべては翻訳されるべく起きるの。けれど、つねにその瀬戸際にとどまる。決して向こう側に行くことはない。考えていたのは、映画『荒れ狂う河』〔エリア・カザン監督、一九六〇年〕の中の青年と少女とのキス一つない大恋愛よ。私にとって、『荒れ狂う河』は老女の物語ではない。老女にはたいして興味が持てなかった……。何も起きることはない。彼らはずっと部屋の中に閉じ込められているけど、決して何も起きない。そして、その状態で、部屋に閉じ込められているというよりも、彼らはまるで特別な関係、でも、完全に秘密が守られた関係の中に閉じ込められているかのようなのよ。まるで呪いにかけられたみたい。それは底なしで、終わりがなく、まったくたいした作品よ[24]。

ゴダール❖ だけど、やっぱり逃げることもしなくちゃならないと思う。つまり、わからないけれど……フォークナーの小説には、山のように呪いが出てくるけれども、今日では、やや大げさにも見えます。◆25

デュラス⊙ たしかに。でもそれを映画の中のお話と考えてはいけないわ。映画の中で、自分たちにかけられた呪いに気がつくのは私たちなのよ。ただし、それは映されるべきではない。神秘が映される

◆**22**…『新エロイーズ』の方である。

◆**23**…『*Livre dit*』に、これとよく似た一節がある。そこでは、より正確に『新エロイーズ』を参照している。「ともかく、欲望の完遂は一種の遅延……、欲望自体に対する遅延のようなものよ。[…]ルソーが言っていたように、どこにもない、世界のどこにもないの……。たしか、これを言ったのはサン=プルー氏よ。[…]彼によれば、幸福とは幸福の待機にある、つまり、幸福に先立つ瞬間にあるのよ。わかるかしら」(*Le Livre dit, op. cit.*, p. 48-49)。

◆**24**…『荒れ狂う河』(一九六〇年)について、デュラスは*Cahiers du cinéma* n° 318, décembre 1980に掲載された監督エリア・カザンとの会話の中でより多くを語っている。そこで彼女は口づけの不在について『インディア・ソング』との直接的なつながりを説明している。一九七九年のゴダールとの対話は、一九八〇年六月版の『緑の眼』には収録されなかったが、カザンとの会話は一九八七年版に収録されている。「カザンはわたしとともに、おそらく、欲望を表現しようと試みた唯一の映画監督でしょう。彼が男性であるという事実は、このことをさらに比類なきものにしています。欲望、その性格から言って口にできず、手に触れられないものを」(『私はなぜ書くのか』、一〇二頁[*La Passion suspendue, op. cit.*, p. 180])。

◆**25**…ゴダールは、一九六〇年代から、ウィリアム・フォークナーに、とりわけ『勝手にしやがれ』の台詞にも引用された小説『野生の棕櫚』に着想を得たいくつもの企画について語っている。ここで彼の念頭にあるのは、一九八七年のデュラスとの対話のときにも言及する『アブサロム、アブサロム!』の近親相姦に違いない(本書一〇七頁を参照)。フォークナーはおそらくゴダールが映画に出したいと思った最初の作家である。一九六一年にはアメリカで撮影するジーン・ケリー主演の企画も持ち上がったが実現しなかった。企画を放棄したのは一九六二年七月のフォークナーの死が理由の一つである(*Godard. Biographie, op. cit.*, p. 186を参照)。

べきではないようにね。そう思うの。でも、少女たちの中から選択がなされるというあなたのアイデアは素晴らしいわ。複数の子供たちがいて、その段階で、選択がなされるというのは。

ゴダール❖『勝手に逃げろ／人生』のイザベルの妹は少女なのです。

デュラス⊙乳房を見せてる娘ね。

ゴダール❖その通りです……。

デュラス⊙彼女は売春をしたいと考えている。

ゴダール❖彼女は自分が売春でお金を稼ぐことができるだろうかとたずねる。船の帆を買うためのお金です。また別の女優もプロダクションに手紙を書いてきました。[26] 時々、間違ってか狙いすましてか、何らかの理由によって、人々がぼくに近づいてくることがあるのです。彼女たちに会って、たしか一人は二〇歳、もう一人は二三歳でしたが、こう思ったのです。一三、四歳の少女に設定して、ロリータ風になり、結局、人々が手を出せずに終わるよりも、こちらの方がおそらくいいんじゃないかとね。近親相姦は、今日、少なからず扱われているテーマでもありますしね。カヴァリエも父と娘の映画を撮っています。ドワイヨンも父と娘の映画を撮っています……。[27]

デュラス⊙ええ、ドワイヨンもそのテーマで撮ってるわね。知ってる。私と同じカメラマン〔ピエール・ロム〕を使っているのよ。

ゴダール❖だからぼくは変えるのです。そして、再び、かつてのように映画が撮りたくなったのです。他の人がしているよりももっと遠くに、もっと強烈なやつを作りたいと思ってね。もしくは、他の人達があまりに遠くに、あまりに強烈なものを作っているとしたら、それよりも遠くなく、強烈じゃないやつを作ろうと思うのです。こんな風にするのは、挑戦のようなものです。他の人がしていないということは、それだけでとても素晴らしいことです。

デュラス◉　明確にフィクションとして作りたいということね。語の正確な意味で、小説として。

ゴダール❖　フィクションを再び経由するということです。娘がいないから、ぼくにはフィクションとして作ることができる。そして、おそらくはついに（時折、ぼくがあなたと話したいと思ったのはこの意味においてです）、一度も手を出してこなかった気がする小説に取りかかるのです。そしてガリマール社から処女小説を出版する。これはぼくの人生でまだやったことのないことです！◆28

（二人笑）

◆**26**…『勝手に逃げろ／人生』で、イザベル・ユペール演じる人物の妹役は、彫刻家セザールの娘アンナ・バルダッチーニである。ヴァレリアン・ボロフチック監督『邪淫の館　獣人』（一九七五年）に出演しており、この後にはレオス・カラックス『ボーイ・ミーツ・ガール』（一九八四年）にも出演している。

◆**27**…アラン・カヴァリエ『奇妙な旅』（一九八一年）では、線路沿いで行われる娘と父による母親の死体の捜索が描かれている（娘役は共同脚本執筆者でもある、カヴァリエの娘が自ら演じ、父親はジャン・ロシュフォールが演じた）。ジャック・ドワイヨン監督『放蕩娘』（一九八一年）は、近親相姦をより正面から扱っており、配偶者の夫と別れて父のところに舞い戻る娘を描いている。

◆**28**…『ゴダールの映画史』のテクスト版がガリマール社から出版されるのは一九九八年である。くわえて、ゴダールは一九九六年以来、P.O.L社から自作映画の台詞抜粋集を出版している。ゴダール曰く、「これらの本は文学でも映画でもない。デュラスのある種のテクストに似た、映画《フィルム》の痕跡なんだ」（「本と私」、『ゴダール全評論・全発言 III 1984-1998』、七一九頁［« Les livres et moi », *op. cit.*, p. 436］）。（一九四四年から一九七二年までガリマール社から自著を刊行している）デュラスは一九八四年から一九八九年までP.O.L社の〈アウトサイド〉叢書の主幹を務めた。

短いものならずっと書いています。たとえば、長々とした不平や短い叫びのようなものはね。だけどそれ以上のものはない……。短距離走と長距離走の違いのようなものです。多分、自分で勝手に作った違いなのでしょうけどね。では、その物語の中で、母親はどのような存在として現れるのでしょうか。

デュラス◉ 多分、理論的なことは誰かが教えてくれるわよ。筋の運びや方向性とかはこんな感じにね。「彼らはバカンスに某所にやってきた」、「某所はこんな様子である」、「彼らは某日に散歩に出かける」、「子供たちの名前は某であり、彼らはこんなことをしている」等々とね。

ゴダール❖ なるほど。いくつかのアイデアがあって……そこから他のアイデアが生まれてくる。

デュラス◉ そして、その中をぐるぐると考えてみたらいい。悪くないわよ。

ゴダール❖ しかし、ナディーヌと彼……の話では、あの物語られる感じ、ママのインタビューがよかった。

デュラス◉ 引越し業者の妻よ。その夫が当時七歳の子供を愛してしまった。

ゴダール❖ 妻は敬意にあふれていましたね……。

デュラス◉ まったくだわ。

ゴダール❖ 彼女だってすごく苦しんだはずなのに。つまり本当の苦しみです。

デュラス◉ 夫の悪口めいたことは一言も言わなかった。それどころか、夫と少女の関係は一つの愛以上のもの、名前のないものだったとまで言ったのよ。彼女の言葉をここで暗唱してあげてもいいわ。

ゴダール❖　男とナディーヌには共通点があると思った。たぶん、あの写真のせいだけれど、彼らは同じ眼差しをしていると思う。[29] 多分、同じ眼ではないのだけれど、ものを見つめる仕方がまさしく同一なのです。

デュラス⦿　凝視している感じね。

ゴダール❖　ええ、凝視している感じです。ところで、さしあたり、あくまでさしあたりでの話ですが、この物語の結末は映画になるなと思っていました。

デュラス⦿　自殺よ。ボーイスカウト・ナイフでね。私が書いた序文は読んだ?

ゴダール❖　ぼくもどんなだっただろうと想像していました……それにぼくも撮りたいと思っていたことが書いてありました。つまり訴訟のくだりの全てです。最後の三十分だけでいいから、訴訟のシーンを入れたい。被告の妻がこんな感じでいて、陪審団がいて、訴訟がこんな風に行われる。「あなたは彼女に触れたのか?――はい、彼女に触れました」。「あなたはしたのですか?――はい、しました」。とはいえ、どうやってそれが可能かわかりませんが……。ともかく、それは禁止の描写です。禁止が映されることはありませんが、事後的に禁止の描写があるのです。

デュラス⦿　それはもう一つの作品と対になる作品ね。[30]

◆29…『緑の眼』では、一九六一年にデュラスが『ヌーヴェル・オプセルヴァトゥール』誌に書いた記事とその際に掲載された二葉の写真が再録されている(本書六七頁註7を参照)。同書には、この写真以外にも、主に女性の肖像写真、それも、しばしばデュラスの映画からとられた肖像写真が用いられており、同書の重要な図解となっている。

ゴダール❖ 突然、別のシーンが始まる。例えば、インタビューと質問をする一人の記者が現れる。彼らの姿は見えない。最終的には、わかりません。もう少し時間が必要です。

デュラス⊙ 訴訟によって、あなたが示したいのは……。だって、彼は死んじゃったから訴訟はないものね。

ゴダール❖ 訴訟はありません。でも、逮捕とそれに続く予審があったことは想像できます。

デュラス⊙ それから惨劇もね。

ゴダール❖ 話題になっていませんが、そこには女性がもう一人、つまり姉の方の娘がいます。当時、こんなことが言われていました。「姉の娘さんのことを考えてみてください。犯罪の幇助をしたというだけで彼女は監獄に入らなければなりません」。おまけに姉はとても優しそうなのです……。そこから二人姉妹にしようというアイデアが浮かびました。姉はなびこうとしない。だけど父親の興味は、まるで生理的な選択に導かれるかのように、まず彼女に向けられている。ところが、その後、姉の方にも反響のようなものが起きてこう思う。「でも、この男と関係を持つほうが都合いいんじゃないかしら。だって、結局はパパなんだし。他人と関係を持つよりも、わたしにとって都合のいいことがいっぱいある……」。彼女には数人の恋人、もしくは、一人の恋人がいるかもしれない。だけどそちらはうまくいかず、失望からおそらく彼女は……。その後、それが再び起こり、再び形を取り始める……。しかし、初めは、それは難しい。情熱から生まれたのではない恋人関係のように。だけど、それはいつも情熱として描かれる。どんなふうにして生まれ、どんな奇跡によるものかもわからない。

そこに理由はありません。

デュラス◉　そう、情熱よ……。だとしたら、そこに現れるのは、本物の情熱とも言うべきものなんじゃないかしら。

ゴダール❖　それが現れるのです。それから説明のシーンがくる。

デュラス◉　なるほど……。

ゴダール❖　映画を作るとき、先に結末を考えていますか。撮影という作業の前に。

デュラス◉　通常、結末は向こうからやってくる。結末にこだわるのはよくないと思う。

ゴダール❖　結末はどうでもいいと?

デュラス◉　どうでもいいわ。わたしが求めているのはこの一節よ。「かれは、わたしたち家族のことを三人とも、かれなりに、すごく愛してくれました。子供たちのことを誰かに傷つけられたりしたら、かれはその人を殺していたかもしれません。けれども言っておかなければならないのは、かれはまったく、どの子にもまったく関心をもっていなかった、ということなんです。ナディーヌほどにはね。自分の子供たちなのに。ナディーヌとの場合、それは突然でした。彼女に出会って以来、かれはこれ

◆**30**…『*Livre dit*』では、デュラスは『アガタ』(こちらは実際に撮影している)を撮ったら即座に、同じ舞台装置、同じ役者で『娘と少年』を撮影したいと述べている。この作品は『八〇年夏』に散りばめられていた、女コーチと少年との関係の物語に発するもので、デュラスは「平行テクスト」(*Le Livre dit, op. cit.*, p.65)と呼んで、「二つのテクストに同じ映像を使うことができると考えていた」(同書、*id.*, p.39)。

までにないほどひきつけられたんです。頭がおかしかったのだと言われても当然です。すごく乱暴で、いつまでも変わらない、とても単純な人だったとも。ナディーヌとかれとのあいだのこの話は、一二歳の子供が同じ年の子に恋したという話と変わりません。こんなことがあるなんて想像もできませんでした。ノートル＝ダム＝デ＝モンをあとにするときなんて、大変でした。あの子はかれと残りたがったし、彼の方も彼女といっしょに残りたいと言っていました。二人とも泣いていました。彼らは途方にくれていました」(『緑の眼』小林康夫訳、一〇二頁)。

ゴダール❖ したがって、それは爆発の突然さのようなものだったのでしょう。ですが、一本の映画では、一時間半をきっちり使って、その突然さの中に入り、その長さを測るのです。

デュラス⦿ でも最後には、突然さという歩みを試してみるのよ。

ゴダール❖ 並足で進むこと、技術を使ってでもね。これだ。すごくやってみたい。スローモーションと早回しを使って……。

［**中断**］

デュラス⦿ だからこそ、わたしがアンドレ・ベルトーの妻からきいたあの一節があるのよ……。

ゴダール❖ あのインタビューをしたとき、あなたは記者だったのですか。それとも、この三面記事を見ていたのですか。

デュラス⦿ その前日、テレビでこの三面記事を見たのよ。翌朝、その妻にインタビューしに出かけたの。警官たちがしたことに対して、嫌悪を感じ、憤慨していたのよ。たしかに、わたしは彼女にこの愛の性質をたずね、それについて話してほしいと頼んだ。それからアンドレ・ベルトーがあの子にしたことについて疑いを持っているかどうかも聞いた。彼女はわたしにこう答えたわ。「全然。人は悪く考えていますけど、かれらにはわからない。幼児への性的虐待がよくあるからといって、かれらは、このことも幼児への性的虐待だと言いました。わたしは、ね、たしかにそんなことは見たこともないし、考えつくことすらなかったのだけれど、しかし、そういった類のことではまったくない、ということが分かっていました。説明できませんけど。あてはまる言葉が見つかりません。愛、と言ったらいいでしょうか。ですが、単にある女性に対して男性が抱く愛だとか、父親が子供に対して抱く愛というのではありません。もっと別のものです。うまく言えそうもありません」(同書、一〇五－一〇六頁)。

最後にもう一つ、性的虐待について。女性たちの場合によく話されるのと同じように、今回のケースでも当然ながらそれについて言及しているわ。序文に次のように書いたの。「男と少女のあいだの愛は、罰せられぬままとなろう、死によってそれは終わったのだ。わたしはこの愛を、絶対的に信じる。A・ベルトーと少女は愛し合った。医学的検査は正確だった。つまり、ナディーヌは犯されていない。強姦は起こりえたかもしれない。だが、それは起こらなかった。A・ベルトーの最後の行為のうちに、成し遂げられなかった強姦のひとつの置き換えがあったということは、考えられるし、ありそうなことだ——あれほどの激しい愛では、欲望はかならずこうした結末にいたる——だが、わたしにとっては、まさにそれこそが強姦が乗り越えられた理由なのだ。つまり子供の愛の力である」(同書、九九－一〇〇頁)。

［中断。道路を車が往来する音］

ゴダール❖　そういえば、こんなアイデアもありました。少女が盲目というものです。ぼくがこれをやめたのは……。

デュラス⊙　少女を盲目にした可能性もあったと？

ゴダール❖　父と娘というアイデアはちょっと古い。締切の話に戻せば、今はその締切が来ていると感じていますよ。実際、ちょっと賞味期限が切れている。この盲目というアイデアを入れたのは、デ・ニーロとダイアン・キートン主演の映画をアメリカで作ろうとしていたときです。[31] 想像だけで作ったせいで、まったく抽象的な話になってしまったのを覚えています。ミエヴィルには「どこの押入れから引っ張り出してきたの」と言われました。まるでウジェーヌ・シューみたいだし、言ってしまえば、やや「コゼット」みたいな話でもある。

デュラス⊙　見事なファンタスムよね……。

ゴダール❖　ええ、全くです。娘を盲目にしたのは、「彼女は盲目でなければならない」という――ややヒッチコック的な――思い込みのせいだったんです。そういう設定もいいかな……と。それに、ヒッチコックの映画『三十九夜』の中に、ぼくがすごく好きなショットがあるのです。マデリーン・キャロルとロバート・ドーナットが手錠でつながれていて、彼女がストッキングを脱ぐショットです。つまり、彼女がストッキングを脱いでいく間、彼は手でそれを追っていかねばならない。なんたって、手錠でつながれているのですから(二人笑)。こんなことを思いつくのはヒッチコックぐらいしかいませ

んよ。しかも、それをよりによって犯罪映画の中でやるのですから。◆32

デュラス⦿ わたしは同じことをしている父親を想像していたわ。ただし、その相手は知的障害の娘だけれど。しゃべれないの。何か起きたとしてもあとでそれを話すこともできないような存在。

ゴダール❖ ああ、なるほど……。

デュラス⦿ 思い出すのは、わたしが十六、七で、うちの兄が二〇、二一歳の頃、兄が自分の彼女たちとのアヴァンチュールをわたしに詳細に報告するのよ。自分のマスターベーションの話までね。こういうことはよくあることだと思うわよ。

ゴダール❖ ああ、ぼくの場合、そういうことは一度もなかった。経験がない。だけど、ようやく自分がどういう存在なのかがわかってきました……。結局、すべての人はとても強烈な家族生活を体験しているのに、ぼくはそれを知らない……。だから、たぶんぼくは、今、それを虚構の中で作り上げたいのだと思う。

デュラス⦿ でも、姉妹はいたんでしょ。

◆**31**…『ザ・ストーリー』の企画（本書五一頁註35を参照）では、ダイアン・キートンが演じた役には娘がいた。「そしてベティという名のその娘は、生まれつき目が見えず、今はダイアナと一緒にサンディエゴに住んでいる」（ジャン=リュック・ゴダール『ゴダール全評論・全発言II 1967-1985』、二六七頁［*Jean-Luc Godard par Jean-Luc Godard*, t. I, *op. cit.*, p. 427］を参照）。

◆**32**…ゴダールは『三十九夜』のこのショットの着想を『カルメンという名の女』（一九八三年）に活かしている。憲兵ジョゼフ（ジャック・ボナフェ）は銀行強盗の際、カルメン（マルーシュカ・デートメルス）に恋をしてしまう。彼女を無事に出獄させるため、彼は自分と彼女を手錠で結ぶ。ところが、ずっとつながれたままなのに、彼女はトイレに行きたがり、彼の横でズボンを下ろす。

ゴダール❖ ええ、でもまったく何も……。
デュラス◉ 妹？
ゴダール❖ いいえ、ぼくと同じ歳で、同じ年生まれの姉です。かなり珍しいケースです。
デュラス◉ だけど、もしあなたがそれを体験していたら、こんなアイデアは思いつかなかったでしょうね。
ゴダール❖ 確実に、そうでしょうね。
デュラス◉ みんな全部忘れてしまうのよ。
ゴダール❖ だけど、アイデアはより可能なものでなくてはなりません。結局、カヴァリエにはできなかった……。予算的な理由に違いありませんが、彼は実の娘に演じさせています。しかし、父親役にはロシュフォールを起用しました。ぼくに言わせれば、これでほぼすべて台無しです……。
デュラス◉ 何ていう映画なの？　最新作？
ゴダール❖ ……おまけに、極めつけは配給がゴーモン〔フランスの大手映画制作会社〕なのです。
（二人笑）
ゴダール❖ ゴーモンの配給だったからこそ、カヴァリエ本人はこの役をあえて演じず、おそらく残念な結果になったのです。まったく別ものの映画になってしまった。
デュラス◉ 配給先と役者。ここでは、あ、い、い、ある一人の役者を選択してしまったことによって、型通りの作品になってしまった。女優ではない少女を起用したのにね。

ゴダール❖ 結局は、映画を作る理由がすべてです。

デュラス⦿ ええ。でもわかるかしら。全部忘れてしまうのよ。男たちとのアヴァンチュールも全部忘れてしまうし、その細かいことも忘れてしまうの。だけど、こうした関係、初めての関係、つまり、さっきあなたに話したような兄との関係は、たとえ言葉でのやりとりでしかなくても、ずっときれいに無傷なままで、信じられないような状態で保存されるものなの。カヴァリエの映画はなんという題名なの？

ゴダール❖ 『旅行者たち』です。[33]

デュラス⦿ でも、印象に残ったのね。

ゴダール❖ 全体的にいいテーマが五、六個は入っているなと思いました。いわゆる商業映画なのに。

デュラス⦿ それであなたは観たの？

ゴダール❖ いや、それが観てないんです。まだ制作中だと思います。ぼくが思ったのはこうです。「ほら、たぶん普通のことだったんだ。四〇歳か五〇歳で、フランスで映画監督をしていたら、伝統的な映画で、この主題も撮りたくなるんだな」と。それと同時に、未知のものや禁じられたもの、それらを見に行くことに、ぼくはより興味があるんだなともね。禁じられたものは見せられない以上、人々が見せられるものは……。

◆**33**…正しい作品名は『奇妙な旅』（アラン・カヴァリエ監督、一九八一年）である（本書八一頁註27を参照）。

デュラス⦿ 北方の国々では、そういう関係がとても日常的だということは知っている？

ゴダール❖ はるかにすごいです。

デュラス⦿ そのことは知っていたの？

ゴダール❖ ええ。

デュラス⦿ 近親相姦はほぼいたるところ、すべての、あらゆる家庭で行われているのよ。

ゴダール❖ ええ、ですが、ぼくは実際に一本の映画を観るようにそれを見ています。そういう見方なのです。スウェーデン人ははるかに抵抗なく裸で泳ぐ。特別にヌーディストでなくてもね。ところが、近親相姦は一つの関係なのです……。

デュラス⦿ そうよ、でも注意しなさい、ジャン＝リュック。つまり、ノルウェーではあなたはその映画を作れないということよ。なぜなら、禁止という前提がその映画を支えているのよ。もちろん、あなたの作りたい映画についての理解が間違ってない、つまり、わたしが勘違いしていなければの話だけど。近親相姦が完全に日常となっている社会では……。

ゴダール❖ でも禁止は存在するはずです。習慣上の禁止というものとは別にです。

デュラス⦿ ええ。でも、戒律が存在しないとしたら、感情の源泉を、エロティシズムの源泉をその戒律の侵犯に求めることはできないわ。他方、ここ、わたしたちの国では、すべての源泉になっているのが、まさしくこの侵犯なのよ。このことははっきり言っておかなければいけないわ。まったく、なんて禁止かしら。それは大前提となる禁止なのよ。ちなみに、その反対パターンはあるのかしら……。

ええ、その反対も存在するわね。状況を逆転させて、母親たちと息子たちというパターンがある。

ゴダール❖ それはまったく別物ですよ。

デュラス⦿ 母と息子。異性愛である以上、完全な欲望だわ。わかるかしら。それは夫婦関係の反復だけれど、はるかに広範に見られ、理解され、意識されているわ。

ゴダール❖ もうこれくらいにしておきましょう。じゅうぶんに話しました。

『右側に気をつけろ』*Soigne ta droite*
写真（左）は出演中のゴダール。
写真（右）はレ・リタ・ミツコのカトリーヌ・ランジェ
写真協力：公益社団法人川喜多記念映画文化財団

1987年の対話

一九八〇年代は、デュラスもゴダールも新聞やテレビへの露出が目立った。アントワーヌ・ド・ベック〔映画史研究者〕の計算によれば、この十年間のゴダールのテレビ出演は約六〇回にのぼる。とくに集中しているのは『ゴダールのリア王』と『右側に気をつけろ』を公開した一九八七年である。[◆1] 一方のデュラスは、一九八四年の小説『愛人 ラマン』の成功、翌年『リベラシオン』紙に掲載されたグレゴリー・ヴィルマン事件の記事が引き起こした賛否両論の反応、一九八六年に『ロートル・ジュルナル』誌に発表した大統領フランソワ・ミッテランとの連続対談によって、文学者としても、公人としても、一九六〇年代と同様に存在感ある地位に返り咲いていた。こうしたメディア状況の中、作家コレット・フェルー〔チュニジア生まれの仏人女性作家〕は、ゴダールの『右側に気をつけろ』公開とデュラスの最後の小説『エミリー・L』出版を機会として、テレビ番組〈オセアニック〉で両者の対談を企画した。それは二人の巨匠の遭遇である。両者はともに抜け目ない会話の達人であり、好んでピュティア〔古代ギリシアの巫女〕や善良なる白痴も演じる。そう、ゴダールが一九八七年に公開したばかりの二本の自作の中で演じていたように。コレット・フェルーはこう回想する。「〈オセアニック〉の番組を収録中、彼らを結びつけているものについて二人が《話さない》こと、むしろ、水面下で話しているのに気がつきました。つまり、臆病さや傲慢さ、ためらいや熱狂、微笑や沈黙を通じてです。二人はもはや《一方》と《他方》ではなかった。二人は消えてしまったも同然で、《彼らの遭遇》だけが残されていました」[2]。

パリのサン＝ブノワ通りにあるマルグリット・デュラス宅で十二月二日に撮影し、一九八七年十二月二八日にフランス3〔仏テレビ局〕で番組として放送された。〈オセアニック〉の編集版には約一時間の対話が残されているが、実際の対話は二時間十分に及んでいた。この対話の一部は一九九〇年に『マガジン・リテレール』誌に掲載され、後に『ジャン＝リュック・ゴダールによるジャン＝リュック・ゴダール』[3]の第二巻に再録された。以下に掲載するのは、ＩＭＥＣのマルグリット・デュラス資料に保存されている年代物の文字起こし資料の全文である。

ゴダール❖ こんにちは、マルグリット！

デュラス◉ 元気にしてる？

ゴダール❖ あなたも元気ですか。演技をするんですよ。いいですか、生放送ではありませんから。

◆1…*Godard. Biographie, op. cit.*, p. 647-649を参照。

◆2…Colette Fellous, présentation de « Duras-Godard », *Le Magazine littéraire* n° 278, juin 1990, repris dans *Marguerite Duras*, Éditions du Magazine littéraire, coll. « Nouveaux regards », 2013, p. 131 sq.

◆3…『ゴダール全評論・全発言 III 1984-1998』、一八九–二〇五頁〔*Le Magazine littéraire, op. cit.* ; *Jean-Luc Godard par Jean-Luc Godard*, t. II, *op. cit.*, p. 140-147〕。

デュラス⊙　ドーランは塗ってもらった?

ゴダール❖　いいえ、ぼくは塗ってません。天然のがついていますから。髭ですよ。どれくらいお会いしていませんかね。

デュラス⊙　トゥルーヴィル以来よ。ある日、あなたがやってきて、うちの前で「マルグリット!」と呼んだのよ。『子供たち』[4]以前、いや『大西洋の男』[5]以前のことね。じゃあ始める?

ゴダール❖　ええ、始めましょう。

デュラス⊙　あなたの映画はとても美しいわ。[6]

ゴダール❖　あなたは口がうまい。ほめ上手です。ぼくも悪口なら負けないのですが。

デュラス⊙　何でもかんでもけなすというのはだめよ。感心するときもあるでしょ。あの映画はとても美しいわ……。だけど、観るたびにそう思うんだけれど、テクスト〔台詞や画面上の文字〕の存在理由がわからないのよ。言葉なしの映画は作れないのかしら?

ゴダール❖　そこに来て、そこで過ごすと、もう出られない〔言葉を一度使うと逃れられないことの喩えか〕。ガレルは言葉なしの映画を作っています。思い切りがいい。[7]ただ、ぼくの作っているものも、どちらかと言えばサイレント映画なのです。音はたくさん入っていますが、テクストに意味はありませんし、言葉の選択も……。作家たちは不思議な存在です。どうしたら書くなんてことができるのか。ぼくにはできなかった。だから、正直、たいした操作の必要ないカメラという機械を発見できて嬉しかったんです。

デュラス⦿　だけど、あなたは作品を音や言葉でいっぱいにしてるじゃない。

ゴダール❖　ええ、だってぼくは言葉が好きなんですよ。それらはシェイクスピア劇に出てくるいたずら好きの小妖精みたいなものです……。◆8　とはいえ、あなたやベケットの作品では、それらは王様です。

デュラス⦿　必ずしもそうじゃないわ。にぎわいというものがある。言葉によるにぎわい、映画のにぎわいよ。だけど、にぎわいには必然性がなければならない。

◆4…『子供たち』（一九八五年）はジャン＝マルク・チュリーヌとの共同監督で、マルグリット・デュラス最後の作品である。

◆5…『大西洋の男』（一九八一年）は『アガタ』（一九八一年三月）で用いられなかったショットを使って作り上げられた。ちょうど『陰画の手』と『セザレ』が『船舶ナイト号』の未使用ショットで作られたのと同じである。『大西洋の男』では『アガタ』の映像（一九八一年三月撮影）に黒画面のショットが追加され、映像の不在の中をただオフの声が響き渡り、『船舶ナイト号』が予告していた「黒いイメージ」の映画を完成する。「映像の下に覆われてはいるものの、わたしの映画のすべてに黒が存在しているとわたしは思う。あらゆる自分の映画を通じて、私がしたことは、たえず映像があるという状態からひとたび解放された、映画の深い流れに到達しようと努めることだけである。［…］それ［黒］は同様にわたしのすべての著書にある。この黒を、わたしは《内部の影》と呼んだ。すべての個人が持つ歴史的な闇だ」（「大西洋の黒」、『外部の世界』、二十頁［« Le noir atlantique » [1981], *Le Monde extérieur, op. cit.*, p. 16］）。

◆6…デュラスが言っているのは一九八七年公開の『右側に気をつけろ』のことである。

◆7…ゴダールが言っているのは『秘密の子供』（一九八二年）以前のフィリップ・ガレルのことである。ガレルはいくつものサイレント映画（『現像液』、『孤高』）やほとんどセリフのない映画（『内なる傷痕』、『水晶の揺籠』）を撮っている。

◆8…一九八七年五月、ゴダールはシェイクスピアの「リア王」から着想した『ゴダールのリア王』を完成させた。舞台は核戦争後の世界で、ゴダール自身が映画の秘密を継承することに成功した気違いじみた隠者プラッギー教授を演じている。青年ウィリアム・シェイクスピア・ジュニア五世（演出家のピーター・セラーズ）が祖先のウィリアム・シェイクスピアのテクストを復元しようとする物語である。

ゴダール❖ 映画に言葉を入れるべきではなかったかもしれません。だけど、他にやりようが見つからなかったのです。本当に……。

デュラス⦿ 音楽も入ってるし、顔のアップもあるじゃない。

ゴダール❖ 映画界では、ぼくはたくさんの本を使う確実に唯一の映画作家ですよ。かなり評判が悪い。[9]

デュラス⦿ ええ、あなたはいつも本を一冊使う。それからあなたはそれを眺める。そして、それを元の場所に戻す……。

ゴダール❖ ひどい言い方だ。それじゃあ毎週ピヴォ〔文化ジャーナリスト兼テレビ司会者〕のところに出演しなくちゃならないじゃないですか……。[10] ただ、突然思ったのですが、たしかに不思議だ。何故ぼくはあれらの言葉を入れたのだろう。何も入れなくともよかったのに。何か効果があるはずだ。

デュラス⦿ あなたは本を読まないの？[11]

ゴダール❖ 電車に乗ったり、歩いたりしていても、自分が風景を眺めているのか、前進しているのか、それに確信が持てないのです。読書もそんな感じです。したがって、流行の言葉を使えば、ぼくはパラパラとめくっています。ですが、読んでいるような気もします。時々ページを前に戻ることがありますから。

デュラス⦿ あなたから何か本を読んだって聞いたことないわ。

ゴダール❖ 読んだと言っていた時期が長くありました。ところが、その後、自分は読んでなかったということを正しくも気づかされたのです。アンヌ＝マリー〔・ミエヴィル〕は本を読みます。読み始めると、それが薬学の概説書であっても、彼女は最後まで読みます。つまらなくてもです。本当につまらなくてもですよ。

デュラス◉ 私の読み方もそんな感じよ。

ゴダール❖ 彼女は本をうっちゃるということができないんですよ。ぼくの場合、映画ですら最後まで見ない。見るのはいつも断片か場面だけです。

◆**9**…『右側に気をつけろ』では、出典不明の数多くの引用に加えて、たくさんの書物、雑誌、新聞、とりわけドストエフスキー『白痴』、クロード・ギヨンとイヴ・ル・ボニエック『自殺――もっとも安楽に死ねる方法』（一九八二年刊行、ただし、フランスでは一九九一年まで発売禁止。それゆえ作品内で映すのは挑発的な意味がある）、『ミッキー・パレード』誌、『ポパイ』が映される。

◆**10**…ゴダールは一度「ピヴォのところ」に出演している。〈文化のブイヨン〉という番組で一九九三年の『ゴダールの決別』公開時である。

◆**11**…質問には二つの意味がある。番組の趣旨はデュラスがゴダールに『右側に気をつけろ』について問い、ゴダールがデュラスに『エミリー・L』について問うというものだったが、デュラスはゴダールが自分の本を読まずに来たことを見抜いたと考えている。「ゴダールは私の本を読んでこなかった。多分、彼は読んでこなければいけなかったということすら忘れていたのだ。［…］だから、何でも話すことになって、とくに彼のことを話したわ。私の本のことなんて全然。［…］そのおかげで、私たちは自由になれた。本の代わりにどんなおしゃべりもすることができた。唯一最後に、することを約束していた通り、私は十分間『エミリー・L』について話した。［…］この混乱、このめちゃくちゃの中で、突然、ゴダールと私は、いわば同じ種類の人間、同じタイプだと気がついたの。私たちは何かをして、自分たちの野生をそのままに保ってきた人間だったのよ。［…］私たちの間にあったあの熱情、あの思いやりは、あそこから、あの番組から始まったのよ。即座に、そして、すごく強く、そうした気持ちが私たちの間に生まれて、私たちは互いに愛し合い、お互いにすごく大きな感嘆の念を抱いたの。［…］彼はありのままの私を称賛してくれている、おそらく。私がありのままの彼を称賛しているようにね。手に負えなくて、しつけが悪くて、もう最悪よ……王様みたいなものね。私たちは二人とも王様なのよ……まあ野獣ね。」（Entretien avec Luce Perrot pour l'émission « Au-delà des pages », TF1, 1988, cité dans *C'était Marguerite Duras*, *op. cit.*, p. 912-913）。

デュラス⊙　テクストにも映画にも我慢強くないのね！

ゴダール❖　ええ、その通りです。

デュラス⊙　話している相手に対しても、大体、そんな感じよね。

ゴダール❖　おっしゃる通り。今は前よりましてです。ただし、沢山の時間が必要です。三日あるとわかっていれば問題ありません。ですが、三日以上我慢できる人々はもういないと思います。

デュラス⊙　映画が存在しなかったら、あなたは何をしていたかしら。

ゴダール❖　何もしてないと思います。いや、多分、ガリマール社から一つか二つだめな小説を出版していたかもしれない。それで終わりです。ただし、その作品も多分断られていたでしょうね……。そもそも、ぼくは最後まで何かをするということができない性質みたいなんです。

デュラス⊙　そうね、あなたには無理ね。

ゴダール❖　だけど、映画の場合は最後までやらなくてもいい。大変さは同じだけれど、その仕方は違う。だからこそ、ヌーヴェル・ヴァーグの時代、おそらく他の誰よりも、ぼくたちは、たしかに、あなたのような人たちにとても敏感に反応したのです。ぼくが「四人組[◆12]」と呼んだのはあなたたちのことです。フランスにも四人組は存在し、それは世界で唯一のことでした。それはパニョル、ギトリ、コクトー、デュラスです。彼らは作家ですが、映画制作を行い、専門の映画作家たちに勝るとも劣らない作品を作った人々です。なるほど、彼らは映画作家である前に作家です。しかし、映画界で彼らがなしたことがあってこそ、ぼくたちは映画を信じることができた。彼らの作品には偉大さと力強さがありました。でも『フィガロ・リテレール』紙ならぼくにこう言うかもしれない。お説ごもっとも、だけれど、デュラスは二百万部を売上げ、さらに『太平洋の防波堤』までアメリカ人に売りつけて見せたとね。まったくぼくにはできなかった芸当です。

デュラス◉ ずいぶん心の広い人間になったじゃない。どうしちゃったの……。

ゴダール❖ 作家になりたいと思うんです、ぼくは。そうすれば、著作権を売ることができる。そして、多分、ぼくが書いた小説ならぼくに映画化させてくれるだろうから、問題が少なくなると思うのです。◆13

デュラス◉ でも書くのは、大変な作業よ……。

◆12…かつて毛沢東主義者だったゴダールは、一九六〇－一九七〇年代、中国の文化大革命を組織した四人の指導者を指していた言い回しを確実に意識している。毛沢東主義の「四人組」には、とくに毛沢東自身の妻であり、ゴダールとゴランの映画『東風』でオマージュをささげられているテクストの著者、江青が含まれていた。(David Faroult, « Pour lire "Que faire ?" », in Nicole Brenez, Michel Witt (dir.), *Jean-Luc Godard. Documents*, Éditions du Centre Pompidou, 2006, p. 152を参照)。一九八四年の『ゴダールの探偵』の撮影中にデュラス宛てに書かれながらも投函されなかった手紙(本書一九六頁を参照)の中で、ゴダールはすでにこのグループ分けをしているが、「四人組」という表現は使っていなかった。「映画界ではあなたはコクトー、パニョル、ギトリの実の娘だとぼくがあなたに言ったときのあなたの嬉しそうな笑顔」。『ゴダールの映画史』3Bのエピソードで、ゴダールはデュラスの肖像写真(一九五五年に撮影された一連の写真の中の一つ)を、一九二〇年代のサシャ・ギトリを映した映像にはめこんでいる。しかも、この合成映像に二回に分けて『気狂いピエロ』の台詞が入る。「あなたはわたしに言葉を使って話しかけてくる。私はあなたを気持ちで見つめているのに」。それと同時に聞こえてくるのは、他でもない《途切れる想い出》の一節である(デュラス映画の女優ジャンヌ・モローが歌っている)。「彼の眼／それは青ではなかったように思う／それは緑だったかしら、灰色だったかしら?／それは青緑色だったかしら?／それとも始終色が変化していたのだっけ／どっちでもいいことなのかな?」。それは『緑の眼』への仄めかしであるが、ギトリを思わせる意地悪い調子である。

ゴダール❖　書くこと、たしかに、その通りですね……。

デュラス⦿　書くことは大変よ。その原則と定義においてね。それゆえ、あなたはたえられなくなる。でも、そのたえがたさがあなたを引きつけると同時に、あなたを逃げ出させる。書き物《エクリ》を前にして、あなたは持ちこたえられないわ。

ゴダール❖　ええ、まさしくそれがぼくに起きていることです。「ぼくが我慢強くない」とおっしゃったけれども、実はその反対に、ぼくはすごく……。

デュラス⦿　多分、その困難を前にして、あなたは私たちすべての中でもっとも我慢強かったのよ。

ゴダール❖　ぼくもそう思います。ええ、正直に言って、ぼくはもっとも我慢強いです。というのも、いまや丸二年かけているんですよ。この歳で……。他の何があっても忘れられないあの言葉を考え続けてね。丸二年です。まるで精神分析です。

デュラス⦿　どの言葉のこと？　私が言った言葉でしょ？

ゴダール❖　ええ。つまり「どうしてそんな言葉を入れたの？　どうして怖いの？」とか「言葉が怖いんでしょ」とかです。率直に言って、それらは真実をついています。

デュラス⦿　でも、それじゃあ骨折り損よ。困難からは全然抜け出せていないじゃない！　ジャン＝リュック、よく聞いて。あなたの抱えているその欠陥《アンフィルミテ》だけど[◆14]、多分あなたはそこを通り抜けねばならないのよ。それはほとんど欠陥なのよ。

ゴダール❖　ええ、おまけに映画も欠陥を抱えています。いつも三本足で歩いていますからね。[◆15]　カメラの三脚を見てください。三本足です。どんな動物だって、三本足だったら、脚を引きずって歩くしかない。そうでしょう。

デュラス◉ いやよ、私は歩かないわ。

ゴダール❖ いや、絶対歩きます。

［…］

デュラス◉ 例えば、テレビ映画を見てごらんなさい。少しそれについて話しましょう。テレビ映画っていうのは、テレビ放送用に、よく知られた俳優たちを使って制作される等々の特徴を持った作品のことよ。テレビ映画は白紙の上に、学習ノートの上に作られているような感じを人に与えるわ。まるで映画とは別の支持体を使っているみたいにね。表現様式でそれと見分けることができてしまう。

◆**13**…インターネット上の映画の著作権と無許可コピーに関して、ゴダールは二〇一〇年に、作者には権利などなく、「義務があるだけだ」と言っている(ジャン=マルク・ラランヌによるジャン=リュック・ゴダールのインタビュー「著作権? 作者には義務があるだけだ」、『*Les Inrockuptibles*』誌、二〇一〇年五月号)。ゴダールはすでに一九七〇年代からこの言葉を言い続けてきた。

◆**14**…「欠陥《アンフィルミテ》」という語はデュラスの語彙の中で強い意味を持ち、『ロル・V・シュタインの歓喜』に見られるように、欲望の欠損と結びついている。この作品の題名になっている主人公は次のように描写される。「ついである日、かたわ《アンフィルム》になったこの体が神の腹で動き出す」(『ロル・V・シュタインの歓喜』平岡篤頼訳、河出書房新社、一九九七年、四九頁。その直前でもこの体は「相手を失いかたわ《アンフィルム》になった」と描写される)。また、『船舶ナイト号』に登場する父親は「欲望に関する彼の本質的な弱さ《アンフィルミテ》」(『船舶ナイト号』、八二頁)を抱えている。

◆**15**…ゴダールの言葉は、意識的か無意識的かはわからないが、ジガ・ヴェルトフの『カメラを持った男』(一九二九年)に見られる、三脚に乗ったカメラが勝手に動き出すコマ撮りのショットを思い出させる。ゴダールとジャン=ピエール・ゴランが一九六八年に結成したジガ・ヴェルトフ集団は一九七二年に解散する。

ゴダール❖　表現様式でテレビ映画を見分けられるのは、単にそれらが作られてもおらず、制作もされていないからです。それらは配給されているだけで、存在していないのです。

デュラス⦿　いつも屁理屈を言うんだから。

ゴダール❖　医者と同じことをしているだけです。

デュラス⦿　テレビ映画という概念自体に、制作の方法自体に、白紙性というこのアクシデントが含まれているのよ。

ゴダール❖　だって、それらは制作されていないんですからね！　すぐ見分けがつきますよ。

デュラス⦿　わかってしまうのは映像のせいでもなく、筋立てのせいでもなく、物語のせいでもないわ。作品の物質性でわかるのよ。まるで、テクストを載せている紙が透明になっているみたいな状態ね……。

ゴダール❖　ぼくも同意見です。ただし、支持体は存在していません。

デュラス⦿　テレビで映画を作ろうと思ったら、この透明性の上に作るしかない。いかなる深みも、いかなる持続可能なものも、一晩のこの移ろいには負けてしまう。監督の企画そのものも遡って調べる必要があると思う。あなたの映画の定義は、あなたの企画そのものの中にあるのよ。とても謎めいているわ。あの映画〔『右側に気をつけろ』〕はとても美しい。そこに見られるしばしば傑作な言語上のアクシデントも含めてね。見事な映画だわ。一体どうやって発想したの。シェイクスピア劇とか『カルメン』から思いついたの？◆16

ゴダール❖　違います。

デュラス⊙　言葉づかいを参考にした映画があったの？

ゴダール❖　あの映画はこんな考えから生まれました。つまり……テクストには、何か厳しいものがあると思います。もちろん、作家であろうという意志を持っている人の場合は別です。それはすでに存在しているか、ないしは、最後には存在することになる意志です。あなたはそれを発見した人です。ただし、それはとてつもなく厳しいものです。そこには色、フレーム、現実による抵抗すらありません。ずっと前から読もうとしながら決して成功していない本があります。三十年間、ずっと引きずっているその本は、フォークナーの『アブサロム、アブサロム！』です。◆17

デュラス⊙　映画の中で使われていた『白痴』かと思ったわ。

◆**16**…デュラスが「言葉上のアクシデント」と言っているのは、おそらく『右側に気をつけろ』の音声上のコラージュのことである。そこでは文学作品からの引用が他でもなくレ・リタ・ミツコのリハーサル風景と重ね合わされる。続く二つの参照は『ゴダールのリア王』と『カルメンという名の女』のことである。デュラスは「アクシデント」しか取り上げていないようだが、『右側に気をつけろ』は例えばヘルマン・ブロッホの引用（ゴダールがその後も多用する、作品内で朗読される『ヴェルギリウスの死』の多数の引用の一つ）によって幕を閉じる。その引用では、言語活動は世界の本質的なざわめき、ハイデガーやブランショに近い、存在のつぶやきのメタファーとされている。それはデュラスのいくつかの文章にも通じている。「そして、最初はとてもやさしく、まるで怖がらせないようにしているみたいに、ささやきが、人間がずっと前から気がついていた、そう、とても前から、人間が存在する前から存在していたささやきが、再び始まる。」（映画『右側に気をつけろ』のラストのオフの声）。

◆**17**…『アブサロム、アブサロム！』とフォークナーについては、本書七九頁を参照。「『アブサロム、アブサロム！』を読むには、［…］それしかしてはいけない。そのことを仕事にしなければならないんだ」（「提示（立証）する芸術」、『ゴダール全評論・全発言 III 1984-1998』、一六三頁［Alain Bergala et Serge Toubiana, « L'art de (dé) montrer », entretien avec Jean-Luc Godard, *Cahiers du cinema* n° 408, janvier 1988, repris dans *Jean-Luc Godard par Jean-Luc Godard*, t. II, *op. cit.* p. 128］）。

ゴダール❖　いいえ、『白痴』は読みました。役のための小道具として購入したんですが[18]、職業上の良心から、がっぷり四つに組むではないにしても、少なくとも、自分のために、こう言ってよければ、ドストエフスキーへの敬意ゆえに読み始めたのです。ちょうど、良い小説を読みたいとずっと思っていたところでしたしね。もちろん映画を作っている最中は、そんなことはできませんが……。いずれにしても、書くことには分析に近い厳しさがあります。たとえば、あなたが「外部」とか「内部」とか言うときです……。

デュラス⊙　出発点の話と思ってもらっていいわ。

ゴダール❖　書くということは、分析にすごく近い。

デュラス⊙　ブレッソン映画に見られるすごく暗い、ほとんど黒、ほとんど炭のような支持体のことや、再生紙みたいに透明な映画、再生紙を支持体にしたようなテレビ映画の話をしたのは、あなたの出発点を探しているからよ[19]。私の見立てでは、最初にあなたはフィルムで作品を丸々一本作ってしまう。映画なしに一本のフィルムを作るのよ。それから、客引きみたいに言葉を引っかけようとする[20]。

ゴダール❖　たしかに客引きのような側面はあります。たしかに。でも今は違うと思います。

デュラス⊙　そこが聞きたかったところよ。やっとそれを話す気になったのね……。

ゴダール❖　そういう言い方が苦手なのです。怖いんですよ。その「それよ、やっと話して下さるわね」というやつがね。

デュラス⊙　だけど、あなたに質問しながら、私も色々と言っているでしょ。

ゴダール❖ ええ、ですが、あなたは天才的に話がうまい。フロイトもそうだったし、医者もそうです……。

デュラス⊙ 天才であるかは別にして、わたしはそれを言おうと努力している。それに私が言えば、あ

◆**18**…『右側に気をつけろ』では、ゴダールは王子または白痴とあだ名された映画作家の役を演じている。「上層部では、白痴が犯した数々の罪を赦す用意があるが、彼は大至急、次の課題を果たさねばならない。物語を考え、撮影し、そのプリントを午後の終わりまでに首都に届けること。その晩には映画の興行を始めねばならない。谷の下にあるガレージでは車が白痴を待ちうけており、すぐ近くの空港には航空券が用意されている。この課題を果たすことで、いやこれを果たすことでのみ、白痴は許されるのだ」。ゴダールはドストエフスキーの小説を一冊手にして何度も映画に現れる。

◆**19**…デュラスがブレッソンを例に持ち出したのには深い意味がある。ブレッソンは戦後、文学と映画の関係について議論を起こした人物だからである。ディドロ(『ブーローニュの貴婦人』(一九四五年))を映画化する際にはコクトーと共作し、さらにベルナノスの『田舎司祭の日記』を映画化している。後者はアンドレ・バザンの一九五一年の重要な論文の中で「不純映画」のもっとも代表的な例とされている。『バルタザールどこへ行く』公開時の一九六六年に行われた一連のテレビ・インタビューでは、他でもないデュラスとゴダールがかわるがわる同じソファに登場して、ブレッソンの話をしている。その際、デュラスはバザンの表現をひっくり返して、「純粋映画」の話をしている。「人間が絵画、詩の領域で行なっていたことを、ロベール・ブレッソンは映画においてしたのよ」(このテレビ・インタビューの内容については、*Bresson par Bresson : Entretiens (1943-1983)*, Flammarion, 2013を参照)。

◆**20**…「引っかける《ラコレ》」という語は適当に選択されたものではない。デュラスにとって、この語は男性的思考の行使と結びついている。『語る女たち』では、六八年五月は次のように語られている。「男性は黙ることをおぼえるべきである。これは、男性にとって非常につらいことに違いない。男性のうちにある、理論的声、理論的解釈の習慣を沈黙させること。男は、自分のことにかまけるべきである。[…]即座に、男性は女性たちや狂人たちを黙らせ、古い語法にのっとって仕事を再開し、一九六八年五月というこの新しい事態に言挙げし、それを語り説明するために、古い理論的習慣を引き寄せ《ラコレ》たのである」(『語る女たち』、二六二頁)。

なたも完全に理解するじゃない。

ゴダール❖　あなたがそれを言っているということを頭では理解はできていますが、それを本当にわかっているわけじゃありません。ただ、現実にある瞬間、解放されたと思われた体験がぼくにもあります。ただし、かなり遅くて、大学を出る二〇歳～二五歳ぐらいの頃です。[◆21]

デュラス⊙　「解放」というのは何を指しているの？

ゴダール❖　発見したのです。言葉で言うことが自動的に一番偉いわけではない世界があることを見つけたのです。とはいえ、言葉を使う環境で育てられたので、言葉から解放されることは決してないと思います。すごく客引きっぽいところがあるのはそのせいです。でも、映画に約三十年関わってきて、ようやく客引きっぽさも抜けてきました。単純なことですが、ぼくにはこれらのテクストをどうしても書くことができないのです。だって、それらはそこにあるじゃないですか。[◆22]

デュラス⊙　ええ、だけど、あなたが行ってきたすべての試み、映画の試みを乗り越えるためには、まさしく苦しみを説明することがあなたには必要だったの。多分、映画を選んだのは偶然にか、いつの間にかだったんでしょ？

ゴダール❖　いや、何かあるはずです……。

デュラス⊙　こんな感じのきっかけが何かあるのね。

ゴダール❖　さらに別のこともあります。たとえばアンドレ・ブルトンが言っていた「私は追いかけている《ジュ・スュイ》」という言葉です〔フランス語で「ジュ・スュイ Je suis ～」という形は「私は～である」と「私は～を追いかける」という二つの意味に解することができる」。作家の言葉でぼくが覚えている例外的な言葉の一つですが、その意味は、わたしがそうである《ジュ・スュイ》［＝追いかけている］のは一人の人間存在ではなく、一つの存在だというものです。つまり、自分がそうである《ジュ・スュイ》人間存在をぼくは追いかけている《ジュ・スュイ》のです。[23]

デュラス⊙　あなたは地獄に堕ちているわね、ジャン＝リュック[24]！　私たちが話しているのはまさにそのことよ。

◆**21**…「でもわれわれは映画を見はじめたとき、自分たちは書くことの恐怖からついに解放されたと感じたものだ」（「本と私」、『ゴダール全評論・全発言 III 1984-1998』、七二〇頁［Godard, « Les livres et moi », *Lire* n° 255, mai 1997］。ゴダールは一九四九年、十九歳のときにソルボンヌ大学の人類学講座に登録したが、すぐにやめている（*Godard. Biographie, op. cit.*, p. 37を参照）。

◆**22**…ロベルト・ロッセリーニの有名な文句によれば、「ものがそこにある」ように、テクストは「そこにある」。「ものはそこにある。どうして手を加える必要があろうか」（Roberto Rosselini, *Le Cinéma révélé*, Cahiers du cinéma/ Éditions de l'Étoile, 1984, p. 54）。アンドレ・バザンによれば、小説とは「生のままの事実であり、与えられた現実」であり、その例がロベール・ブレッソン『田舎司祭の日記』である（アンドレ・バザン『映画とは何か（上）』野崎歓他訳、岩波書店、二〇一五年、一九八頁［« Le Journal d'un curé de campagne et la stylistique de Robert Bresson », 1951, repris dans André Bazin, *Qu'est-ce que le cinéma ?*, Cerf, 1985, p. 118-119］）。「私に言わせれば、引用はどれもみな——絵画からのものであれ音楽からのものであれ——人間が所有するものです。ドストエフスキーのある種の言葉とか、《われは一個の他者である》とか、チャンドラーの小説の『長いお別れ』という題名とかは、私にとってはひとつのプログラムの全体です。ほかのプログラムと関係づけられるべきものです。私はただ単に、あるときあるレストランで小俳優たちと大俳優たちをつかって、レイモンド・チャンドラーとフョードル・ドストエフスキーを関係づける人なのです。ただそれだけのことです。（「私はずっと、分割されているどんなものにも心を動かされてきた」、『ゴダール全評論・全発言 III 1984-1998』、三〇九頁［Jean-Luc Godard, « Tout ce qui est divisé m'a toujours beaucoup touché… », conférence de presse de *Nouvelle Vague*, 1990, repris dans *Jean-Luc Godard par Jean-Luc Godard*, t. II, *op. cit.*, p. 201-202］）

ゴダール❖　ええ、ですがぼくは話していません。ぼくの言葉は何も言っていないに等しい。ぼくが話したくなるのは、口があるせいです。足があると歩きたくなるのと一緒です。[25]

デュラス⊙　でも、あなたは人の話は聞きたくないし、読みたくもない人だから、他の暇つぶしをしなくちゃならない。だから、同時にあなたは話している。だけど、聞いてもいる！

ゴダール❖　ええ、聞いています……。大量に聞いています。

デュラス⊙　ところが、それは何の役にも立たない。今こうしていることもね。

ゴダール❖　いいえ、役に立っています。二、三の事柄は心に留めるのです。だけど、言葉に多くを頼る人は、他とぶつかり合わないと気がすまないように見えるのです。

デュラス⊙　映画とぶつかり合うということ？

ゴダール❖　いえいえ、他人とぶつかり合うということです。言語を使ってね。だけど、映画を作っているときはそういうことをすることはできない。

デュラス⊙　映画でしていることを言語化することはできないと言いたいのね。でも、今しているのはそれよ。

ゴダール❖　その通りです！　事後か事前には映画について話すことができますが、それを作っている最中は、自動車修理工のようにしか話せない、これにつきます。それが唯一興味深いところです。

デュラス⊙　できたばかりの作品については誰かに話した？　奇妙な『右側に気をつけろ』って題名のやつ。

ゴダール❖ いえ、全然。一度もありません！ それに副題もあるんですよ……。[26] だけど、『エミリー・L』と聞いたとき、よくわからないけれど、「L《エル》」を「彼女《エル》」〔フランス語で「彼女」はelle〕と理解したんです。

◆23…『恋人のいる時間』（一九六四年）の始まりでマリナ・ヴラディ〔原文ママ。実際はマーシャ・メリル〕がオフの声でささやく。「私は誰《キ・スュイ・ジュ》〔＝私は誰を追いかけているの〕？ 正確にはわからない。「追いかける」という動詞」。ゴダールは一九九〇年、雑誌『アクチュエル』（第一三六号）のインタビューの最後でこの文句をより詳しく説明している。「ぼくはゴダールである《ジュ・スュイ・ゴダール》〔＝ぼくはゴダールを追いかけている《ジュ・スュイ・ゴダール》〕。といったことは哲学に属することです。ぼくの今のキャッチフレーズは、《私は一匹の犬である《ジュ・スュイ・アン・シャン》〔＝私は一匹の犬を追いかけている《ジュ・スュイ・アン・シャン》〕。そしてこの犬はゴダールを追いかけている《ス・シャン・スュイ・ゴダール》》というものです。動詞「追いかける」は、「彼は追いかけるだろう」、「私たちは追いかけるだろう」、「あなたは追いかけるだろう」と活用します」（『ゴダール全評論・全発言 III 1984-1998』、三七一頁〔*Jean-Luc Godard par Jean-Luc Godard*, t. II, *op. cit.*, p. 241〕）。ニコル・ブルネーズはこの文句に古代ギリシャの犬儒学派への参照を見ている（« Jean-Luc Godard, Witz et invention formelle », art. citéを参照）。おそらく『さらば、愛の言葉よ』（二〇一四年）の中心にいるのはこの犬である。

◆24…デュラスはちょうど『エミリー・L』の中で、書き物《エクリ》に向かったときの恐怖を指すのに「地獄の責め苦《ダナシオン》」という言葉を使ったばかりだった。「彼女は詩を書いた。詩を書くのは、それがはじめてのことではなかった。以前はしょっちゅう書いていたのだが、キャプテンを知ってから何年間かは書かないでいた。そして急にまた書き始めたのだ。〔…〕書いた当人はキャプテンにむかって、詩のなかには、キャプテンへの愛情のありったけと、各人の抱く絶望のすべてとを同時に盛りこんだのだと言っていた。キャプテンのほうは、彼女の詩の内容は、当人が盛りこんだと称しているものとは違っていると思っていた。彼女がそこへ実際にぶちこんだものを彼は知らなかった。〔…〕キャプテンは悩んだ。まさに地獄の責め苦《ダナシオン》だった。彼女に裏切られてしまい、この艇庫の家が彼女の生活の場だと思っていたのだが、それと並行する別の生活を彼女が送っていたかのようだった」（『エミリー・L』田中倫郎訳、河出書房新社、一九八八年、九〇－九一頁〔Marguerite Duras, *Emily L.*, Les Éditions de Minuit, 1987, p. 77-78〕）。

◆25…ゴダールの答えは『気狂いピエロ』のジャン＝ポール・ベルモンドの有名な独白を思い出させる。「ぼくには眼という見るための機械がついている。聞くためのは耳、話すためのは口だ。でも、それらの機械はばらばらに動いて、まとまっていない気がする。自分は一人だという感じがあってしかるべきなのに、自分が何人もいるような気がするんだ」。

だからどうということではないんだけれど。

デュラス⊙　それでいいのよ、「彼女《エル》」よ。

ゴダール❖　そのとき「この彼女《エル》は理解できないな」と思いました。それでぼくは絵を描いてみた。そうしたら、それがデュシャンの絵を思い出させるんです。かつて、ぼくが理解した彼の絵、その意味を理解した絵です。

デュラス⊙　《大ガラス》じゃない？

ゴダール❖　《彼女の独身者たちによって裸にされた花嫁、さえも》です。この「さえも」を、かつて理解したのです。つまり、言葉によって説明することのできる可能な解釈の一つを理解したのです。ですが、その後、何を理解したのかわからなくなってしまいましたけど……。

デュラス⊙　それでさっきの「L」だけど、これは空気《エール》の震えでもあるのよ。「L」って言ったときに起きるでしょ。

ゴダール❖　それは翼《エール》でもありますね。

デュラス⊙　それは次々と続いていくものなの。言葉は本のページの上で終わってしまう。だけど、この「L」に関しては、私にはずっと聴こえる。◆27

ゴダール❖　ですが、ある時期、どうしてあなたは映画を作ることが必要だったのですか。現実的な活動という面から言えば、映画を作るというのは拘束が少し多くなるでしょう……。

デュラス⊙　ある時期からよ。六八年以降ね。

ゴダール❖　六八年以降？[28]

デュラス⊙　安っぽい小説を書くことから始めたの。[29]　そして、一週間後、映画を作った。だけど、私の映画は本だわ。どれもね。

◆**26**…映画の完全な題名は『右側に気をつけろ　地上に一つの場所を』である。『右側に気をつけろ』の間中、ゴダール演じる映画作家は『地上に一つの場所を』という題名の自作のフィルム缶を持ち歩いている。

◆**27**…デュラスのこのコメントは、フランス・テレコム社からの依頼で翌一九八八年にゴダールが制作する『言葉の力』の議論の一部を先取りしている。この作品はとりわけジェームズ・ケイン『郵便配達は二度ベルを鳴らす』の恋人たちや、エドガー・アラン・ポオの短編「言葉の力」（原題：Power of Words 仏語版ポオ選集『新驚異の物語』中のテクストの一つ）の天使たちの会話のリミックスからなる。ポオの天使たちはあらゆる運動から生じる空気の振動の無限の拡散について話す。「そして、私がこんなふうに話しているうちに、あなたの頭に、言葉の物質《マテリエル》的な力について何らかの思いがよぎらなかったでしょうか？　言葉は一語一語が大気に与える運動ではないでしょうか？」（「『言葉の力』」、『ゴダール全評論・全発言 III 1984-1998』、二二一頁。また、E・A・ポオ『ポオのSF II』八木敏雄編訳、一九八〇年、講談社文庫、一九四頁）。

◆**28**…デュラスが全編にわたって監督した初の長編作品『破壊しに、と彼女は言う』は一九六九年に公開される。この年にゴダールは映画に別れを告げ、政治闘争とビデオの時代に入る。『ワン・プラス・ワン』公開の一九六九年五月から『勝手に逃げろ／人生』公開の一九八〇年十月まで、商業系映画館にかかったゴダール作品は一九七二年の『万事快調』だけである。

◆**29**…デュラスのこの言い回しは、一九四一年にリーヴル・ヌーヴォー社から出版されたマルグリット・ドナデュー名義の『熱中時代』や一九四四年に著者名なしにニセア社から出版された『きまぐれ』といった彼女の初期作品を想起させる。『アウトサイド』の序文では「戦争中にわたしたち［…］が、闇市でバターや煙草やコーヒーを買うために書いた小説もみな」と言及されている（『アウトサイド』、一三頁［*Outside, op. cit.*, p. 12］）。〔訳註…『ゴダール全評論・全発言 III 1984-1998』ではこの文を「小説を十日間で書き」と訳している。INA（フランス国立視聴覚研究所）所蔵のテレビ映像で確認しても「私は小説を十日間で書くことから始めた」と聴こえる。本書の転記者は「十日間でen dix jours」を「安っぽいà dix sous」と解したようである。〕

ゴダール❖ ぼくもそう思います。

デュラス⊙ だけど、あなたのはまさに映画の真髄よ。まさに映画。ただし、会話がなければね！ そこまではいいのよ！

ゴダール❖ あなたの映画はその美しさに尽きる。それらは本物の本だから、映画にする必要がありません。

デュラス⊙ 私の映画が本物の本だって言うの？

ゴダール❖ いいえ、それは話す本、もしくは、見る本です。映画という形を取った、観る本、話す本です。実際、本は隠されていません。

デュラス⊙ だけど、私の映画では、誰も話さない。声があるだけなの。

ゴダール❖ だからこそ、それは本物の本なのです。コクトー、ギトリ、パニョル――この点についてはあなたとともに一番のお気に入りの作家たちです――の映画を観て、これは本物の演劇だと感じるのと同じです。だから、言ってしまえば、実際、「地獄に堕ちた者」であるところのぼくが、パニョルの『アンジェール』[30]や『インディア・ソング』を観ると、天国を感じるのです。そこに奇跡のごときものがあると感じるのです。ですが、これらの作家たちが書いたものを読んでも、こりゃ手に負えない、彼らも彼らなりに地獄に堕ちているんだなと思ってしまう。ただし、多分、彼らはぼくらより勇気があります。ぼくが育った家庭環境は、言ってみれば、とても文学的で、映画に親しむことを教えてはくれませんでした。サーカスには連れて行ってくれても、映画はありませんでした。ぼくは映画を観たかったはずですが、その夢が叶うことは決してありませんでした……。書くことはとても好きです。手紙を書かせると、かなり格調高い文体を使うんですよ。

デュラス◉ それらの古典的な小説では、シチュエーションの展開が超定番で、超冗長なのよね。

ゴダール❖ コンラッドや、メレディスなどの作家は違いますけどね。

デュラス◉ メレディスは違うわね。私もね。

ゴダール❖ ええ、あなたは違う。

デュラス◉ だけどパニョルはその通りでしょ。

ゴダール❖ たしかに、パニョルはその通りです。ですが、映画では違います。演劇ではその通りですが、映画では違うのです。しかも、彼らは、映画を作ったあとは、もう演劇はこしらえなくなるのです。たしかにコクトーはいくつかこしらえましたけども、彼らが最後にたどり着いたのは映画でした。

デュラス◉ あなたは本当にコクトーを買っているのね。私にとっては、彼は魅力的で、驚異的、驚異

◆**30**…ゴダールは、ルノワールやロッセリーニに次いで、決定的な作品として『アンジェール』(一九三四年)をしばしば引き合いに出す(一九八七年のセザール賞のセレモニーの際、ゴダールはこの作品を世界の四大映画の一つだと断言している)。アラン・ベルガラが「もはや私たちは美を正面から見つめることができず、もはや十分なイノセンスがない」ことのしるしだと解釈した『こんにちは、マリア』のあるショットに関して、ゴダールはこう答えている。「そのとおりだ。ぼくはこれまでずっと、『アンジェール』をリメークしたいと考えてきた。でもこれはもはや不可能なことだ。つかえる俳優がもういないし、泉もなくなってしまった。」(『ゴダール全評論・全発言 I 1950-1967』、三〇頁[Alain Bergala, « L'art à partir de la vie », entretien avec Jean-Luc Godard [1985], dans *Godard par Godard. Les années « Cahiers »*, Flammarion, « Champs », 1989, p. 28])。

的な人ね。[31]
ゴダール❖ ええ、彼は体力的にすごく勇気があると思います。例えば……。[32]
デュラス⦿ まあ、コクトーがすると、何でも神話になっちゃうから。
ゴダール❖ （笑）ええ、私たちなんて小僧みたいなものです。
デュラス⦿ ねえ、知性についてだけど、私たちがそれを使うのを避けられなかったとしても、そのことを嘆く必要はないのよ。私たちは自分たちの知性を使った。そうすることを怖れなかった。私たちはどこへ行っても知られているし、やりたかったことはほとんど全てしたのよ。
ゴダール❖ いえいえ、ちがいます。映画は料理みたいなものですよ。失敗したときはわかります。理想型があるんだとわかっている。つまり、もしあの時に肘をつつかれなかったなら、もしくは、電話が来なかったならば、完璧な煮加減にできたはずだとわかっているのです。書物の場合も、多分同じではないでしょうか……。映画では、食べさせなければいけない人数が多すぎる。たとえ小規模な撮影隊であっても、それを痛感します。あなたが書くとき、ジェローム・ランドン〔ミニュイ社の社長〕を食べさせなければならないなんて考えないでしょう。[33]

◆**31**…デュラスはコクトーの映画をあまり評価していなかった。「コクトーってとても美しいのだと思うけど、それはわたし以外の人たちにとってね。かれらが映画について話し出すとすぐに、コクトーが好きなのねと分かっちゃうのよ」（『緑の眼』、六六頁［*Les Yeux verts, op. cit.*, p. 53］）。「あなたたちに、わたしが好きだったと言えるような人たちと好きじゃなかった人たちとを教えてあげる。どうしようもないことだけど、ルネ・クレールね。あのやさしくて魅力的なところ、わたしは苦手。ギトリもまったく好きじゃなかった。知ってるわ、

いま、流行っている。ベルイマンは好きじゃない。ドライヤーは好き。でも『ゲアトルーズ』をまた見て、ひどくがっかりした。コクトー、あまり好きじゃない」（パスカル・ボニツェール、シャルル・テッソン、セルジュ・トゥビアナによるマルグリット・デュラスへのインタビュー「イスラエルの庭は決して夜にならなかった」、『緑の眼』、二六四－二六五頁［Pascal Bonitzer, Charles Tesson et Serge Toubiana, « Dans les jardins d'Israël il ne faisait jamais nuit », entretien avec Marguerite Duras, *Cahiers du cinéma* n° 374, juillet-août 1985, p. 12］）。

◆**32**…初長編映画の制作に乗り出す作家コクトーの体力的な勇気という話題は『美女と野獣』の撮影日誌に由来しており、日誌の中でコクトーは制作中に耐え忍んだ数々の苦痛と病気について語っている（「私は映画に自分の十字架を捧げていました。映画にはその反映があると確信しています」（Jean Cocteau, *La Belle et la Bête. Journal d'un film*, Éditions du Rocher, 1958, p. 148）。この日誌は一九五〇年初頭におけるゴダールとリヴェットのお気に入りの本の一つだった。若きゴダールはローザンヌの図書館からこの本をくすねたらしい（*Godard. Biographie*, *op. cit.*, p. 47を参照）。ゴダールの初期短編の一つである『シャルロットとジュール』（一九五八年）はコクトーに捧げられている。ゴダール映画に定期的に引用されるコクトーは、一九八七年当時も彼の心の中にあった。その四年前、『こんにちは、マリア』でジャン・マレーにヨセフ役を依頼したとき、ゴダールが『オルフェ』のことを想起していたのは確かだ（『オルフェ』と聖書の逸話の関係については、Jean Cocteau, *Journal d'un inconnu*, Grasset, 1988, p. 48を参照。「私の戯曲『オルフェ』はもともと聖処女マリアとヨセフの物語になる予定だった。［…］そのかわりにオルフェウス的テーマを導入し、御子の誕生は詩の説明不可能な誕生にかわったのだ」）。また、『右側に気をつけろ』でミュージシャンたちを撮りたいと思うきっかけとなったレ・リタ・ミツコのビデオクリップ« Marcia Baila »（一九八四年）を発見したときも、コクトーのことを考えたとゴダールは言っている（*Godard. Biographie*, *op. cit.*, p. 659）。さらに、同映画では『オルフェ』の運転手役だったフランソワ・ペリエに役を与えてもいる。『オルフェ』は『ゴダールの映画史』でも中心的な位置をしめており（「ただ映画だけがエウリュディケを死なせることなくオルフェウスに振り向くことを許す」）、多くの評者が論じている（Suzanne Liandrat-Guigues et Jean-Louis Leutrat, *Godard. Simple comme bonjour*, L'Harmattan, 2004, p. 207-211 ; Jacques Aumont, *Amnésies. Fictions du cinéma d'après Jean-Luc Godard*, P.O.L, 1999, p. 33-66を参照）。

◆**33**…一九四八年から亡くなる日までミニュイ社の社長を務めたジェローム・ランドン（一九二五－二〇〇一年）は、『モデラート・カンタービレ』（一九五八年）、『愛人 ラマン』（一九八四年）、『ノルマンディの売春婦』（一九八六年）とデュラスの本をいくつも出版した。

デュラス⦿　時々は思うわよ。編集者たちだって食べさせなきゃいけないと思っているわ。ガリマール社では、そうね、そんなことは考えなかったわ。でも、P・O・L社〔デュラスの本を出している出版社の一つ〕では考えるわ。

ゴダール❖　なるほど、でもアシェット社〔大手の出版社〕にいるような「八時だから帰ります」と言ってくるタイプはいないでしょう。そんな奴がいたら、文章の途中で執筆を中断して下さいって言われるんですよ。

デュラス⦿　あなたは映画制作全般にうんざりしているの？

ゴダール❖　映画業界内の四分の三の連中についてはその通りです。ですが、制作は違います。制作はすばらしい。

デュラス⦿　よかった。でも、わたしもまさに同じ状況にあるということを想像できるかしら。世に出てくるもの、発売される本、それらの大半に関してね。

ゴダール❖　察しています。だけど、ぼくほどは目につかない。

デュラス⦿　時折、それがあまりに強烈で、激しくなるものだから、そこから遠ざからなければならないこともあるのよ。結局、私たちはほとんど同じ状況にあるのよ。

〔…〕

ゴダール❖　カメラと編集台を前にして恐怖を感じることが少ないのは――映画においてはカメラでさえほとんどものの数に入りません――、思考しているのはフィルムだから、もしくは、撮影された断片だからです。ぼくたちはその思考を集めているだけで、ぼく自身は思考する必要はないのです。

デュラス⊙　だけど、その思考は行き当たりばったりのものではないでしょ。それはあなたがフィルムに込めたものでしょ。

ゴダール❖　いいえ、込めていません。ですが、思考はそこにあります。だけど、ぼくが書くときは、思考しなければならないのはぼくだという気がします。

デュラス⊙　だけど、フィルムは勝手に思考したりしないわ！

ゴダール❖　します、しますとも！◆34

デュラス⊙　そんな馬鹿なことを言い出すのはやめて。あなたがいなければ、フィルムは存在しないのよ。

ゴダール❖　ええ、ぼくがいなければ証人はいなくなります。

デュラス⊙　証人じゃなくて、何にもないのよ！

ゴダール❖　その思考の証人が一人だけ存在します。

◆34…ゴダールはフィルムと思考の関係について数多くの公式を発明した。中でも「思考するフィルム」は最も革新的な公式の一つである。ゴダールはその後変更を加えて、「フィルム」を「かたち《フォルム》」に言い換える。「映画でものを考えるのはフォルムなんだ。そしてできのわるい映画では、思考がフォルムを作るわけだ」（『ゴダール全評論・全発言 III 1984-1998』、二六頁［Alain Bergala, « Une boucle bouclée », entretien avec Jean-Luc Godard (1996), repris dans *Jean-Luc Godard par Jean-Luc Godard*, t. II, *op. cit.*, p. 18］）。『ゴダールの映画史』は次の公理を繰り返してやまない。「エドゥアール・マネによって、近代絵画は始まる。それはつまり、映画《シネマトグラフ》であり、言葉に向かって進んでいくかたち《フォルム》である。非常に正確な意味で、それは思考するかたちである」（「思考のオペレーション」としてのゴダール的モンタージュという豊かな主題については、Jacques Aumont, « Mon beau montage ô ma mémoire », *Amnésies*, *op. cit.*, p. 9-32を参照）。

デュラス⦿　ないわ！
ゴダール❖　これは、ぼくの意見に過ぎません……。
デュラス⦿　いいえ、ないわ！
ゴダール❖　……そこはぼくとあなたとの違いです。
デュラス⦿　多分、それはあなたの意見ね……。ありえないのよ！
ゴダール❖　いずれにしても、映画作りはぼくを満足させてくれます。それに、四分の三の連中は思考していないと思います。
デュラス⦿　それなら、名前を付けたらいいんじゃない？　私の場合、すべてを書きもの《エクリ》と名付けている。書物も書きもの《エクリ》よ！　書いているわたしは、空白な一種の書く行為そのものみたいになっている。そうなったら、もうその状態から抜け出すことはできない。もうそこから逃げ出すことはできないの。
ゴダール❖　「出発」という運動の後には、科学者や電子工学者ならよく知っている、「回帰」という現象が起きるような気がします。ただし、映画においては反対です。映画は「回帰」から始まるのです。◆35
デュラス⦿　それゆえ、物事が勝手に出来上がるのね。◆36

◆35…美術史家ハンス・ベルティンクは、『ゴダールの映画史』におけるオルフェウスとエウリュディケの使用を注釈しながら、ゴダールの用いる「出発aller」、「回す＝撮影するtourner」、「撮影tournage」、「回帰retour」「振り返る＝逆回しするre-tourner」といった言葉の錯綜を整理している。「ご存知の通り、エウリュディケを見るためにオルフェウスが後ろを振り向いたとき、彼は彼女を二度失うことになりました。「回すtourner」と「逆回しするretourner」という言葉遊びはここから始まります。実のところ、撮影tournageは前進する運動です。なぜなら、それはフィルムの映像を回すtournerことだからです。ところが、ゴダールはこのプロセスを逆転させます。後ろ向きの視線(振り返ることse retourner)によって、「逆回しretournées」された映像、反復され、思い出された映像を使って、一本の映画を撮ることが可能になるのです。[…]「回すtourner」と「逆回しするretourner」の対置の中にこそ、映像の自由があります。実際、ゴダールはしばしば、一方にはフィルムが空になっていくリール、他方には巻かれていくリールがついた映写機を映して見せます。それは終わりなきループであり、フィルムの回転は逆転可能なのです。しかし、この逆回転はシナリオを、順回転の運動の中で組み立てられていた筋立てを破壊するものです。そして、この逆回転こそが、『ゴダールの映画史』において、映画の筋立てのように語られる線的な歴史に対する異議を養うものなのです」(« Histoires d'images », conversation entre Hans Belting et Anne-Marie Bonnet, *art press* +, hors-série, « Le siècle de Jean-Luc Godard. Guide pour *Histoire(s) du cinéma* », novembre 1998, p. 68)。「出発－回帰」の比喩はゴダールが自分自身の短編映画から名づけたものであるように思われる。『愛と怒り』(一九六九年)というイタリアのオムニバス映画の一篇として作られたこの短編は、公式タイトルはイタリア語で『愛《ラモーレ》』であるが、オリジナルのタイトルは、映画に出てくる二つのカップルの間を行き来するように二つの言語の間を行き来する表記法で、『放蕩息子たちの出発と帰還』〔原題は仏語と伊語が混在しており、原題『*L'Aller-retour andate e ritorno des enfants prodigues degli filli prodighi*』を忠実に訳せば『放蕩息子たちのホウトウムスコタチノ出発と帰還シュッパツトキカン』とでもなろう〕とされていた(*Godard. Simple comme bonjour, op. cit.*, p. 155-163を参照)。

◆**36**…『緑の眼』の中で、デュラスは自分なりの出発－回帰について、つまり、創作における映画作家と作家の視線の方向(前向き、後ろ向き)についての考えを披露している。「こうした創作活動においてシネアストが占める位置は、本に関して作家が占める位置と反対である。映画では逆向きに書く、と言えるだろうか。そんなふうに言えるかもしれない。そんな気がする。シネアストが自分の映画を見、それを読むのは、まさに観客の位置からだけれど、作家は、いかなる読み方によってもまだ読まれえない闇、そこへ分け入ろうとする者にとってさえ解読できない闇のうちに、とどまり続ける。映画監督が位置するのは、その闇のあとなのだ。本を書いてから映画を撮影するということは、作られようとするものに対する位置を変えること。わたしは書くべき本の前にいる。だがわたしは撮るべき映画の後ろにいる。(『緑の眼』、一三五－一三六頁〔« Book and Film (New Statesman, janvier 1973) », repris dans *Les Yeux verts, op. cit.*, p. 102〕。ゴダールは『ゴダールの探偵』の撮影の際にデュラスに宛てた手紙の中でこのテクストに言及している。「映画においてはひとはあべこべに書くと言えるのかもしれない。そう、あなたの緑色の眼はこのことを、私よりも先にみてとっていたのだ」(本書一九七頁を参照)。

ゴダール❖　映画は回帰することから始まります。私たちは見出された時から出発する。そして失われた時で終わるのです。文学は失われた時から始まり、見出された時で終わる。◆[37]それは同じものなのですが、二つの電車に乗っているようなもので、たえずすれ違っている。ぼくが大好きになって、より親しみやすいと思ったのは、あなたやパニョルのように出発する電車に乗りながらも、時々、回帰する電車に乗るのを楽しむ人々、自分の本のためにそのことを必要とした人々です。とりわけ、あなたです。あなたは、ガレルやユスターシュや他の人々がいつものやり方でいくらやっても撮影できなかったものを作ってしまった。しかも、いつもの《クーラン》やり方でね。いや、走りながら《クーラン》、飛び跳ねながら、とすら言えるやり方でね。感動しましたよ。

デュラス⊙　映画の中にいるということ、映画を監督するということぐらいに夢中になれるものは、たいしてないわね。

ゴダール❖　苦労はなかったんじゃないかと思うけど。

デュラス⊙　全然なかったわよ。

ゴダール❖　あなたには書くことの方が難しい作業でしたからね。ぼくの場合も、映画を作ることに何の苦労もありません。まあ、当たり前のことですけど。

デュラス⊙　いえいえ、書くことは難しいことではないわ。そんなに難しくはないの。だって、わたしはそれに没入してしまうから。『エミリー・L』だけど、あなたが読んだのは本の半分だけよ。本を出版する段階で、私はさらにもう半分を書いたの。本を一度解体して、作り直したわ。最初の本に『エミリー・L』の二番目の物語を忍び込ませて、両者を関係づける作業が必要になったの。[38] だから、わたしにはわたしの危機があるのよ。もっとも辛かったのは、担当編集者に向かって、いいえ違うの、終わってないの。続きがあるの、と言わなければならなかったことね。そういうことはなかった？ 映画を解体しなければならないことが？

ゴダール❖ ないですね。

◆**37**…意識的かどうかはともかく、ここでゴダールはアンドレ・バザンの考えをなぞっている。「映画は時を再び見出させてくれる機械だが、それをよりよく失うためである」(« À la recherche du temps perdu : *Paris 1900* » (*1947*), repris dans *Le Cinéma français de la Libération à la Nouvelle Vague*, Éditions de l'Étoile/Cahiers du cinéma, 1983, p. 242)。『失われた時を求めて』に発する、失われた時と見出された時という言葉遊びは、『ゴダールの映画史』ばかりか、一九九〇年代と二〇〇〇年代の作品にも数多く見られる。例えば、『二十一世紀の起源』(二〇〇〇年)では、ボードの一枚が「失われた世紀を求めて」と告げる。

◆**38**…「最初の原稿を書き終わったとき、わたしはこの原稿と共に二週間閉じこもっていました。わたしはとても苦しんでいました。本と別れられなかったのです。というのも、まだ終わっていないという気がしていて、どのようにしてそれを終えたらいいのかわからなかったからです。そしてある日、わたしはエミリー・Lが詩を書いていたことに気づきました。[…]わたしは出来上がった本を破棄はしませんでした。焼かれてしまった詩について、エミリー・Lの別荘の若い管理人との出会いについてもう一つ別の本を書きました。それを第一の本に滑りこませたのでした」(「ジャン・ヴェルステーグに答えて」、『外部の世界』、二八三－二八四頁[« Réponses à Jean Versteeg », *Le Monde extérieur, op. cit.*, p. 217])。このエクリチュールのエピソードを打ち消すかのように、『エミリー・L』は次の献辞で終わる。「わたしはまたあなたにむかって、訂正することなしに書いてゆかねばならず[…]、書くということを外に投げ出し、それをほとんど傷めつけ、そう、それを虐待し、書くという役にもたたぬ総体からなにひとつ取り除かず、ほかのことといっしょにそっくりそのままにして、書く速度、緩慢さも含めてなにひとつ手加減せず、すべてを現れるがままの状態にしておかなければならないのだと語った」(『エミリー・L』、一八四頁[*Emily L., op. cit.*, p. 153-154])。

デュラス⦿　だけど、あなたにはしょっちゅうでしょ。どこに向かっているのかわからないということ。映画を作り始めてしまったのに、どこに向かっているのかわかっていないという状態よ？
ゴダール❖　おそらくは……。ぼくが介入し、映画《フィルム》は解体され、作り直さねばならなくなる。
デュラス⦿　ええ、解体するでしょ。映画《フィルム》を。

［…］

デュラス⦿　わかるかしら、プルーストの作品では、作品に句読点を与えているのは死(者)たちなのよ。登場人物の死にこれほど寄り添っている作家を私は一人も知らない。その死というのはスワンの偉大なる死のことよ。こう言ってよければ、スワンはプルーストであり、私にとっては、その心臓よ。シャルリュス氏でさえ、すでに気違いじみている。まさに発狂寸前。私にはプルーストに見出された時が見出せないのよ……。◆39
ゴダール❖　例えば、ぼくの場合、それは記憶に当たるのだと思います。ただ、あの作品のような記憶の持ち方をしているわけではありません。ともあれ、思い出はあります……。
デュラス⦿　それは単に表現を使っているだけじゃないの。多分、それだけでしょ。
ゴダール❖　ある小説を読んだというおぼろげな記憶があります。覚えている特徴から判断するに、それは『失われた時を求めて』という題名で呼ばれている小説です。そして、登場する人々――娘たちや婦人たち――を追った記憶があります……。ぼくは彼らとともにいて、彼らは十八歳か二〇歳に見えました。こうした風景の中、あるとき、ぼくたちはどこかにたどり着き、どの絵かはわからないけれど、ゴヤが描いた怪物のタブロー群、もしくはそれに似たようなものを眺めていた。[40]そして記憶では、小説のその箇所には、しばらくしたらみんなそれらと同じになるんだよ、という注釈がつけられ

◆**39**…プルースト的な「見出された時」という考えにおそらくデュラスは満足していない。彼女にはそれよりも崇高な記憶喪失、不確かな亡霊、個人の生の持続を凌駕する集団的記憶のほうが好みなのだ。「わたしはもっと一般的な、歴史的な記憶というものを信じている。つまり、オーレリア・シュタイナーは自分の出生についてそのすべてのディテールを知っているだろうし、それだけではなく、別の残酷さ――つまりアウシュヴィッツという白い矩形の場処のユダヤ人たちに偶然降りかかり、襲いかかったような何らかの残酷さ――を自分のものとすることができるだろうと思うのだ」（『緑の眼』、一一六頁［*Les Yeux verts, op. cit.*, p. 88］）。見出された時よりはむしろ、デュラスにおいては「再び穴のあけられたretroué」時とでも言ったほうが良いのかも知れない（Danielle Bajomée, *Duras, ou la douleur*, Duculot, 1999, p. 101を参照）。だから、デュラスは少し先で、記憶の決定的な彷徨を体現している『インディア・ソング』の乞食女を持ち出すのである。とはいえ、とくに地理に根ざした間テクスト的な仄めかしのネットワークにおいて、プルーストはデュラスのエクリチュールの中で大きな位置を占めている。一九六三年以来、デュラスは定期的に、プルーストが部屋を持っていた、トゥルーヴィルのロシュ・ノワール館に住んでいる。「このロシュ・ノワール館では、夏場毎日午後になると、すぐに高齢の御婦人たちがテラスで顔を合わせてお話をするのよ。［…］プルーストも時々このホテルに来てたのよ。何人かの御婦人たちは彼を知ってたに違いない。彼の部屋は海に面している一一号室だった。ここにいると、まるでスワンが廊下にいるみたいな気がしてくる。スワンが通ってゆくのは、彼女たちがほんの小娘だったころね」（『愛と死、そして生活』、一八－二〇頁［*La Vie matérielle, op. cit.*, p. 14-15］）。『カルメンという名の女』と『右側に気をつけろ』において、トゥルーヴィルの別のアパルトマンから同じ砂浜を撮影しながらゴダールが喚起しようとしているのはその地理である。デュラスにおけるプルーストの間テクスト的な影響については、とりわけ次の著作が詳しい。Stéphane Chaudier, « Duras et Proust : une archéologie poétique », in Alexandra Saemmer et Stéphane Patrice (dir.), *Les Lectures de Marguerite Duras*, Presses universitaires de Lyon, 2005, p. 93-110. 『失われた時を求めて』にはデュラス公爵夫人という人物が一瞬出てくる。プルーストのこの人物とマルグリット・ドナデューが選んだ筆名との潜在的な関係を次の著作は展開している。Stéphane Patrice, « Architexture d'un pseudonyme », in Stella Harvey et Kate Ince (dir.), *Duras, femme du siècle*, Rodopi, 2004, p. 105-118.

ていました。つまらない話をしましたが、つまり、それがぼくに残存している記憶です。これが見出された時なのです。ヒッチコックはいつもこう言っていました。人はあるショットやあるシーン、そういうものを覚えているものだとね。プルーストを映画だとすれば、例えば、ぼくが覚えているのはそのショットです……。『感情教育』におけるフロベールの次の一節のようにね。つまり、読者がフレデリックを追っていくと、バリケードが出現する。突然、一人の兵士がバリケードに登る。するとフレデリックは、驚愕のあまりに口をぽかんと開けて、そこにセネカルを認めたのだった」。そして句点が置かれ、次章に続くのです。この印象的な場面は覚えています。

［…］

デュラス◉ あなたの『左側に気をつけろ』［原文ママ］の撮影の話をしたいんだけれど。

ゴダール❖ 本当にあなたは……。あなたの記事を読めば、あなたがデモをしたがっていることがわかります。結局のところ、あなたはぼくよりも政治的です。

デュラス◉ ちょうど昨晩、そのことを考えていたの。でもあなただってやっぱり政治的でしょ。◆41

ゴダール❖ 時々、サルトルの悪口を言いますよね。恨みがあるのでしょう……。◆42

デュラス◉［**大きく微笑しながら**］たいした奴じゃないわよ、ってことよ。

ゴダール❖ 時々、デュラスは言い過ぎだ、言葉が過ぎると思うことがあります。とくに……。

◆40…『失われた時を求めて』にはゴヤの作品は一つも出てこない。ゴダールは『ゴダールのリア王』でライターの火に浮かび上がるゴヤの「怪物たち」（「黒い絵画」シリーズの怪物たち）を撮影したばかりだった。

◆41…『右側に気をつけろ』という題名は、もともとはより政治的な意味を持っていたが、完成した作品ではそれは消えている。『フレンチ・コップス』が当たったあと、ぼくはジャック・ヴィルレ主演の映画をつくろうとした。二人のおまわり、太っちょと痩せっぽ、左翼のおまわりと右翼のおまわりの物語だ。そして、その映画は、国民議会議員選挙の最中の一九八六年はじめに封切られることになっていた。『右側に気をつけろ』という題名はそこから来ているんだ」(『ゴダール全評論・全発言 III 1984-1998』、一五三―一五四頁[Jean-Luc Douin, « Le regard s'est perdu », entretien avec Jean-Luc Godard, *Télérama* n° 1981, 30 décembre 1987, repris dans *Jean-Luc Godard par Jean-Luc Godard*, t. II, *op. cit.*, p. 122])。また、この題名は、ジャック・タチ脚本・主演によるルネ・クレマン監督の短編コント映画『左側に気をつけろ』(一九三六年)もふまえている。

◆**42**…デュラスとサルトルの間の論争は昔のあるエピソードに始まる。ゴダールが唐突にそのことを持ち出したのは一九七九年の対話のときに一九三九年のことを言い出したのに似ている(本書四八頁を参照)。あらゆる対話者、とりわけ非常に知的な人々は、ゴダールが会話の中で時間的なモンタージュの効果を試すのを身をもって体験する歴史的な証人となる。一九四八年四月、デュラスは共産党の機関紙『アクション』に、「サルトルと無意志的ユーモア」と題した記事を発表していた。それは『汚れた手』の演出についてのアイロニーに満ちた批評であり、デュラスの所見ではその作品は政治的な素朴さとブルジョワ的なのぞき見趣味が刻印されたものだった(*C'était Marguerite Duras, op. cit.*, p. 93-95を参照)。デュラスとサルトルの関係はデュラスが公言しているよりも複雑である。とはいえ、彼女はサルトルを定期的にこきおろし、おそらくゴダールが見た一九八四年九月の〈アポストロフ〉の番組内で発せられた長広舌にまでいたる。「サルトル、彼は書かなかった。私の考えでは、彼は書くということが何であるかわからなかったのだと思う。彼はいつも付属的な関心事、副次的な関心事、二番煎じの関心事があった。彼は一度たりとも純粋なエクリチュールに立ち向かわなかった。モラリストよ、サルトルは。彼はいつも社会を、彼のまわりにある一種の環境を源泉にしている。政治的、文学的な環境よ。サルトルは私が「彼は書いた」と言えるような種類の人じゃないの」。一九六九年の終わり、サルトルが『人民の大義』紙の編集長のとき、新聞を対象とする政府の検閲に抗議する支援団体にデュラスは加盟している。ゴダールは、他の知識人たちと同じく、同紙を街頭で売り、サルトルと定期的に会っていたが、批判的な立場は崩していない。「あいつは一日のうち一〇時間をフロベール論に費し、三時間を炭鉱批判や『人民の大義』紙のために使っている。サルトルにはフロベール用の引き出しと階級闘争用の引き出しがあるけれど、食事のことはまるで考えていない」(Entretien paru dans Politique-Hebdo du 27 avril 1972, cité in *Godard. Biographie, op. cit.*, p. 487)。

デュラス◉ 私が何て言ったの？　彼は大作家だった……。

ゴダール❖ いいえ、あなたは簡潔にこう言ったのです。あいつは作家じゃない……。

デュラス◉ 「強制収容所のない国のソルジェニーツィン」ね？

ゴダール❖ ええ。でも、それだけじゃない。そんなのは決まり文句ですから。あなたはぼくが山ほどの人について言ったのと同じことを言ったのです。それでぼくは考え込んでしまったのです。

デュラス◉ あなたが言っているのは、私があいつは作家じゃないと言ったことについてね。

ゴダール❖ ドラノワやスピルバーグについて、ぼくはこう言っていました。「あいつらは映画作家じゃない。あいつらは映画製造業者だけれど、映画作家ではない」[43]。あなたがサルトルについて言ったことが、ぼくが例えばスピルバーグについて言ったことと同じだったので、とても奇妙な印象を持ったのです。

デュラス◉ だって、サルトルは一行だって文学を書いていないわ。あいつの戯曲は鬱陶しいことこの上ない。あれは政治演説を戯曲にしただけよ。

ゴダール❖ サルトルが関わっている映画はもっとひどいです。だけど……。

デュラス◉ 彼が書いたゴミの山ときたらね。ダメ人間のとんだ大一代記だわ。

ゴダール❖ ええ、ですが、やっぱり誇張し過ぎですよ。まあ聞いてください。

デュラス◉ トラック何台分もあるわ。本当にびっくりよ。サルトルは当時、いえ、今世紀でもっとも投げやりに《アバンドン》、いや間違ったわ、大量《アボンダン》に書いた作家よ。レイモン・クノーはそういうのを「ミリオネア作家」って言っていたわ。まったく呆れるわよ。

ゴダール❖ いやいや、理由があるんです。サルトルには居場所がなかったんです。

デュラス◉ ずいぶん長いこと居場所探しをしてたわね。

ゴダール❖ それに、あの哲学的な側面がお嫌いなんでしょう。ぼくの方が哲学に近いと思いますよ。だから作家たちを尊敬しているのです。

デュラス◉ キェルケゴールは読んだ？

ゴダール❖ ええ。

デュラス◉ 『おそれとおののき』◆44は読んだ？

◆**43**…「ぼくはあるとき、ドラノワが自分の小さな書類鞄をもってビヤンクールのスタジオに入っていくのを見たことがある。それはまるで保険会社に入っていくかのようだった」（『ゴダール全評論・全発言 I 1950-1967』、五三三頁［*Godard par Godard. Les années Karina, op. cit.*, p. 59］）。ゴダールによるスピルバーグ批判はとりわけ『シンドラーのリスト』（一九九三年）の公開後に爆発する。大いに論評されてきたこととは反対に、ゴダールの批判の矛先は、この映画でアウシュヴィッツを表象したことにではなく、ハリウッド流のやり方で再現した強制収容所を通じてそれをしたことにあった。（「アメリカの友人への手紙」、『ゴダール全評論・全発言 III 1984-1998』、五四八―五五〇頁［« Lettre à un ami américain », *Jean-Luc Godard par Jean-Luc Godard*, t. II, *op. cit.*, p. 344］を参照）。「映画というのは表象するということだ。表象する苦労などというものは存在しない。問題はどのようにして表象するのかということなんだ。ひとはスピルバーグが強制収容所についての映画をつくることについて恨めしく思うわけじゃない。その映画をあんなふうにつくることを恨めしく思うんだ。ドラノワが『首輪のない犬』をつくることじゃなく、あの映画をあんなふうにつくることを恨めしく思うんだ」（「欠如について語る」、『ゴダール全評論・全発言 III 1984-1998』、五九一頁［Alain Bergala et Serge Toubiana, « Parler du manque », entretien avec Jean-Luc Godard, octobre 1996, *ibid.*, p. 371］）。

ゴダール❖ ええ、若いときに。当時はそれほどパラパラめくったという感じではありませんでした。めくったというよりも読んだのです。

デュラス⦿ まだ本を読んでいた時代ね！

ゴダール❖ ええ。でも、一度自分のカゴを作っておけば、それはずっと役に立ってくれるものです。

デュラス⦿ スイスの言い回しね。そんな表現、聞いたことないもの。

ゴダール❖ 「一度自分のカゴをいっぱいにしておけば」でした。ただ、今やカゴの中身も尽きつつあり、少しばかり孤独を感じています。まあ、ともあれ足りないことはありません。そのあたりは全部読んだので、内容をわかっていますし、覚えています。『誘惑者の日記』……については映画化をどれだけしたいと思ったことか。[◆45] ぼくが映画にしたかった一番の作品は、カミュの『ペスト』ではなく、『シーシュポスの神話』でした……。プロデューサーたちにぼくが企画を出していたのはこんな作品たちだったのです。

〔…〕

ゴダール❖ ヌーヴェル・ヴァーグの時代、ぼくたちはいろいろなものを褒めたり貶したりしました。知り合いが誰もいなかったのです。人々にインタビューすることすら、ぼくは思いつきませんでした。例外は、例えば、ある雑誌のために働いているときです。とはいえ、大体、インタビューは創作でした。[◆46] 本人を尊重するときだけ、できたものを彼らに見せて、「全部創作したのですが、これで載せて構いませんか」とたずねました。相手が作家の場合、おそらく彼らに話しかけることは可能ですが、彼らは本の中で話しています。だから、そこには唯一で、他とは区別されるものがおそらくあるのでしょう。この観点からすれば、たしかに、サルトルは作家ではないと言えるかもしれません……。ですが、彼はカフェの大物で、ぼくは彼の本を読みました。それにカフェで出くわした有名人が自分の吸い殻を吸うのを目の当たりにするのも初めてなのです。ともあれ、ある日、彼が『嘔吐』の作者だということを知ります。おや、悪くない本だなと思いました。それを専門にしていない人にしてはね。ちなみに、彼が書いた『倫理学のためのノート』という本も愛読しています。◆47

デュラス◉　私は『シチュアシオン』には共感できるわね……。◆48

◆**44**…『*Duras filme*』（一九八一年）において、デュラスは『おそれとおののき』を引用していた。「だれもそれ［欲望］が何であるかをわかっていない。それは得体のしれない根本的な力に発する欲動である。キェルケゴールが『おそれとおののき』の中で、自分の息子を殺せという神からの命令を受け、それを実行しようとする、それも驚くことに、この命令があったからという理由ゆえに、この上なく完全なる盲信のままに、この上ない暗愚の中で、そのために出発しようとするアブラハムの欲動について語るとき、キェルケゴールは欲望と呼ばれているもののもっとも近くにいるんだと思う」（*Duras filme, op. cit.*, p. 50）。デュラスにおけるキェルケゴールの重要性については、Françoise Barbé-Petit, *Marguerite Duras au risque de la philosophie*, Kimé, 2010, p. 180を参照。「デュラスにとって、書くことは、ある意味、沈黙とおそれのなかで、不平も解説もなしに、恐ろしくも忌まわしい命令に服するアブラハムの最も近くに立つことである」。

◆**45**…キェルケゴールの『誘惑者の日記』は、ヌーヴェル・ヴァーグの長男エリック・ロメールによる初短編作品『ある悪党の日記』（一九五〇年、現存せず）にインスピレーションを与えたかもしれない。

◆**46**…例えば、ゴダールはロベルト・ロッセリーニへのインタビューをでっちあげている。「映画作家は宣教師でもある――ジャン＝リュック・ゴダールがロベルト・ロッセリーニに語らせる」、『ゴダール全評論・全発言 I 1950-1967』、四一四–四二〇頁［« Un cinéaste, c'est aussi un missionnaire. Jean-Luc Godard fait parler Roberto Rossellini », *Arts* n° 716, 1er avril 1959, repris dans *Godard par Godard. Les années* « Cahiers », *op. cit.*, p. 229-231］。

ゴダール❖ ピヴォの番組みたいに話しましょうか。『シチュアシオン』のいくつかのテクストはあなたのテクストに近いと思います。ともに喧嘩を売っているようなところがある。

デュラス⊙ だけど表現様式《ファクチュール》〔＝払ったつけ《ファクチュール》〕はずいぶんと違うわよ！

ゴダール❖ ぼくはその当時を知らないのです。

デュラス⊙ 彼は粗野じゃない。だけど私は、粗野であろうとしているの。

ゴダール❖ ですが、映画では違いますね。〔…〕見ることができるのに見ようとしない。悪口を言う方を好むのです。ぼくがいつも使う例は、強制収容所です。それを見せるよりも、「もう決して二度とは《ジャメ・プリュ》！」と言う方を人は好むのです。[49] 人々は見せたくない。見せようとしないのです。

デュラス⊙ 見せたわよ！

ゴダール❖ いいえ。「もう決して二度とは！」と言う方を好むのです。

デュラス⊙ そんなことないわ。嘘よ！

ゴダール❖ それが本当なのです！ まだ一年前のことですが、学生たちが国民教育省の何とかという副大臣に対してデモをしていました。六八年から十年、いや二十年経っているのに、彼らは「もう決して二度とは！」というこのスローガンを再び持ち出していたのです。

デュラス⊙ いいえ。だって、アルレム・デジール〔人種差別に反対するNGO組織「SOS人種差別」の活動家出身の政治家〕が以前にそれを使っていたもの。[50]

ゴダール❖ 誰も学生たちにすでに使われていたということさえ言ってあげないんです。まるで、同じことを……。

◆47…「サルトルの『倫理学のためのノート』をよくパラパラと読み直します。『存在と無』は挫折しましたが、こちらはついていきやすい。文学とか政治とか絵画の話だから。サルトルが絵画を、ティントレット、ヴォルス、ジャン・フォトリエを語るとき、美術批評家たちには言えないことを言います。というのは、美術批評家たちは「について」書きますが、サルトルは「から」、絵画から出発して書く。『倫理学のためのノート』がすごいのは、突然、サルトルがある哲学者のことを話し始めたかと思うと、「ねばついた総合」という表現を使うのです。そんなとき、理解していないのに理解した気になります。まるで、二歳の子供が、何かの物音や単語を覚えたときのようです……」(Robert Maggiori, « Quand j'ai commencé à faire des films, j'avais zéro an », entretien avec Jean-Luc Godard, *Libération*, 15 mai 2004)。

◆48…一九八四年にテレビ番組〈アポストロフ〉に出演したときも、デュラスはほとんど同じことを言っていた。その時は、彼女が『シチュアシオン』で評価しているのは、「アメリカ文学」に関するところ、すなわちドス・パソスとフォークナーの記事であると明言していた。

◆49…大虐殺《ショア》を長々と喚起するゴダールの最初の映画は、『恋人のいる時間』（一九六四年）である。マリナ・ヴラディ〔原文ママ。実際はマーシャ・メリル〕演じる登場人物シャルロットの夫はドイツに赴き、アウシュヴィッツの責任者たちの裁判を傍聴し、被告人たちの忘却力に驚いて帰ってくる。その後、シャルロットは愛人と映画に行くが、望んだわけでもないのに、上映していたのは偶然にもアラン・レネの『夜と霧』だった。最初の画面が映るや、彼らは上映室を後にする。見せるにはすでに遅過ぎるのだ。忘却はその仕事を完了してしまった。この欠落は、一九八〇年代終わりから、ゴダールによる映画の定義の中心的な要素の一つになる。例えば、一九九八年には次のように言う。「映画は強制収容所を予告した。『ゲームの規則』を、『チャップリンの独裁者』を思い出してみてくれ……でも、強制収容所を見せはしなかった。それをしたのは文学だ。映画は自らの義務を怠ったんだ。自らの使命に背いたんだ」（「本と私」、『ゴダール全評論・全発言 III 1984-1998』、七二五頁〔*Jean-Luc Godard par Jean-Luc Godard*, t. II, *op. cit.*, p. 439〕）。

◆50…ゴダールは、大学改革を目論むドゥヴァケ法に抗議する一九八六年のデモのことを言っている。警官に殺されたマリク・ウスキーヌという一人の男子学生の死が「決してもう二度とそんなことは《プリュ・ジャメ・サ》」という旗印のもとに抗議集会を引き起こした。反差別主義団体「決してもう二度とそんなことは《プリュ・ジャメ・サ》」は、SOS人種差別の代替組織として、一九八六年のデモの流れの中で結成されている（副スローガンは「一九八八年に私たちは覚えている」。一九八八年には次の大統領選挙があり、先のゴダールの発言はそれをふまえている）。

デュラス⊙ たいしことじゃないわよ。それが使われていたって！

ゴダール❖ たいしたことじゃありません！ でも「生きるべきか死ぬべきか」というフレーズがすでに使われているかどうかは知っていてもいいでしょう。この「もう決して二度とは！」を言うなんて驚きですよ。だって、まさしく翌日になれば、「もう決して二度とは！」はもう決して二度とは存在しないことになるのですから。

デュラス⊙ その論拠じゃ不十分ね。このスローガンにいらいらするのはわかるけど、それだけでは学生たちの行動を責められないわ。

ゴダール❖ 「それは決して存在しなかった！」ということを言うために、本を書く方が好まれるのです。そうすれば、その後、他の本が「なんて恥知らずなことを言うんだ！ それはずっと存在していた！」と言うことができるからです。見せるよりもそうすることが好まれるのです。でも見せれば十分なんです。まだ見せるものが残っているのですから！ あなたの車のタイヤが膨らんでいる状態を見せながら空気が抜けていることを主張しても、整備工は信じてくれませんよ。

デュラス⊙ でも『ショア』は、見せたわよ。[◆51]

ゴダール❖ 何も見せていません。あの映画はドイツ人たちを見せましたが、何も見せませんでした。

デュラス⊙ ほら、見せたんじゃない。

ゴダール❖ それを見せる必要があったのです。だけど、あの映画は二十年後〔実際は四十年後〕に見せた。それもちょっとだけそれらしいものを見せただけです。

デュラス⦿　映画は穴をみせたわ。盛土も、深く穿たれた墓穴もね。道も見せた、生存者も見せた、道路も見せた、雪も、寒さも見せた。映画はずっと見せていたわ。

ゴダール❖　ええ、その通りです。それはずっと見せていました。映画を作ったのですから……。ルネ・クレマンも『鉄路の闘い』を、事後的に、そんな感じで作りました。◆52

デュラス⦿　『鉄路の闘い』よりはこっちの映画の方が好きよ。クレマンは見せ過ぎてしまって、もうすることがない。観客が頭を使うところが全然ない。それに比べて、『ショア』はいろいろなものの引き金になっていたわ……。映像によって観客は自然と引き込まれていった。

◆51…一九七六年から撮影が始まったクロード・ランズマンの『ショア』は、マルグリット・デュラスの『子供たち』の一月前、一九八五年四月に公開されている(『カイエ・デュ・シネマ』は二つの映画を同じ三七四号(一九八五年七・八月号)で扱っている)。テレビ放映がされたのは一九八七年であり、この対談と同年である。作品内に記録映像を用いないというランズマンの姿勢は、デュラスの二つの『オーレリア・シュタイナー』においてと同じく、強制収容所の表象の不在に帰着する。ランズマンは映画制作と同時代のものしか映さない(生き残った証言者たち、特徴を失って他の場所と見分けのつかなくなってしまった場所のいくつか)。デュラスはオーレリア・シュタイナーと一見関係なさそうな風景、空、室内しか映さない。オーレリア・シュタイナーというのは、数人の女性登場人物によって共有されている名前であり、そのうちの一人は絶滅収容所で死亡している。強制収容所に関するイメージの不在は、『オーレリア・シュタイナー、ヴァンクーヴァー』の中では、一枚の白紙の上に手書きで次のように書かれた文字のショットで表現されている。「強制収容所の白い長方形の集合場を見やる、あなたの最後の眼差しの場所に私が抱く永遠に対して私はなすすべがない」(Marguerite Dura, *Aurélia Steiner, Œuvres Complètes*, t. III, Gallimard, 2014, p. 507)。

◆52…ルネ・クレマン『鉄路の闘い』(一九四六年)は、レジスタンスを物語った最初期の戦後映画の一つである。しかし、ここでゴダールがこの映画を引き合いに出すのは諸刃の剣である。クレマンはデュラスのテクストを映画化した最初の人でもあり、一九五八年に制作されたその映画『太平洋の防波堤』をデュラスは大嫌いだった。

ゴダール❖　たしかにそういう側面はあります。ですが、毎週月曜日にテレビで放送するというわけにはいかないでしょう、マルグリット！

デュラス⊙　そりゃあね。でも、それとは話が別でしょ。

ゴダール❖　いえいえ、ぼくが話しているのはそのことです。◆53

デュラス⊙　ずばりランズマンのことを話しているんだと思ってたわ。

ゴダール❖　この作品は一九四五年には公開されていません。フランス放送協会〔略称ＯＲＴＦ、一九六四〜一九七四年〕の設立式において、最初に言葉を発した映画でもなかった。もしかしたら……。

デュラス⊙　だけど、あの映画は開会式には絶対に出せないわよ……。

ゴダール❖　まさにそこです。言うよりも話すことが好まれるのです……。

デュラス⊙　観られなかったからといって、映画が作られなかったとは言えないはずよ。作り始めるのが極端に難しい映画だったのはたしかで、ランズマンはそれを見せるのに十年をかけた。だけど、今じゃ、フランスでそれは観られているわ！

ゴダール❖　それは多少は観られている……。

デュラス⊙　ほら、そうでしょ！

ゴダール❖　多少は観られている。『哀しみと憐れみ』〔マルセル・オフュルス監督、一九七一年。占領期の対独協力を直視するきっかけを作った映画〕が多少観られているのと同じ程度にね……。

デュラス⊙　ねえ、あなたは映画を観たときも、そんな感じなのね。私の場合、この映画は完全に観た。

今やね。私はそれを観た。だから、人々もそれを観た。それは勝手に広まっていくの、勝手に外へとね……。私にとっては、それが絶対の典拠であり、それが観られなかったなんて認めることはできないの。

ゴダール❖　だって、信じられないのです。それがちゃんと観られているとしたら、我々がしたようなかたちでクラウス・バルビー〔占領期におけるレジスタンス弾圧の中心人物〕を裁くことはなかったでしょう。あんな風にはならないはずです。◆54

デュラス⊙　それに関する話題は終わりにしましょう。というのも……。

ゴダール❖　最後にその点で言い争いになるなんて愉快ですね。

デュラス⊙　いいえ、言い争いはしていないわ。

◆53…『ショア』における二重の意味での「見ることの失敗」へのゴダールのこだわりには、ランズマンの映画に対する根の深い対立が現れている。ジョルジュ・ディディ＝ユベルマンはこの対立を『イメージ、それでもなお　アウシュヴィッツからもぎ取られた四枚の写真』（橋本一径訳、平凡社、二〇〇六年、一五五－一九四頁[*Images malgré tout*, Les Éditions de Minuit, 2003, p. 157-187]。引用部分は一六二頁）の中で総括して次のように記す。「これらの映画のなかで形作られたイメージと歴史の関係についての、ふたつの倫理」は、「ページからページへとまるで長大な詩のように編み直された」映画の書籍版をそれぞれ一冊ずつ（『ショアー』高橋武智訳、作品社、一九九五年[Shoah, Fayard, 1985]と『ゴダール 映画史（全）』奥村昭夫訳、筑摩書房、二〇一二年[*Histoire(s) du cinéma*, Gallimard, 1998]）生み出した。ちなみに、ゴダールとデュラスの相互不理解のやりとりは、まるで『二十四時間の情事』冒頭の恋人たちの台詞（「きみはヒロシマで何も見なかった。何も――わたしはすべてを見た、すべてを」）のひずんだ反響のようにも感じられる（『ヒロシマ・モナムール』、一一頁）。

ゴダール❖　ええ、「言い争い」ではありません。ただ、覚えているのは、六八年五月のとき、いわゆる政治闘争《ミリタン》映画に関して、当時のぼくがよくないと思っていたのは、作品が観られていないということでした。それだけです。映画は観られていなかったんですよ。

デュラス⊙　刑務所の内部を見ることがあるかしら。絶対にないでしょ。

ゴダール❖　もちろんありません。工場を見ることも決してありませんし、他にも見られないものはあります……。なのに、あなたは、それが見られたと言っているんですよ。

［…］

デュラス⊙　いいえ、聞いて。正確な言葉で言ってよ。あなたはちょっとばかりだけど、偏向しているところがあるわ。わざとカテゴリーをかき混ぜて私を参らせようとしている。

ゴダール❖　ぼくはカテゴリー抜きで話しています。『ショア』が面白くない映画だとは言っていませんよ！

デュラス⊙　いいえ、言ってるわ。坊主憎けりゃ袈裟まで憎いじゃない。

ゴダール❖　ぼくが言っているのは、その映画は一九四五年に作られてはいないということです。観客は映画の中で自分が聞きたいことを聞いているだけです。

デュラス⊙　それが見せられてこなかった事実、その事実自体を実体化しているのね……。

ゴダール❖　いいえ、この映画はかなり見せられてきました。比較的よく見せられてきました……。

デュラス⊙　バルビー裁判の前にはほとんどなかったわ。ほとんどね！

ゴダール❖　例えば、ＴＦ１〔仏テレビ局〕ではよく見せていました。

デュラス⊙ バルビー裁判の前にはほとんどなかったわ。

ゴダール❖ それにしても三十〔四十?〕年かかるというのは驚くべきことです……。

デュラス⊙ ええ、本当に。どうかしてるわよ。

ゴダール❖ つまり、これが言いたかったことです。

デュラス⊙ 注目してほしいのは、ランズマン自身、これを作るのに十年かかっているのよ。今はもう観たんでしょ。『ショア』は観てるわね。

ゴダール❖ ええ、ビデオカセットで観ました。一本購入したんですよ。はい。

デュラス⊙ 全部観た?

ゴダール❖ ほとんど全部。ただし、切れ切れにですが。たった一人で観ました。知っての通り、うち

◆**54**…元ナチス将校クラウス・バルビーの裁判が、一九八七年五月から七月、リヨンで行われたばかりだった。『哀しみと憐れみ』(一九七一年)を撮った映画作家マルセル・オフュルスは一九八八年にバルビーについてのドキュメンタリー映画『ホテル・テルミニュス』を世に問う。ゴダールは二〇〇〇年にオフュルスにフィルム対談を提案する(同時期、ゴダールはベルナール=アンリ・レヴィとクロード・ランズマンに同様の趣向を提案している)。こうした計画はいずれも日の目を見なかったが、オフュルスとゴダールの会談は二〇〇九年に別の機会に実現する(Jean-Luc Godard et Marcel Ophüls, *Dialogues sur le cinéma, Le Bord de l'eau,* 2012を参照)。クラウス・バルビーの弁護人ジャック・ヴェルジェスは、マルグリット・デュラスを一九八七年の裁判の証人リストに入れていた。デュラスとヴィシー政権のかつての関係を標的にした政治的な挑発であり、デュラスがフランソワ・ミッテランに公然と接近していたタイミングであった(デュラスとミッテランによる『ロートル・ジュルナル』誌上での対談は一九八六年に始まる)。デュラスはヴェルジェスの出頭命令に従わず、裁判に現れなかった(Paul Gauthier, *Chroniques du procès Barbie,* Cerf, 1988, p. 34を参照)。

は対独協力者《コラボ》の家系ですからね。◆[55] ある時期、ぼくは関係する書籍の蔵書を丸々一揃い持っていました。おそらくぼくは、クリスチャン・ベルナダク〔仏人ジャーナリスト、作家〕の強制収容所に関する全著作を読んだ貴重な人間の一人です。レオン・ポリアコフ〔大虐殺《ショア》研究に先鞭をつけた仏人歴史家〕も読みました。山のように読んだのです。ぼくがずっと撮りたいと思っていた映画が一本あって、それはアンドレ・ラカズ原作の『トンネル』という作品です。また、別のものでは、『ステネール』という題名でトレブリンカ〔絶滅収容所の一つ〕についての映画を撮りたかった。◆[56]

デュラス⊙ あったら観てるはずだけれど……。

ゴダール❖ いや、もしもの話です。

デュラス⊙ だけど、あれ〔『エミリー・L』〕を撮るとしたら、どういう風にやるの？

ゴダール❖ 前に『愛人 ラマン』の映画化を許してもらえるか、たずねたことがありましたね。断られましたけど。

デュラス⊙ ええ、だめよ、だめ。そもそも、あなたに頼むなんて言ってないし。

ゴダール❖ あなたがクロード・ベリ〔映画版『愛人／ラマン』のプロデューサー〕に売りたがっているという噂でしたよ。彼なら高く買ってくれるでしょうけど……。

デュラス⊙ もしそれをあなたが撮るなら……。

ゴダール❖ あなたに話をもちかけるなんて、こちらが無作法でした。断ってくれてよかったです。本当によかった。だって、ぼくには撮れそうにありません。

デュラス⦿　断ったときは、ばつが悪かったわ。そしたら、あなたがこう言うんだもの。「それでもぼくが作ったら、『愛人 ラマン』を撮ったら、どうしますか」。そんなことを言ったのよ。

ゴダール❖　いいえ。ぼくはある愛人《アマン》と賭けをして、あなたが撮ることはないに賭けたのです。ああ、言い間違った！　ある友人《アミ》と賭けをしてです。彼は喜ぶだろうな。ともあれ、あなたが撮ることはないに賭けたのです。だから半分は勝ったわけです。

デュラス⦿　だけど私、脚本の半分はもう書いちゃったわよ……。◆57

ゴダール❖　脚本ですか。あれで完全にできているじゃないですか。

デュラス⦿　だから、もう今の時点でね、前とまったく一緒というわけじゃないのよ。もうすでに色々

◆55…「対独協力者《コラボ》の家系」に関しては、ゴダールの母方の祖父が唯一明白なかたちでペタン主義者〔第一次世界大戦で元帥、ドイツ占領期はヴィシー政権の国家主席であった陸軍出身のペタンの信奉者〕で反ユダヤ主義者だったようである。ゴダールはしばしば彼が『ジュ・スュイ・パルトゥ（私はどこにでもいる）』紙〔占領期の対独協力派かつ反ユダヤ主義の新聞〕やリュシアン・ルバテ〔対独協力者の仏人作家〕の本を読んでいたことを語っている。*Godard. Biographie, op. cit.*, p. 30を参照。

◆56…アンドレ・ラカズの小説『トンネル』は一九七八年にジュリヤール社から出版された。ゴダールは、様々なインタビューの中で、その映画化の夢を語っている。一九八五年の発言によれば、この小説は、強制収容所という主題についての「数少ない愉快な本」の一つとのことである（『ゴダール全評論・全発言 II 1967-1985』、六二九頁〔*Jean-Luc Godard par Jean-Luc Godard*, t. I, *op. cit.* p. 603〕）。また、一九八〇年には次のように言う。「強制収容所に関する本の中で、同性愛を描いた最初の本だ。人物たちが活気にあふれていて、そこが収容所だということ、おぞましいところ、恐ろしいところだということを完全に忘れさせてしまうほどだ。ルノワールがあれを映画化することも考えられたはずだ」（同書、二九六頁〔*id.*, p. 453〕）。一九六六年に出版されたジャン＝フランソワ・ステネールの『トレブリンカ』は、歴史的事実と虚構の混在によって論争を引き起こした（なかでも、クロード・ランズマンは出版時にステネールの書物を批判した）。

と……。

ゴダール❖ つまり、アメリカ映画にしようとしているんですね！

デュラス◉ その通り！

ゴダール❖ アメリカ映画ですか。まさに『ラストエンペラー』と同じになるわけだ。中国映画はみんな米語で作られることになる。

デュラス◉ すごく魅惑的な中国人の俳優を使うのよ。とても、とても美しくて、まるでイタリア人青年みたい。そう、ちょっとイタリア人青年みたいな感じなの……。多分、ベルトルッチの映画でも起用されていたはずよ……。

ゴダール❖ ああ、流行りの役者を使うのですね、あの映画で……。

デュラス◉ そうじゃないわ。だけど私があなたにさっきたずねたのは理論的な次元での話よ。物語を使うつもりなの？　それを追うのは難しいと思うのよ。だって物語は三つあるから。

ゴダール❖ あの作品を撮れるし、撮りたい、それを欲している……と言えそうな瞬間があったような気がします。結果として、それはうまく行かなかった。だから、ぼくらは会って、知り合うことを少し望んだのです。

デュラス◉ あの作品はあまりに本向き、書物向きだから、私は映画にしたいなんて思いもよらなかった。

ゴダール❖ ええ、ぼくも同感です。その結論は正しい。ところで、時には、書きながら笑うことはありますか。書きながら笑う人はいるんですか。

デュラス⊙ 泣くこともあるわよ。

ゴダール❖ 泣くこと。たしかに、撮影でもあります。ですが、疑問があるのです。自分が一度もそうなったことがないからですが、撮影で笑うことがあるのかなと。自分でちょっと役者の真似事を始めたのもそのせいで、[◆58] ちょっと滑稽なことをしてみた方がいいんじゃないかと思ったのです。

［…］

◆**57**…マリン・カルミッツを介して、ゴダールはデュラスに小説『愛人 ラマン』の映画化を打診したところ、彼女は途方もない金額をプロデューサーに提示してきた(*Jean-Luc Godard, tout est cinéma, op. cit.*, p. 587を参照)。その後、映画『愛人 ラマン』の運命はゴダールの言い回しを借りればまさしく「出発—回帰」になる。デュラスは小説の映画化権を一九八七年八月にプロデューサーのクロード・ベリに売る。クロード・ベリとの数回の『愛人 ラマン』の「読書と解説」会から『『愛人 ラマン』の映画』という最初の脚本が生まれる。それが完成したのが十二月二十日で、ゴダールとこの対話の二週間後である。その間、ベリは映画作家ジャン＝ジャック・アノーを説得し、この映画の監督を引き受けさせた。その後、共同作業が不可能だということが明らかになり、デュラスは一九八八年五月に企画から手を引き、脚本の草稿から新しい小説を書き始める。それは作品の取り戻しの作業であると言えるが、題名は当初『『愛人 ラマン』の映画』のままだったが、一九九一年六月にガリマール社から出版されたときには『北の愛人』になった。ジャン＝ジャック・アノーの映画は一九九二年一月に公開され、大ヒットした(以下を参照：*C'était Marguerite Duras, op. cit.*, p. 924-930 ; *Le Cinéma de L'Amant*, CD audio, Éditions Benoît Jacob, 2001 ; *L'Amant, ou le fantasme d'un film*, extraits vidéo des lectures de Duras, DVD accompagnant le n° 3 de la revue *Initiales*, École nationale supérieure des beaux-arts de Lyon, 2013)。

◆**58**…ゴダールは、『ウラジミールとローザ』(一九七〇年)以来、姿ないし声で定期的に自分の映画に出演している。ところが、『カルメンという名の女』以降、彼の出演はコメディー・タッチになる。『ゴダールのリア王』や『右側に気をつけろ』でも同じである(本書九九頁註8と一〇九頁註18を参照)。

ゴダール❖ ところで、どうしてさっき私たちは言い争いになったのでしょう。ぼくは、私たちが強制収容所の映画を一度も上映しなかった、つまりは、毎週月曜日にそれをテレビ放映することはないと言っただけです。

デュラス⊙ 違うわ、それは「私たち《オン》」という言い方のせいよ。その言い方を止めないといけないわ。つまり、「私たち《オン》」を使って「私たち《オン》は放映しない」と言うと、ランズマンがしたことも遅過ぎたということになってしまう……。

ゴダール❖ では、「テレビが放映しない」にしましょう。ランズマンは遅過ぎたか、早過ぎた。それだけです。ぼくに関しては、ぼくもしていません。それは全面的に認めます。ですが、そこには逆らって進むことができない何かがある気がします。それは時代です。つまり、書物が映像よりも重きをなすのです。

デュラス⊙ ええ、そうね、かなり同意できるわ。

ゴダール❖ おそらく儀式めいた方法で、私たちは書物よりも映像に重きを与えます。スターたち、ハリウッド、栄光、セザール賞、カンヌ映画祭、等々を使ってね。ですが、根本的には、書物がより重きをなしています。

デュラス⊙ ずっとそう思っていたわけじゃないでしょ！

ゴダール❖ 少しずつ発見していったのです。以前は、まったくそんな風には思いませんでした。全然です。しかし、こう言ってよければ、身体を通じて、この事実を発見したのです……。

デュラス◉　私は、いつもそう思ってきたわよ。

ゴダール❖　……例えば、配給会社という文学の悪徳代理店が、ぼくに無理やり書かせようとしたのです。

デュラス◉　それで書いたの？　試してみた？

ゴダール❖　いいえ、書きませんでした。でも失敗したと思っています。何か学ぶことがあったかもしれないので。でも、実際に彼らがぼくに言ったのは「脚本を書いて下さいね、先生！」だったんです。仕事は始めましたよ。つまり、そこにとどまり、始めたふりをしようとしたのです。そして、本を一冊見つけるようなことがあったら、それをプロデューサーのところに、まるで銀行家のところに行くみたいに持っていくのです。すると、彼は「すみませんが、これは違います」と言うのです。口に出しては言えないものの、「これはあなたの名前で書かれた本ではありません」と言外に匂わせるのです。それでぼくは言う。「一体、何がお望みなんですか」。彼はぼくに書かせたいんです！　しかも、これはコマーシャルフィルムでの話なんです……。一度、あなたもコマーシャルフィルムを作ってみたらいいと思う。アシェット社でもランドン〔ミニュイ社の社長〕のためでもいいから……。

デュラス◉　一度、そういう話を持ってきた人たちがいたわよ。

ゴダール❖　コマーシャルフィルム？

デュラス◉　ええ、ビールの！

ゴダール❖　ええっ、ビール！

デュラス◉　そう、撮影はアフリカよ。でも、彼らは二度と姿を現さなかった……。◆59

〔…〕

デュラス⊙　でも不思議な話ね。だって、あなたが撮影でしていることと、私がエクリチュールでやろうとしていることが同じなんだから。欠落を埋めていき、エクリチュールに起伏をつける。あらゆる方向から、あらゆる照明の下で、それが見えるようにね……。

ゴダール❖　映画ではそれがもっと難しいのです……。

デュラス⊙　あなたの映画は、それを映像で実現しているわよ！　あなたの映画は話をしていないのがわかってる？　叫びしかないわよ！

ゴダール❖　ええ、わかっています。

デュラス⊙　時には、私もそうなるときがある。例えば、『副領事』よ。モーゼが話をしていなかったって言われているのを知ってる？　彼は神という考えに完全に取り憑かれていたので、叫んでいたのよ。[◆60] でも、あなたがあの映画の中で叫んでいるのは、何かと格闘しているからね。私の意見では、あなたが格闘している理由は映画の主題が見つからないせいだと思うわ。だけど、そのままでいた方がいい。だって、映画とはそういう風に存在するものだから……。

ゴダール❖　いいえ、それは裏側なだけであって同じものですよ。

デュラス⊙　同じよ、裏側だって！

ゴダール❖　ええ、でも裏側は表側と格闘しているのです。相対しているのは表側と裏側なのです。文学……音楽、それらは別物です。あなたは音楽に嫉妬したことがあるでしょう。たしか、あなたは自分のテクストの一つを『ミュジカ』と題していますね。それでも、やはり両者は別のものです。音楽はより声に近い。

デュラス◉ そんなことはないわ。だけど、音楽には人を殺す力があるわね。

ゴダール❖ 文学と映画は同じもので、表側か裏側かの違いです。

デュラス◉ いいえ！ それならば、私は上下関係を主張するわ！

ゴダール❖ 表側と裏側でいいじゃないですか……。

デュラス◉ 全てに優先するのは、音楽よ。

ゴダール❖ 音楽が天上のものだというのは、ぼくも同意見です。文学と映画は地上のものです。

デュラス◉ 文学……そうね、それはアンガジュマン（社会参加）しているわね！

ゴダール❖ ええ、ええ。だけど、私たちは道の途上にあります。そうです、まさに辛い道の途上です。その意味において、はまり込ん《アンガジュマン》でいると言えます。

デュラス◉ だけど、音楽はそれ自体として存在している。それゆえ、そこから決して出られなくなる！ どうしたら、人が四六時中音楽を聴いていられるのか、私にはわからないの。一日中モーツァ

◆**59**…自己パロディ的で、曖昧極まりないある短いテクストを見ると、この依頼が実在していたことがわかる。「提供されている感情と、ペルフォール・ビールによってその感情を生きる人間の体験との間に完全な均衡を見出さねばならない。一方に人間がいて、一方に砂漠があり、両者は分断されている。だが、両者はひとつになるのだ。ペルフォール・ビール、この神秘的な黒ビールがあれば」(Marguerite Duras, « Publicité pour la bière Pelforth », *Cahiers de l'Herne Marguerite Duras*, 2005, p. 288)。

◆**60**…本書二三三－二四頁を参照。

ルトを聴いている人々がいるけれど、彼らはもう何も聴いていないのよ！

ゴダール❖ まさに、不可能ですよね！

デュラス◉ バッハの組曲を一つそこに、突然、このテーブルの上でかけて、人々に黙って聴いて、逃げるなと頼むのは不可能だわ。

ゴダール❖ 絶対に無理ですね！

デュラス◉ もしくは、わめくことね。すごくまじめな話よ。ある日、私はこれ以上音楽が聴けないと気がついた。私が最後に聴いたもの、それはストラヴィンスキーだった……。

ゴダール❖ ストラヴィンスキーは聴くのが難しい。

デュラス◉ そうね。でも、あなたストラヴィンスキーがわかってるの。

ゴダール❖ 多少はね。あなたと同じくらいには。つまり、あなたを知っているのと同じくらいにはね。[61]

デュラス◉ 芸術の歴史には、《春の祭典》が終わった直後というもの、《詩篇交響曲》や《結婚》が演奏された直後という瞬間がある。時々、私はそのことを考えるの。そして、そこにはストラヴィンスキーが借りたホールがあって、彼が使ったオーケストラがいる。初演の晩には、誰もそれが《春の祭典》だとは知らなかったし、誰もそれが《詩篇交響曲》とか《結婚》であることを知らなかった。人々はそれを聴いた。だけど、それが人類の、人類の歴史における偉大な瞬間の一つだということを教えてくれるものは何一つ、ないしは、ほとんどない。こうしたことが間接的に私を再び政治へと呼び戻すのよ。人々が自己表現する習慣を失ってしまったせいだと思う。[…]わかるかしら、こうした物事が私を怒らせるのよ。あなたが『ショア』で怒ったように。しかるべきときに観られなかった、観られなかった映画としてね。

ゴダール❖　そんなことは言っていませんよ！

デュラス⊙　いいえ、言ったわ！　私よりもずっと上手にね。そして全てのために言った。『ショア』と存在している世界の全てについてね。だけど、そういうことは起きているし、ずっと起こってきた、等々とね。

ゴダール❖　とんでもない！　ぼくが言ったのはこうです。どうして人々は定期的に上映しないのか。どうして監獄を映さないのか。どうして見せないのか……。第二次世界大戦後、フランスで最も多くの映画館を保有していたのは共産党です。二番目は教会です。教会ですよ！　UGCの前身に当た

◆**61**…デュラスが脚本を書き、レネが監督した『二十四時間の情事』の公開時、ゴダールは「フォークナー＋ストラヴィンスキーだ」と言っていた（座談会「ヒロシマ、われらの愛するあなた」、遠山純生編『ヌーヴェル・ヴァーグの時代』紀伊國屋書店、二〇一〇年、六六頁［« Table ronde sur Hiroshima mon amour », *Cahiers du cinéma* n° 97, juillet 1959, p. 1］）。デュラスはストラヴィンスキーの音楽性と自分が探求している口承性との間に直接的な対応関係を見ている。「どんなミサでもいいけど、ミサの司式者たちの言葉に、力の点で匹敵するような演劇的言語というのをわたしは全然知らない。教皇のまわりでは、はっきりと発音される奇妙な言葉が語られたりうたわれたりして、そこには強さアクセントがなく、アクセントというものが全然ない平板な言葉だけど、そのくせ、芝居にもオペラにもそれに匹敵するものがない。聖ヨハネ、聖マタイの受難曲のレシタティーヴォや、《結婚》とか《詩篇交響曲》といったストラヴィンスキーのある種の作品には、そのつどはじめて創り出され、単語の響き、単語がもっている、日常生活では絶対聞かれないような響きまで発音される音響的な場があるけれど、わたしはそういうものしか信じない」（「戯曲」、『愛と死、そして生活』田中倫郎訳、二四－二五頁［« Le théâtre », *La Vie matérielle, op. cit.*, p. 17-18］）。

るものや、現在のゴーモンははるかに後れを取っていたのです。ただし、共産党も教会も映画を作りませんでした。ぼくが彼らを嫌いなのは、映画作家の立場としてです。彼らはいつも「この映画はひどい」としか言わなかった。そうするよりも、映画を一つ作って、黙って何も言わず、それを見せればよかったんですよ。彼らにまだ聴衆がいたときにね！

デュラス◉ 共産主義は終わりよ。彼らは死んだわ！

ゴダール❖ ええ、わかっています。一つの例としてお話ししています。

デュラス◉ そのことを映画にできないものかしら。例えば、《春の祭典》の物語、この楽曲が初めて演奏される話よ。初めて《春の祭典》を耳にする聴衆たち。つまり、《春の祭典》がホールに湧き上がっていくの。そして、二回目の演奏……。そして、世界中、さまざまな場所に広まっていく。その毎回ごとを聴いていくの……。

ゴダール❖ 才能と謙虚さのある人物が必要になるでしょうね。あと、そのことを作る前に話してしまうとおじゃんです。もうそれを作ることはできなくなる。

デュラス◉ 演奏家たちはしゃべらないわ。

ゴダール❖ 彼らはしゃべりません。でも、「こういうことをするつもりです」と言ってしまった場合です。それはまさしくベルナルド・ベルトルッチが中国でしてしまったことです。彼は「最後の皇帝」を撮影するんだと言ってしまった。そして、それを言ってしまったことによって、もはや彼はそれを撮影できなくなった。四年間、彼は金を浪費し、意見とも言えないような意見にしたがって過ごした。

だから、彼は別のものを作った。彼はアメリカ映画を作ってしまった。ぼくにしてみれば、恥さらし以外の何ものでもない。

デュラス◉ ちなみに音楽についてあなたに話していることが、最近、本に関しても同じことが起きていると思うの。

ゴダール❖ 音楽と言えば、ジャコメッティはそれを彫刻でやりました。最近です。

デュラス◉ 自分の書いている本について同じことが起きていると思うのよ。

ゴダール❖ ええ、その通りだと思います。「最初の瞬間」という側面はあります。そして、批評があなたにたいして厳しい時期というものがあります。あなたもそれに苦しんでいるはずです。批評家たちには毎回同じに見えるのです。おそらくは『愛人 ラマン』以降(つまり『愛人 ラマン』はそれほどにも彼らにとって違っていたのです)……。批評というのは、結局のところ、たいしたものではありません。一人か二人をのぞいて、大抵は作家たちがやっていますからね。批評の仕事というのは「これは同じものだ。この初めてというのはすでに聞いたことがある」ということばかり考えています。

デュラス◉ そんなことないわ!

ゴダール❖ それから、「ああ、前ほどじゃない……」と言うのです。

デュラス◉ いいえ、彼らはそんなこと言わなかったわ。一度たりともね。

ゴダール❖ それなら、何よりじゃないですか。

デュラス◉ というのは、『愛人 ラマン』は、全部すでに書いたことの焼き直しだったからよ。一つとして言ってなかったことはないわ。『愛人 ラマン』が成功したのは、別の口調で、この繰り言をしたからよ。つまり、あの本で、私は全部いっしょくたにしたのよ。熱帯夜、兄の下劣な行為、等々。全部、全部を集めたのよ。

ゴダール❖ ですが、そこには「見出された時」現象みたいなものがあったはずです。それから、今や、他のことだってある……。多分、まだ七、八冊の本を書かねばならないでしょう。ぼくも、まだわからないけど……おそらくは十五本ぐらい撮らねばならないようにね。ぼくたちのような年齢になると、面白いと思わずにはいられない瞬間がありますね。つまり、「結末は知っている」と思うときです。

デュラス⊙ もしわたしがあなたのために《春の祭典》や《結婚》のスクリプトを書いたとしたら……。

ゴダール❖ 撮りますよ。プロデューサーさえ見つけてくれるなら。

デュラス⊙ もしくは《詩篇交響曲》……。

ゴダール❖ 最良のプロデューサーは、あなたです。だって、あなたはぼくよりもずっとお金がある。ぼくが思うに、あなた自身が映画を作ることが必要なのであって、多分ぼくにやらせる必要はないと思います。

デュラス⊙ だめよ、あなたじゃなくちゃ、だめ。だって、その音楽を台無しにすることを私は望んでいるんだもの。あの音楽に匹敵するためにはただ一つの方法しかないわ。それは、台無しにすることよ。つまり、お世辞を言わないか、映画を作らないかしかないのよ。もっといいのは、ぎりぎりの狂気を見せてやることよ。《詩篇交響曲》と《結婚》を聴いてごらんなさい。えもいわれぬ美しさよ。まさしく映画の主題だわ。

ゴダール❖　おそらく、音楽についての美しい映画になるでしょう、たしかに。

デュラス⊙　あの沈黙、もはや言葉はなかったわ。美しいと言う必要すらない……。

ゴダール❖　まさしくその通り。その映画はできるかもしれない。ですが、それはあなたが作った映画のように作られなければなりません。それに……。

デュラス⊙　《結婚》については、ストラヴィンスキー自身の編曲、指揮のものを見つけ出す必要があるわ。[…]音楽をあなたに聴かせて、ただあなたにこう言うの。「さあ、これについてやりたいようにやって」。ただ、音楽は不沈空母よ。核爆弾だろうが、ビルだろうが、何をぶつけて、どう壊そうとしたって、無傷なままよ。私の考えでは、ほとんど物理的と言ってもいいような、あの暴力性を持っている映画だけが、あなただけが音楽を取り除くことができる。傑作になるわよ。どう思う?[◆62]

ゴダール❖　しかし、映画というのは、かわいそうなことに、観られるためにあります。よい映画の四分の三は観られていません。本は二つの方向で見ることができますが、映画が二つの方向で観られることは決してないでしょう……。

◆62…「音楽が暴力自体なのだ[…]そして音楽を通して、ばらばらの諸暴力がしまいにはお互い同士の流通をはかり——それらが寄り集まって暴力の普遍性を形成するのである」(『インディア・ソング／女の館』田中倫郎訳、白水社、一九八五年、二八〇頁[Marguerite Duras, *Nathalie Granger* suivi de *La Femme du Gange*, Gallimard, 1973, p. 95])。『破壊しに、と彼女は言う』の最後では、どこだかよくわからない空間、オフの音声とフレーム外との間で、バッハのフーガが爆撃の音と長い間入り交じる。スクリーンでは、静かな森に面した一軒の家の中にいる三人の人物が映されている。

デュラス◉ でも、聞いて。あなたは一万人の人が観た映画をたくさん作ったじゃないの。あなたの手で。

ゴダール❖ ……もうちょっと多いですよ。

デュラス◉ 『トラック』は一万人の人が観たわ。それは世界中で知られている。短編映画は八千人ぐらいね。

ゴダール❖ ええ、本のおかげですよ。

デュラス◉ それで、今や東京、北京、香港、いたるところで上映されているわ。

ゴダール❖ たしかに。一冊の本が読まれることになると考えることもできます。でも、もし現在あなたの本が読まれていないとしたら、二百年後に読まれることがあるでしょうか。それは、画家たちには起こりましたが……。

デュラス◉ 著者たちが残れるかどうかを決めるのは次の事実よ。つまり、本の売り上げ数が毎年伸び続けているかどうか。

ゴダール❖ 映画でも同じです。今はビデオカセットも含めて……。

デュラス◉ ほら見なさい。残るべき本の運命は、出版社の評価次第なのよ。ガリマール社でそのことを教わったわ。評価の基準は販売数が途切れないこと。映画でも同じことで、需要が途切れないこと、そうすれば残り続けることになるわ。

ゴダール❖ まったくその通りですね。ところで、ぼくが興味を持ったのは、言い争いのもとになったあの質問です。どうして、あなたは突然、あの話題になったとき、怒り出したのか……。あなたは未だにとても政治的です。悪口も言うし、成功しなかったことを悔いている。あなたはすごく大きな悔恨を抱えている。ぼくの場合、幸いにも、ぼくは信じました。しかし、結局のところ、六八年はぼくが信じたものとは別のものをたくさんもたらしてくれました。

デュラス◉ ちょっと、いつ私が怒ったの よ。私が怒った？ いつよ。

ゴダール❖ サルトルのときにすでに怒りはじめ、それから『ショア』のとき、それから今の話です……。

デュラス◉ だって、サルトルの話になったら、突然、あなたが興奮したんじゃないの。

ゴダール❖ ええ、たしかに。そしてあなたは口調が変わった……。あれは、一つの時代であり、それは確かにぼくに何かをもたらしています。ですが、それはぼくにとって……。

デュラス◉ サルトルはあらゆる若者たちにとってものを考えるための教師だった。私たち世代にとってもよ。だって、彼は一九四五年から一九七〇年まで君臨したのだから。

ゴダール❖ ええ、ですが、突然、あなたの使う単語や言葉、発言が、なんと言ったらいいのかわかりませんが、もはや同じものではなくなった……。

デュラス◉ 礼儀に反したものになった？

ゴダール❖ いいえ、それらはもはや同じセレモニー、身体に属するものではなくなりました……。より大きな憤りのようなもの、傷口のようなものがあるのです。ぼくの場合でも、それを想像することができます。たとえば、クロード・オータン＝ララが「ヌーヴェル・ヴァーグは私たちを破滅させた」と言い、それに対して人々が「あのバカが……」と言うようなときです（しかも、彼はバカではなく、たくましいそれなりの人物だとぼくは思っています)。そういうときは自分にこう言い聞かせるのです。たいしたことじゃない、些細ないさかいだとね。

デュラス⊙ ええ、サルトルのことは放っておかなければだめよ。あなたのために、サルトルは彼の居場所に放っておいて……。

ゴダール❖ 同時に、それが不思議でならないんです。あなたの憎悪です。他に言いようがありません。

デュラス⊙ 憎悪なんて抱いてないわ、本当よ……。

ゴダール❖ 多分、あなたはぼくに説明して下さるでしょう。だって、ぼくには一度も理解できたことがないのです。誰もぼくにちゃんと説明してくれた人はいませんでした。ユダヤ人がイメージを作らないとかいう話を聞いたことがあります。彼らの物語を持ち出されるといつもぼくは居心地が悪くなりました。また、その持ち出され方にもです。いくつかの儀式をのぞけば、プロテスタントとカトリック、ジプシーとの違いもぼくにはわかりませんし……。[…]ですが、ぼくにはわからないのです……[…]どうして、その話になるや否や、問題が持ち上がるのか……。それが強制収容所を扱った『ショア』であるのは残念なことです。なぜなら、アラン・レネの映画では人は同じようにはいきり立ちませんからね。

デュラス⊙ 『夜と霧』のことね。

ゴダール❖ その通り! それは再上映さえされていません。毎年再上映されることもなく、学校でさえ上映されていない……。

デュラス◉　いいえ！　そんなことないわ！　その映画と『スティレンの唄』〔レネの撮った別のドキュメンタリー映画〕はどこでも人気よ。私はレネと仕事をしたけれど、この二つの映画は一年中、大学や学校へ貸出し中よ……。

ゴダール❖　なるほど。でも、なんの結果ももたらしていない！〔…〕簡単に表現してしまう映像よりも、人々は言葉で言う方を好みます。ぼくの「言うこと」に対する恐怖はそこに発しています。ぼくは言う方法を知りません。でも、見せることはできると思うのです。言い方を学ぶつもりです……もしくは、ぼくの言葉を見つけるつもりです。ぼくだけにしか通用しないとしても。

デュラス◉　さっきストラヴィンスキーの大作、現代音楽の最高傑作の話をしたけれど、偶然じゃなかったのよ。冒瀆だと怒られるかもしれないけれど、これほどの重要性を持つ出来事……つまり、強制収容所を知るためには、その存在を知るためには、他では要求も必要もされないほどの精神的な大転覆が必要になるのよ。そして、この反応の鈍さは、ユダヤ人たちにすら見られる。彼らは理解したくなかった。つまり……あなたは映画で観たでしょ。そう、誰もそれを理解したくなかったの。一九四五年か一九四六年に、ブーヘンヴァルト強制収容所の最初の写真が載った新聞を見て人々が言った最初の言葉は、「信じられない」よ。四十年かかったのよ。[63]

ゴダール❖　今の話はラジオやテレビでも言われていません。ある晩、あなたがぼくにそれを言う。ぼくがそれを聞くことができるのは、まあ、たいしてそのことに興味を持っていないからです。家族の大半がコラボと呼ばれているような一族ですからね……。

デュラス◉　ユダヤ人……ああ、スイス人だったわね。

ゴダール❖　いいえ、フランス人、フランス人ですよ！　ユダヤ人のジョークを飛ばしていた祖父、子供のときに毎日ラジオから聞こえていたフィリップ・アンリオ〔占領期に活躍した親ナチの政治家〕の演説のことが今も思い出されます。ぼくが育ったのはそんな環境でした。後年、思うに、ぼくの家族や過去の自分を理解するため、それを少し経験しました。そして、ある時期、パレスチナについての映画を作りながら、◆64ユダヤ人問題を考え始めたのです。一体それは何に由来するのか、とね。あなたが言うことは理解できます。ですが、ぼくは人々がそのことを話すのを聞いたことがないのです。二十年経ってすら、こんな風に、ちゃんと、普通の感じではね。それはまだ終わっていない。スキャンダルの対象とさえ言っていい。言われていることならば、こんな風にはならないはずです。

デュラス◉　それはつまり……私がそう表明しているだけで、個人的な意見よ。

ゴダール❖　それは別問題です。あなたの場合、六十年の作家としてのキャリアとエクリチュールがあり、あなたの書いたものを人々が読んでくれるからそう言えるのです。言われていることというのはそうではないし、自然でもありません。無意識的な自動反応が起きる対象を目の前にしたとき、人々がそれをどう見たらよいかわからないということがぼくを驚かせるのです。サイレント映画期には、人々がそれを言うことができていた時期がありました。映画史において、成功を収めた二つの偉大な作品があります。これらの作品は映画というものを変え、さらに巨大な成功、しかも経済的な成功も収めたのです。奇妙なことに、これらの作品は二つとも戦争映画でした。一方は南北戦争を描いたサイレント映画期の『国民の創生』で、他方は『無防備都市』です。そう、ロッセリーニは〔言うことが〕できていたのです。しかし、ぼくも同意見ですが、それはあまり長くは続かなかった。なぜなら、彼は『ドイツ零年』を撮りに行ったからです。人々は言いました。「彼は同じことをしている。繰り返しだ」とね。だから、ぼくは単純に、そのことは言われていない、と言うのです。多分、ぼくは言うことが怖いのです。なぜなら、現実問題として、言うことは全てを言うことではないからです。それよりは見せようと思うのです……。

デュラス⊙　だけど、ランズマンも言っているわ。全てを言うことができないということも彼は言っているわよ。

ゴダール❖　見せることは全てを見せることではありません……。全てを見せることもできます。しかし、一度全てを見せてしまうと、その分だけ全てを見せてはいないのです。変な言い方に聞こえるでしょうけど。〔…〕あと二、三秒の時間が残されていれば、こうしてお互いに話ができていないさまを見せることができて面白いのですが。ぼくたちが話をできないのではありません。マルグリットの話

◆**63**…『八〇年夏』でウガンダの戦争を持ち出しながら、奇妙なまでにゴダール風の言い回しでデュラスはそれを「強制収容所からの帰還」と結びつける。「ウガンダを前にしても何も思わない。強制収容所から戻ったときも、同じように、何も思わなかった。もしわたしが何か思うことがあるとしても、それが何かわからず、それを言葉で言うことができない。わたしは見る人なのだ」（*L'Été 80, op. cit.*, p. 45）。

◆**64**…ジャン＝リュック・ゴダールとアンヌ＝マリー・ミエヴィルの共同監督作品『ヒア＆ゼア　こことよそ』（一九七五年）のことである。この映画は一九七〇年代にパレスチナでジャン＝ピエール・ゴランとともに撮影した映像をもとに作られており、もともと作られる予定だった映画の題名は『勝利の日まで　パレスチナ革命の思考と作業の方法』。

を聞いているとき、これほど見事な話しぶりを前にして、一体、ぼくに何ができるというのでしょう。聞くことだけです。サルトルの話も聞いていました。ジョルジュ・マルシェ〔共産党系の政治家〕の話も聞きますし、ジャン=ピエール・エルカバシュ〔仏人ジャーナリスト〕の話も聞きますし、ラ・サンク〔今はないフランスのテレビ・チャンネルの一つ〕でロナルド・レーガンやカダフィの話だって聞きます……。ぼくは聞くほうが好きなのです。ですが、人々は互いに話すことはできません。だから、ものを書き、映画を撮るのです。自分たちだけでは、互いに話ができないのです。対話を書くことはできますが、それを口にすることはできないのです。愛もそうです。これは別の話ですね……。ですが、それは目に見える。テレビはそれを見せることができるのです。

デュラス◉　話す、話すばっかりだわね。男たちは自分のことについて話すことができないけれど、女たちにはそれができる。男たちにそれができないのは、アリバイを使っているからよ。自分たちのことを話すかわりに男たちは別のものについて話す、自分たちに関係のある別のものについて話す。男たちは女について話し、仕事について話し、思想について話す……。

ゴダール❖　まさしく、まさしく、その通りです。全く同意見です。

デュラス◉　男たちはそんな風にして働いている。そんな風にして生きている……。だけど、彼らは話すことをやめない。

［対話が終了したようになり、コレット・フェルーが入ってくる］

コレット・フェルー◼『勝手に逃げろ／人生』には、あるフレーズが使われています[65]……。どうしてあのフレーズを残したのですか。

ゴダール❖ それはぼくが話し方を知らないからですよ！ だから、ぼくは物を使うのです……。もしぼくが一輪の花だったら、わからないけれど自分自身を映すでしょうね！

デュラス◉ 何だか、さっきから突然、あなたが一輪の美しいゼラニウムに見えてきたわ。笑いをこらえるのに必死なんだけれど……。

ゴダール❖ それはぼくが床屋に長いこと行ってないせいです。

コレット・フェルー◼ 二人とも子供時代を卒業していないのですね。

デュラス◉ そういう感じなのかもしれないわね、おそらくは。

ゴダール❖ ああ、ぼくの場合は……愚かなままというとこですよ。そう、レ・リタ・ミツコ〔二人組の音楽グループ。『右側に気をつけろ』に出演〕が《スチュピッド・エニウェイ》って言うような感じです。

デュラス◉ あなたは愉快な人なの？ 日常生活で笑ってる？

ゴダール❖ ぼくが笑ってるかって？ 口を閉じる暇もないぐらいですよ。ただ、今みたいな状況では笑えません。だって……。

◆65…コレット・フェルーが言っているのは次の台詞のことである。「男は女よりも子供っぽいが、子供時代は少ない」。一九七九年の対話（本書四二頁を参照）にも出てきたし、『勝手に逃げろ／人生』の音声トラックにも再録されている。

デュラス⊙　私と同じじゃない。人生を冗談を言って過ごしているわ。ものを書いて、それから冗談を言う。執筆が終わったら、私は笑うの。［…］さっきの私たちの笑いには、なんだか深刻なところがあったわね。

ゴダール❖　おおきな隔たりがあるような気がしています。さっき起きたことについても、あれは違うと感じています。映画を作るのだったり、調査をするのだったり、もしくは小説を書くのであったりすれば、さっき起きたことは、違うかたちになるはずです。『エミリー・L』では、あんなふうではありません。もしあれがこんな感じで語られたとしたら、もちろんのこと、あれとは違うものになってしまう。つまり、それは別物なのですよ。そして、言っておかねばならないのは、わたしたちはこんな風には話をしていないということです。

デュラス⊙　してないわね！

ゴダール❖　言葉や話すことへの嗜好と要請がどこから来るのか知ろうと努力しています。［…］ぼくが驚いているのは、こう言ってよければ、ぼくたちが仕事をしていないことです。小説は勝手に書き上がる。イタリア映画やアメリカ映画では、つねにたくさんの共同脚本家がいます。作家たちすらも実際に二人で書くということが始まってしまいました。

デュラス⊙　あれには、まったくついていけないわね。わたしには絶対無理よ。

ゴダール❖　私たちは同じコインの表と裏なのだと思います。裏が表と話さないというのを見せるのはおそらく難しいことでしょう。あなたは私の知る限り、私の裏――もちろん表と言ってもどちらでもいい──だと感じられるわずかな人間の一人です。尊敬も感じるし、好きなタイプです。ですが、時々、一緒に話すことはできないと感じることがあります。しばらくすればおさまりますが。反対に、ぼくの方はあなたの話をすすんで聞き続けることができるのですけどね。

コレット・フェルー◈ マルグリット、『エミリー・L』のラブレターを読んでいただけませんか。小説にも映画にも、愛であると同時に創造であるような何かがあると思うのですが、いかがでしょうか。

デュラス◉ あれほどの情熱に憑かれたようになって書いた本はないわ。『副領事』や『ロル・V・シュタインの歓喜』以来、あんな情熱を生きた覚えはない。実生活で口をきかなくなってしまい、本の中にしか存在していなかったの。本とともに寝て、本とともに起きて、そして、本が仕上がったのは、あのバーを描写しきれたときだったわ。そのバーで私はヘミングウェイ風のイギリス人旅行者たち、酔っぱらいのイギリス人たちに出会い、彼らのせいで三ヶ月の興奮状態に陥ってしまった。一度出会い、彼らを描写し、彼らを愛してしまったのが運の尽きね。それから私の愛する、私の横にいた若者〔デュラスの息子ジャン・マスコロのこと〕に彼らについて話したのだけれど、それ以上のことをしてしまった。つまり、彼らに感じた愛情、彼らの微笑や笑顔に感じた愛情のせいで、この若者に私が抱いている愛情を書いてしまった……。私が実際に体験していた不可能な愛と、そこ、つまり本の中で死の淵にいるカップルの完璧な愛とを通じ合わせてしまったのよ。このカップルは本の最初から最後まで死の淵にいるのよ。そして、その後はわからないの。もはや彼らについては何もわからない。それを想像することさえできないの。そうね、愛についての会話があって、それはキーユブフ〔フランス北西部の港町〕

のバーから——だってそれはキーユブフのバーが舞台だから——ホテルの部屋へ、他の場所へと移っていく。この会話はこの本全体を、この書物全体を汚染しているわ。別のテクストによる他のテクストへのこうした侵食、愛についても、別の愛による他の愛へのこうした汚染、つまり、情熱が見せるそうした結合と変化のありとあらゆるかたち、情熱が見せるそうした寄せ集めのありとあらゆるかたちが、書物を常に成長させるのよ。その成長にはもう限界はないように思われる。それであしなければならなかった。私は本に手術を施し、開腹して、切除して、本の中に三つめの物語、エミリー・Lの物語を入れなければならなかったのよ。本を生かすためには、本を生き続けさせるためには、それ以外の方法が見つからないのよ。ワイト島〔イギリス本土の南側にある島〕の若い女性、キーユブフのあのバーにいて今は百歳になっているあの若い女性について、私は彼女が体験したことを語る義務がある。そして、私はある夜、知る。ちなみに私はそれをひとりでに知るの、私は自分がそれを知っていることを知らなかったの。すなわち、その女性が、彼女が書いていたのよ。私は初稿を渡すことになっていたその当日、最後の日までそれを知らなかった。

ゴダール❖ 彼女が書いていたことを?

デュラス⊙ 彼女が書いていたのよ。彼女は二六歳だった。最初は二四歳で次に二六歳になった。彼女は詩を書いていたの。

ゴダール❖ 彼女が書いていたってあなたに気づかせたものは何だったのですか?

デュラス⊙ 考える必要もなかったわ。最初からいたんだから。彼女が書いていたというのは明白だわ。

だって、物語の間中ずっと、そのあらゆる結合と変化の中に、書いている誰かがいるというのは明らかだったから。

ゴダール❖　ええ、それは明白です……。

デュラス◉　書いたのは端から端まで私よ。物語の境界を定めている容れ物の部分を書いたのは私。でも、本の中身は書かなかった。エクリチュールの中心にいたのは彼女。彼女は素朴で、とても若かったから、彼女は自分の中にあって自分が持ち歩いているものに気がついていなかった。それはおそるべき力、おそるべき苦しみの力。彼女は自宅で、それを恋人に向けかねない。つまりは、そのせいで、彼女の書くという行為のせいで、彼女は殺されそうにもなる。二人を救うことになる行動をとるのは彼。彼は、ある晩、彼女の書いた詩、最後の詩を燃やす。そしてそれは終わるの……。

［…］

それはとてもよく仕切られているの。こんな風にね。描写されている土地全体を覆ってしまいかねない水のように。それを抑える術はもはやない。まるで本が発狂したみたい。そうよ、本が発狂してしまったのよ。そして、彼女のことを考えると私はいまだに泣きたくなる。彼女が自分の書いた詩を探して、かけらでもいいから見つけ出そうと家具を壊す。そして、彼は隣の部屋にいて、沈黙を守っている。だけど、あとで、彼は彼女をベッドの中で抱きしめ、彼女に世界で最も愛しているのは君だと言うの。そして彼女はわかっていると答える。そして、書き物は完成する！　しかし、その詩は完全には死んでいない。つまり、詩の物語が知られていく。それは知られていくの。それは、やはりその土地の管理人である無垢なある若者に物語られていく。事実、この詩は神の愛、神の似姿をした絶対者の愛について語るものなの。この詩は地上の愛、会話の中で問題にされているような愛を語るものではない。だけど、まだ子供の管理人はそんなことは一切わからない。彼は詩なんて一度も読んだことがないのだから。彼は小説だってまるで読んだことがない。彼が知っているのは、若い女主人が何か書いており、それが出版されているということだけ。本が届けられるし、届く本よりも彼女に会いに来る人の方が多いからわかるのよ。人々はワイト島について書く女性に会いに来るんだけれど、そのことが彼の胸の奥深くまで刺激する。まるで精神における官能性みたいにね。この女性の身分は詩を書くことによって完全に証明されている。だけど、それを彼は決して読むことができないままなの。まるで彼が決して聴くことはない音楽のように。[…]ほらね、二つの物語があるの。これ以上はくどくど言わないわ。そこまではしなくていい。全部を言うつもりはないの……。だけど、こんなに熱中したのは初めてなのよ。

ゴダール❖ マルグリット、あなたはいつもすごく熱中しています……。

デュラス⊙ 自分だけで、ここまでになったことはないのよ! 同時に、私はとても悲しい気分だった。すっかり引きこもってしまい、すごく調子が悪かった。よく眠れなかった。本を仕上げる前に、このままあの世にいくような気がしていた。[…]でも、ある夏、ついに……彼女はワイト島に戻る。そして、彼女は若い管理人に向けて彼女が書いた手紙を公証人に渡す。

〈私は肝心なことをあなたにお伝えするための言葉を失念してしまいました。前はわかっていたのですが、それを忘れてしまい、忘れたままのこういう状態で書面をしたためております。私という人間は、およそ外観とはうらはらに、たとえこの世でかけがえのない相手であろうと、ひとりの人間を対象とした愛に身も心もささげるといった女ではありません。私は不貞のやからなのです。その点をお伝えするため取り分けておいた言葉を思い出したいものです。こうしているうちに、そのうちのいくつかが心にうかんでまいりました。私は今も変わらぬ自分の思いを言いたかったのですが、それは、どんな場合でも自分の心のうちに――これが思い出した言葉なのですが――ある場所、そうなのです、ひとりきりになって愛するための、一種の個人的な場所を保持しておかねばならぬということなのです。愛すると申しても、対象がはっきりしているわけではなく、誰を、どのように、どれほどの期間愛するのかわかりません。愛するため、ここで突然言うべき言葉がうかんできました……自分のうちに、まさかの時にそなえる待機の場、ある愛、まだ誰を愛するのかは不明でも、そのための、ひたすらそのための、愛を待つための場を保持することが眼目なのです。私が言いたかったのは、あなたがその期待となっていることでした。あなたは単独で、私の生の外に現れた面、私の眼には絶対に見えない面となられてしまい、今後もずっと、私にとっての未知な人となった状態のままでいられ、それが私の死まで続いてゆくことでしょう。御返事はくださいますな。私に会いたいなどという望みは決して抱かれませんようお願い申し上げます。エミリー・L〉(『エミリー・L』田中倫郎訳、一六一―一六二頁)

[…]

デュラス◉　また会えて楽しかったわ。

ゴダール❖　ええ、ぼくも。ぼくもです。よかった、必要なことでした。
デュラス◉　テレビの邪魔をしなくちゃならなかったのよ！
ゴダール❖　ええ、ぼくもそう思います。まあ、結局、私たちは二人ともそういうことが比較的得意です……。取り除くのに業者が必要な二つの岩です……。それはそうとしても、心残りなのは、ぼくができることをしなかったということです。こう言ってもいい。あなたはできないことを少ししてみるということをしなかった。そして、ぼくの方は、できることを十分にやらなかった。まあ、今更の話ですけどね。

編者あとがき

ソフト・アンド・ハード

シリル・ベジャン

マルグリット・デュラスとジャン゠リュック・ゴダールの対話は二つの孤独の出会いのように読める。それは伝記作者たちが資料で裏づけたり、おそらくはそれを疑い、和らげようと努めたりできるような孤独ではなく、彼らの芸術活動がそれぞれ絶え間なく求めては追い払おうとする孤独である。◆1

デュラスはしばしば言っていた。自分にとって映画を作ることは、エクリチュールの孤立を断ち切るための一方法であったと。この考察は実用的でもあるし美学的でもある。まず、映画制作はチームでの作業であり、共有と協力を必須とするのに対して、エクリチュールは作者の隔離を要請する。「書くことにともなう孤独というのは、それがなかっ

◆1…『ゴダールの映画史』エピソード1の最後に、個人的な告白というよりは擬人法（喋っているのは映画）といった手法で、ゴダールはジャン・ジュネを引用している。「私は私がそうであるところのものでしかないのだから、私は破壊されえない。私がそうであるところのものである、留保なしにそうであるがゆえに、私の孤独はあなたの孤独を知るのである」（ジャン・ジュネ『アルベルト・ジャコメッティのアトリエ』鵜飼哲訳、現代企画室、一九九九年、五五頁［Jean Genet, *L'Atelier d'Alberto Giacometti*, L'Arbalète/Gallimard, 2007, p. 73］）。

たら、書き物が生まれないか、なにを書こうかと探しあぐねて血の気を失い、こなごなになってしまうようなものよ。［…］二声で書いた人なんかいたためしがない[◆2]」。他方、デュラスが構想する映画が「脚本」と呼ばれるものと縁を切っているとしても、その映画の後に来る、あるいは先行するテクストとの縁は残り続ける。映画は書物を反復と変奏のシリーズに組み入れたり（『副領事』はマリン・カルミッツ監督の『黒い夜、カルカッタ』やデュラス監督の『ガンジスの女』、『インディア・ソング』、『ヴェネツィア時代の彼女の名前』に変化する）、もしくは、別のかたちで誕生させたりする（『トラック』と『船舶ナイト号』は当初映画として構想され、その後にテクストとして出版された）。映画はこうして書物の完成という幻想を破壊し、書物の中にあるテクストの還元不可能性と無限性を明らかにする。すなわち、あるやり方で、映画は書物を完遂するのだ。デュラスが何年もかけて試行錯誤し、先鋭化させた映画において、この完遂のほとんど儀式《リット》とも言える形式性が、演者たちの特徴のない話し方、オフの声での朗読、語られていることと目の前の映像との明らかな断絶である。ゴダールはそれを言葉遊びによって表現している。一九九五年に製作された『フランス映画の二×五〇年』の最後で、ゴダールは自分が作った監督と批評家のためのパンテオンにデュラスを迎え入れ、ジャック・リヴェットとセルジュ・ダネーの間に登場させる。その際、スクリーンには作家のファーストネームである「マルグリット」が緑色の文字で「マルグ／リット」（「リット」は儀式という意味の仏語）と区切られている。こうした映画的な儀式を通じて、デュラスのテクストは、映像を例解するという危険にさらされると同時に蘇るのである。テクストは視聴覚的な結合に応じるものの、決してそれに還元されることはない。デュラスの次の恐るべき言葉はこの儀式を通じて理解されなければならない。「映画に対してはわたしは殺害の関係にあるの」。この言葉の直後には「わたしがそれをつくりはじめたのは、テクストの破壊によって作家の既得権を傷つけるためだった」◆3。テクストの破壊、それは自分の孤独の一時的な破壊である。しかし、それは、あたかも砕け波に身をさらしているのと同じで、その破壊しがたい特質をより一層あらわにするものである。

ゴダールはかなり早い時期から、映画の集団的な経験が共有されないこと、しばしば映画制作がばらばらの能力の寄せ集めに過ぎないこと、他の映画作家たちとの交流が不可能であるか、もしくは、取るに足らないものであることを嘆いていた。映画を作ることが、出会いを組織することだとしても、演者、脚本家、技術者との会話は毎回のように必ず失敗に終わる。しかしながら、ゴダールはいくつもの交流の方法を探し、考案している。とくに「カップル」という形式においては、アンナ・カリーナ、アンヌ・ヴィアゼムスキーか

◆2…『エクリール』田中倫郎訳、河出書房新社、一九九四年、一一―二四頁、[Marguerite Duras, *Écrire*, Gallimard, 1993, p. 14 et p. 22]。

◆3…『緑の眼』、九五頁[*Les Yeux verts* (1980), Éditions des Cahiers du cinéma, 2014, p. 72]。この殺人はキェルケゴールが『おそれとおののき』で描いたアブラハムによるイサクの犠牲の鏡像であるとも言える。デュラスはそれを作家の孤独な恐怖のアレゴリーとしている(本書一三三頁註44を参照)。

ら、ジャン＝ピエール・ゴランを経て、アンヌ＝マリー・ミエヴィルとのコラボレーションがある。一九八七年、デュラスとの最後の対話が行われた年、ゴダールとミエヴィルは会話中の自分たちをお互いに撮り合っている。自宅の居間で、それぞれの映画の実践について質問し合い、家庭という場所がもたらす日常的なくつろいだ雰囲気の中で、批判や自己批判を試みている。それらは時に、それぞれの立場の頑なさや、単にそれらを口にすることの困難にぶつかる。ゆえに、この映画の題名は『ソフト&ハード』と名付けられている。そして、デュラスとの対談は、やはり同じくらいに「優しくそして厳しい」そうした試みの別のシリーズをなしている。

さまざまな状況において、時には、彼自身の作品の中や、時には、テレビや新聞のために、ゴダールは例えば、ロジェ・レーナルト、ブリス・パラン、フリッツ・ラング、ジャン＝マリー・ギュスターヴ・ル・クレジオ、ルネ・トン、マノエル・ド・オリヴェイラ、モーリス・ピアラ、フィリップ・ソレルス、マルセル・オフュルスと対談をしている。しかし、それぞれの対峙、それぞれの出会いは、この映画作家の独自性と孤立の、ときには手厳しい確認の機会となる。その上、ゴダールは白いスクリーンに一人向かう自分を(『映画『パッション』のシナリオ』)、レマン湖のほとりにいる自分を(『JLG／自画像』)、タイプライターの前にいる自分を(『ゴダールの映画史』)、自ら撮影する。そんな時のゴダールは不可能を探しているように見える。映画という集団性の只中に出現するエクリチュールの孤独である[◆4]。それと同時に、ゴダールはその姿と名前によって、ますます一つの映画のかたちを体現するようになっている。その映画とは、とくに『ゴダールの映画史』において繰り返し語られた孤独の力、すなわち、理解されず、用途に供されることもなく、歴史から消失していく、忘却された力を持つ映画である。この消失のさまざまな理由の一つは、デュラスとの対話の中で語られている。テクストの優先性なくして、いかなる映像も作られないし、観られないし、受け入れられない。映画の脚本とはこの掟の表現の一つにすぎない。

　この点に関して、それぞれが自らの砦に、自分の考えの中に閉じこもっている。デュラスにとっては、書き物《エクリ》の孤独であり（「肉体のこの現実の孤独が、侵すことのできない、書きものの孤独になってゆくのよ」[5]）、ゴダールにとってはイメージの孤独である（『ゴダールの映画史』1Bのエピソードで「イメージは復活のときにやってくるだろう」と言われている）。しかしながら、彼らの出会いは

◆**4**…レイモン・ベルールは、« L'autre cinéaste : Godard écrivain », *L'entre-images 2, op. cit.*, p. 131の中で、この探求に最も接近している。「ゴダールが狙いをつけ、観念上で匹敵しようとしているのは、常に分離されて在る、エクリチュールの永遠の現在である。ただし、ゴダールの目的は、この永遠の現在をまた別の一つの現在の中に再誕させることにある。その手段として用いられるのは、そのときまでやはり別の分離を生きていたものであり、それらの分離をゴダールは縮減しようとするのだ。あたかも、ゴダールが撮影する＝書くのは、『パッション』の撮影時にスタッフたちに囲まれているときも、ロール村の自宅のビデオスタジオで自分自身の姿と向かい合っているときも、（一九六六年の会談のときに）ル・クレジオがゴダールに差し出した夜の孤独のイメージを完成し、払いのけるためであるかのようだ。つまり、「不可視の、巨大な白い表面、マラルメの名高い白紙を前にして」大文字の〈脚本〉を見つけ出し、それを見るためであるかのようである」。

◆**5**…『エクリール』、一二頁［*Écrire, op. cit.*, p. 15］。

起きた。デュラスが「ひとりぼっちだと感じてほかの監督のことを思うとしたら、ゴダールのことね」[6]と言うのは、彼らの実践に固有の孤立と独自性の共有を喚起するためだけではない。両者において、出会いは逆説的にも孤独を助けるのである。いかに短いものであれ、相手を理解して結合する瞬間は、袂を分かつときと同じ必然性を有している。それは人生でも芸術の世界でも同じである。彼らはこの逆説について了解し、それがルールだとわかっている。ジル・ドゥルーズは、一九七六年にゴダールについての一連のエッセイ「6×2（コミュニケーションの上と下で）」を書きながら、このことを簡潔に表現している。

> 私がどんなふうにゴダールのことを思い描いているか、簡単に説明してみましょう。ゴダールは根をつめて仕事をする男です。だからどうしても絶対の孤独に沈むしかない。しかし、それはありきたりの孤独ではなくて、途方もなく密度が高い孤独なのです。夢が詰まっているのではありません。幻想とも、計画ともちがう。そうではなくて行為や事物が満ちあふれ、人間すら詰めこまれた孤独。要するに多様で創造的な孤独ということですね。そんな孤独の奥底にいるからこそ、ゴダールはたったひとりで一大勢力たりうるのだし、大勢でチームを組んで共同作業をおこなうこともできるのです。ゴダールは誰とでも対等につきあうことができる。相手が公的機関であろうとも、さまざまな組織であろうと、家政婦や労働者、あるいは狂人であろうと。[7]

ゴダールが「途方もなく密度の高い」孤独だとしたら、デュラスは多声のモノローグである。彼女はそれをコミカルに「トラックごっこ[8]」と名付ける。『トラック』(一九七七年)において、作家デュラスは俳優ジェラール・ドパルデューの前に姿を現し、一人の老女がイヴリーヌ県の道路でセミトレーラー車の運転手にヒッチハイクで拾われるという内容の仮の映画のテクストを読む。この朗読を映すショットと交互して、トラックとそれが通過する景色がスクリーンに映されるが、運転手たちは決して映らない。テクストで物語られるのは、運転席でヒッチハイカーの老女が話し、運転手が聞くという情景である。女性作家と俳優とが差し向かいながら、主に喋っているのはデュラスであるのと同じような状況である。とはいえ、こうした会話を「ドライブ」していくためには二人であらねばならない。それは単に聞き手が必要ということではない。時おり、ドパルデューは朗読を始め、「わかります」と答える。そこに彼がいるだけで、宛先がなければ、つまり、相手がそれを引き継ぐ可能性(回答や反論の可能性ではなく)に開かれているのでなければ、一つの言葉は何の意味

◆6…「イスラエルの庭は決して夜にならなかった」、『緑の眼』、二六二頁[*Cahiers du cinéma* n° 374, juillet-août 1985, p. 13. Repris dans *Les Yeux verts, op. cit.*, p. 198]。

◆7…ジル・ドゥルーズ「6×2をめぐる三つの問い(ゴダール)」『記号と事件 1972–1990年の対話』宮林寛訳、河出書房新社、二〇〇七年、七九–八〇頁。Gilles Deleuze, « Trois questions sur *Six fois deux* », *Cahiers du cinema* n° 271, novembre 1976, p. 5-12.

◆8…『デュラス、映画を語る』、一六一頁[*La Couleur des mots*, Éditions Benoît Jacob, 2001, p. 161]を参照。

もないということが証明される。「トラックごっこ」とは、見かけは不平等であっても、言葉の唯一の乗り物を共有することであり、誰とでも、どこででもできる遊びである。共有は、デュラスとドパルデューがいる家の密室の中でしか起こらない。三二トンのトレーラーは〔言葉の〕広がりのある通行を荒々しく具現化している。ゴダールが一九七九年の対話の始めで指摘しているように、それはそれゆえに映画そのものでもある。

ゴダール❖ どちらにしたって映像が、少しは必要となる……。

デュラス◉ スクリーンでは二つとも必要だと思うわよ。ただし、わたしが「言葉の広がり」とでも言うべきものを邪魔しないという条件でね。一般的に言って、あらゆる、もしくはほとんどの映像はテクストの邪魔をする。映像がテクストを聞こえなくしてしまうのよ。私が欲しいのは、テクストの自由な通行を妨げないような映像。私にとって問題はこれにつきる。だから、『インディア・ソング』はオフの声で作ったのよ。

ゴダール❖ テクストを自由に通行させるものは、テクストを運ぶものということでもいいですか。船が積荷を運んでいくように?

デュラス◉ そう、トラックが積荷を運んでいくように〔本書、一八頁〕。

ゴダールはデュラスとの「トラックごっこ」に参加し、隠喩をまじめに受け取り、それを加工しようとした唯一の映画作家である。例えば、トラックは船舶になり、輸送は書き物《エクリ》と映像とのシャッセクロワゼ〔互いに場所を入れ替えるダンス、行き違い〕になる。これらの三回の対話はその証拠であり、最初の二回はゴダール主導による。一九七九年の対話は、言わば、「オフ」であり、『勝手に逃げろ／人生』の一シーンの不可視の部分である。そのときデュラスは撮影のためにローザンヌまで出向いたが、撮られることは拒否した。作家デュラスの声しか録音できないので、ゴダールは自分の映画に特有の仕掛け、映像とずれたオフの声としてつなぐことにする。これは遊びの一つなのである。一九八〇年の対話は近親相姦についての映画の企画をめぐるやり取りである。その映画の不確かな可能性は『トラック』のテクストに見られる条件法過去の使用（「映画になっただろうかって？　映画よ、もちろん」）を思わせるものがある。一九八七年の対話にはやや違ったトーンが見られる。それは、おそらくいかなる企画も口実になっていないことと、とりわけ、彼らの出会いという例外的状況がそのときまさに終わろうとしているからである。たとえば、デュラスがストラヴィンスキーの映画という仮定をしても、ゴダールはその話に乗ってこない。「トラックごっこ」とは二人のそれぞれの孤独の間でなされるこの言葉のリレーのことだったというのに。ちなみに、ゴダール作品にはその痕跡がいくつも残っている。デュラスとの会話は映画作品の中に書き込まれている。「トラックごっこ」は映画というかたちになって、彼らの出会いという現実を延長し、新たなかたちを与え、開かれたままにする。一九七九年の『勝手に逃げろ／

人生』から、少なくとも、一九八八年の『ゴダールの映画史』まで[9]、デュラスの名前、いくつかの彼女の本のタイトル、彼女の場所や顔がゴダールの音と映像のコラージュの素材となっている。こうした書き込みは、理論的であると同時に、批評的であり、感情的なものでもある。つまり、「ソフト・アンド・ハード」というわけだ。

『勝手に逃げろ／人生』の一シーンでは、映画作家の分身とも言える、ジャック・デュトロン演じるポール・ゴダールという登場人物が中学校のクラスに『トラック』の一部を見せる。デュラスが来ている、隣の部屋にいると彼は言う。彼は「マルグリット！」と呼ぶ。生徒の一人が彼女を迎えに行くが、一人で戻ってきて、彼女は来たくない、そこにいるだけ、「不動」であると説明する。その解説として、ポール・ゴダールは『マルグリット・デュラスの世界』――ミニュイ社の白い表紙の上に読み取れるこのタイトルがどれほどゴダール作品に頻出することか――を開き、イントロダクションの文章（「私が映画を撮るのは暇をつぶすためよ」）を読み、結論として「これからはトラックが通るのを見たら、女の言葉が通っていると思うように」という短い忠告を与える。数ヶ月後、デュラスは『緑の眼』の中で、ローザンヌのロケ場所への訪問とゴダールとの会談について語っている。「〔ゴダールは〕私を学校に連れて行った。リクリエーションの時間だったか、新学期だったか、もう覚えてないけれど、生徒たちが通る木の階段の下だったわ」[10]。デュラスは周りの騒がしさのことしか書いていない。騒音のせいで、さらにそれ以上のもののせいで、彼らはお互いの言っていることがわからなかった様子である。だが、「だけど、そんなことはどうでもいい」。「それから学校を後にして、街を走行中の車内で録音をした。そのテープを聞いてみたの。ところどころ、赤信号で停まっているときね、何を言っているかかなりよくわかるところがあった」[11]。つまり、この出会いは双方ともアイロニーを帯びている。ポール・ゴダールによる隠喩「言葉＝トラック」には通俗なところがある。オマージュでありながら、それはこの登場人物の女性蔑視的な価値観を示している（「女たちの言葉、女の言葉は重い」）[12]。騒音、耳の聴こえない者たちの会話。それらについて、デュラスは『右側に気をつけろ』が話題になったときに再び言及する。それは、ゴダール映画の中でデュラスが理解できないところ——一九八七年の対話の中でデュラスが言及している、言葉を「引っかける」ゴダールのやり方——であると同時に、あらゆる音が叫び、歌、音楽に隣接している以上、彼女を夢中にさせるものでもある。だから、デュラスは同じ対話において、執拗に《春の祭典》の初演を主題にした映画、つまり、トラックのように、それが《世界中を、さまざまな場所に広

◆9…ディディエ・クローは、ゴダール作品におけるデュラスへの参照を« Marguerite Duras-Jean-Luc Godard, rencontres réelles et virtuelles : un entretien infini » (*Marguerite Duras. Marges et transgressions*, Presses universitaires de Nancy, 2006, p. 195-204)で調査し、その関係を*Flux cinématographiques : cinématographie des flux*, L'Harmattan, 2010で掘り下げている。また、Jean Cléder, « Anatomie d'un modèle. Duras/Godard. Cinéma/Littérature. "Une question d'envers et d'endroit" », www.revue-critique-de-fixxion-francaise-contemporaine.org も参照。

◆10…『緑の眼』、四七頁［*Les Yeux verts*, *op. cit.*, p. 25］。また、本書一五一一六頁の「一九七九年の対話」の紹介も参照。

◆11…同書、四七－四八頁［*Id.*, p. 26］。

まっていく》様子を主題にした映画を提案するのである。

彼らの間に誤解があるのは明らかで、それが彼らにシャッセクロワゼを続けさせる。いや、誤解こそがその隠れた動力そのものなのである。デュラスはしばしばゴダール作品への手放しの賞賛（「ゴダールは世界の映画界のなかのもっとも偉大な触媒である」◆13）を惜しまず、本人にも友情を表明しているが、同時にお互いに分かりあえていないとも言っている。ゴダールはデュラスが映画とエクリチュールとの関係に関する公式を見つけたと認める（「映画では、さかさまに書いていくんだと言えるだろうか。その通りだ。あなたの緑の眼はぼくよりさきにそれを見た」◆14）とともに、この公式を二人の関係の隠喩としている。すなわち、彼らの対面をちょっとしたコンセプチュアルな舞台になぞらえ、「私たちは同じコインの表と裏なのだと思います。裏が表と話さないというのを見せるのはおそらく難しいことでしょう」◆15と言っている。ゴダール映画にデュラスの肖像が刻まれるのも、これと同じ、個人的なものとコンセプチュアルなものとの間の——真剣かつ遊戯的な——相互侵入によるものである。それは『ゴダールの映画史』3Bのエピソードに見られる。そこでは（サシャ・ギトリの肖像写真の中にはめ込まれている）デュラスの肖像写真の上にあるフレーズが被せられる。それは、言葉＝映像の敵対関係を恋の恨み節の中に要約する「あなたはわたしに言葉を使って話しかけてくる。私はあなたを気持ちで見つめているのに」というフレーズである。サウンドトラックからは、ジャンヌ・モロー（デュラス映画の女優、とりわけ『ナタリー・グランジェ』への出演）が歌う《途切れる想い出》の一節が聞こえてくる。「彼の眼／それは青ではなかったように思う／それは緑だったかしら、灰色だったかしら？／それは青緑色だったかしら？／それとも始終色が変化していたのだっけ／どっちでもいいことなのかな？」。この（『緑の眼』への仄めかしをともなった）《途切れる想い出》は、一九五九年に『二十四時間の情事』でゴダールを驚嘆させたデュラス的テーマであったが、一九八七年の対話ではプルーストをめぐって彼らを対立させたテーマでもある。

『ゴダールの映画史』3Aのエピソードでは、青春時代のデュラスの写真が使われ、そ

◆**12**…『勝手に逃げろ／人生』のこのシーンの解釈にゴダールは次のように応答した。「トラックが通り過ぎるショットで、マルグリット・デュラスや女性というものに対する攻撃性のようなものを感じるとよく言われましたが、ぼくの気持ちはまったく明々白々に真逆なのです。マルグリットを知らない人々がいて、彼らはこのフレーズだけを聞いて言っています。何であれ、何かをばかにしているなんてどうしたら思えるのか。一台のトラックは騒音を出し、巨大で、重い……。ぼくにはわかりませんが……。そいつは力にあふれて、ちょっと怖いぐらいです。それは「恐怖」と名付けられた章に現れます。［…］今では、マルグリットが運転席にいるのだ、彼女が全速力で、耳を聾する轟音を轟かせながら世界中を縦横に走り回りに行くところなのだと考えることなしに、トラックを見ることはもはやできません。彼女を撮影したい、運転席に一度座らせてみたいものです。［…］また、映画批評家として、人々に思い出させてやろうという気持ちもあったのです。マルグリットが『トラック』という題名の映画を作ったということ、それはデュラス先生が作った優れた映画だということをね」。Jean-Luc Godard, « Propos rompus », *Cahiers du cinéma* n° 316, octobre 1980, p. 14.

◆**13**…『緑の眼』、六七頁[Les Yeux verts, *op. cit.*, p. 53]。

◆**14**…『ゴダールの探偵』（一九八四年）の撮影中にデュラス宛に書かれた手紙（本書一九七頁を参照）。

◆**15**…一九八七年の対話（本書一六四―一六五頁を参照）。

の唇の上に、顔もろとも透過する白いハレーションに一部隠されて『苦悩』という題名が現れる。その背後に聞こえてくるのは『大いなる幻影』のサウンドトラックの一部であり、ジュリアン・カレットが「もしぼくを幸せにしたいなら／マルグリット、ぼくに君のハートをおくれ」と歌っている。『苦悩』はデュラスが戦争中に書いたテクスト集だが、それは書くという作業を形容する際にゴダールが使う言葉の一つでもある。例えば、一九六六年のJ・M・G・ル・クレジオとの対談において、ゴダールはフロベールの「苦痛」に言及している。[16] この苦悩とカレットが歌う「幸せ」との並置は、『ゴダールの映画史』3Bのエピソードにおける「話すこと」と「見ること」という対立物の組み合わせと相似形をなしている。

こうしてゴダールは、恋愛の情熱は必然的に不可視だというデュラスの言葉を彼女に送り返す（ゴダールには「気持ちを見る」、「ハートを与える」ことが必要なのである）。そして、さらに進んで、自分とデュラスの関係をロマン主義的なカップルのそれとして再生させる。そこには通常の恋愛的な意味ではなく、正反対の極の間の交流という意味がある。たとえば、ノヴァーリスに見られるような気力と無気力、力の過剰と欠乏、すなわちハード・アンド・ソフトという対の間の交流である。[17] 一九八〇年の対話で展開された近親相姦のテーマも、二人の間では、ロマン主義的なカップルの特異な様態として読むことができる。「書く、描く、考える……これらはみな兄弟姉妹のようなものだ。そしてこの芸術の家族のなかでは、映画はよそ者、移民、召使いにとどまっている。もっとも映画は、この家族の友人にはなれる。ぼくもそうだ。でもぼくは自分が、ぼくの好きなどの創作家よりも劣っていると感じている。いや、このことでくさっているわけじゃない。ぼくには自分がその世界にいることがわかっているわけだ。たしかに、かれらは客間に入る資格があるのに対し、ぼくは控えの間にしか入れない。そしてそれは、ぼくが映画をつくっているからじゃない。他の芸術は一緒に暮らしているのに対し、映画はひとりぼっちなんだ[18]」。一九八七年の対話に見られる、「科学者や電子工学者」が「出発」と「回帰」と名付けている逆転の作用によって映画と文学の違いを説明するゴダールの証明は、完全にロマン主義的な考え方と類縁関係にある。それを使えば、諸芸術、諸科学、作家デュラスとゴダールの現実の関係も一気にすべて説

◆16…ル・クレジオ「紙を一枚用意して、書くその瞬間までその後がどうなるか皆目見当もつかないままに書くということでもよろしいのですか?」。ゴダール「ああ、まさにそれゆえにぼくは書くことができないんです! それゆえにフロベールにいつも感動してしまうのです! 彼が書くときに感じているとんでもない苦痛にね。彼は「空が青い」と思っていた。彼はそのことを書いていた。そうしたら、三日間、彼はそれで寝込んでしまったのです。[…] 何という苦しみでしょう!」« Godard-Le Clézio. Face-à-face », *L'Express*, 9 mai 1966, repris in *Godard par Godard. Les années Karina*, Flammarion, 1990, p. 146.

◆17…ノヴァーリスにおける反対物の変換については、Olivier Schefer, *Mélanges romantiques. Hérésies, rêves et fragments*, Éditions du Félin, 2013, p. 68-70を参照。「亢進－衰弱」の対については、とりわけ、Olivier Schefer, *Le Brouillon général de Novalis*, Allia, 2000, p. 310-311の用語解説を参照。ゴダールとノヴァーリスとの関係、より広く、ロマン主義との関係については、以下の著作で的確に解説されている。Nicole Brenez, « Jean-Luc Godard, Witz et invention formelle », dans *Cinémas : revue d'études cinématographiques/Cinémas : Journal of Film Studies*, vol. XV, nº 2-3, 2005.

明される。

「見る」ことと「話すこと」。これがゴダールとデュラスというロマン主義的なカップルにおける対立軸である。『破壊しに、と彼女は言う』を書いた年〔一九六九年〕、モーリス・ブランショは『終わりなき対話』において、「話すこと、それは見ることではない〔…〕。書くこと、それは言葉を見られるようにすることではない」、そして言葉が「見るための超越的な方法」[19]にならないように注意しなければならないと書いていた。しかし、それぞれが相手の裏側であるゴダールとデュラスは、映画によってブランショに反駁するにいたる。彼らの映画では、書き物《エクリ》や言葉を通じて、見ることとイメージとの間の障壁は崩れ落ちる。だから、デュラスにおいては幻視が重要であり、ゴダールにおいては運動と言葉の解体・再構成という効果が重要なのである。ブランショは「無媒介化の手段」や「連続的なものを経験すること」としての視覚と、「開示すること＝あらわにすることの二重性」[20]としてのイメージとを区別する。ところが、デュラスは言葉が運んでくる視覚の中にこの二重性を直接刻み込む。そして、ゴダールはショットと言葉と音との間に、断層化と重層化の効果を生み出し、知覚のヒエラルキーを撹乱し、視覚とイメージとを互いに押しつぶさせる。この意味において、『さらば、愛の言葉よ』における3Dの使用は作品の目覚ましい達成として現れる。[21]「見ること」と「話すこと」とはたしかに敵対的だが、それらは一緒になって共依存的な力として作用するのである。

「トラックごっこ」は、「話すこと」と「見ること」、言葉とイメージの関係には限定されない。カップルの間では、何でも話される。時折、ゴダールは牽引されるがままになる。まるで『勝手に逃げろ／人生』の冒頭で、車に乗ったポール・ゴダールがトラックの後をついて行き、その背後からデュラスのオフの声が聞こえるように。一九八七年の対話で最後に

◆**18**…「本と私」、『ゴダール全評論・全発言 III 1984-1998』、七二四頁[« Les livres et moi », entretien avec Jean-Luc Godard par Pierre Assouline, *Lire* n° 255, mai 1997, repris in *Jean-Luc Godard par Jean-Luc Godard*, t. II, *op. cit.*, p. 441]。

◆**19**…モーリス・ブランショ『終わりなき対話 I』湯浅博雄・上田和彦・郷原佳以訳、筑摩書房、二〇一六年、八六―八九頁[Maurice Blanchot, *L'Entretien infini*, Gallimard, 1969, p. 38-40]。『終わりなき対話』と『破壊しに、と彼女は言う』の出版時期が重なっているのは完全に無視してよい細部ではない。デュラスは『カイエ・デュ・シネマ』誌でのインタビューで、映画の登場人物たちの一人であるシュタインがブランショに生き写しだと感じた人々がいたと語っているし、ブランショ本人がこの書物に反応していた。「ブランショは私に仰天するような手紙を書いて来たわ。彼はまだ映画を見ていなかった。彼が言うには、アリサは彼にとって本の中心人物だというのよ。[…]この手紙でブランショは私にアリサについて話す。彼には彼女がこう見えるの。「……死に至る関係の青春期であり……彼女がもたらす死、彼女が永遠に合流する死である」。ブランショは私たちが皆、決定的な破壊をしに行くのだと言う。彼は、する、破壊をすると言う。この「する」は私を喜びで満たす。ブランショは愛と喜びで人々を満たしてくれる人なのよ」(« La destruction de la parole », entretien avec Marguerite Duras par Jean Narboni et Jacques Rivette, *Cahiers du cinéma* n° 217, novembre 1969, repris dans *Filmer, dit-elle. Le cinéma de Marguerite Duras*, Capricci, 2014, p. 67-70)。ブランショは後に『破壊しに、と彼女は言う』について書き、おそらく書物と映画との「間」が問題だと言っている(「これは本か映画か？　両者の間なのか？」)。*Marguerite Duras, op. cit.*, 1975, p. 139を参照。

◆**20**…『終わりなき対話 I』、九二頁[L'Entretien infini, *op. cit.*, p. 42]。

ゴダールが繰り返すように、作家の言うことを聞く以外にすることはない。「マルグリットの話をぼくが聞いているとき、これほど見事な話しぶりを前にして、一体、ぼくに何ができるというのでしょう。聞くことだけです」。ポールが『トラック』の抜粋を見せていたその前のシーンにおいても、映像を見ることはできず、ただデュラスの声とベートーヴェンの《ディアベリ変奏曲》が教室内に響くばかりである。なぜなら、彼女の話を聞くことは、少しばかり学校にいるようなところがあるからだ。デュラスが話すとき、彼女は知っている側であり、答《むち》を与える側なのだ。こうして『勝手に逃げろ/人生』では、デュラスが子供、女性、男性に関していくつかの真実を言うのを私たちは聞く。「女性のための場所があるとしたら、そんなものが存在するとしたら、そこは子供時代の場所よ。[…]男性の方が女性よりも子供っぽいけれど、子供時代は少ないの」。

二人が出会う一九七〇年代と一九八〇年代初頭、学校はゴダールにとって彼の求める映画の理想型の一つだった。勉強の場であり、多少なりとも強制的な議論の場であり、言葉と物の間にある混乱から知が弁証法的に誕生してくる場である。[22] ちなみに、この混乱について、ゴダールはとくに『二人の子どもフランス漫遊記』の子供たちとの対話の中で展開している。デュラスの場合、すでに『ナタリー・グランジェ』(一九七二年)で学校の問題を扱っていたが、『勝手に逃げろ/人生』の五年後に作られた『子供たち』(一九八五年)ではさらに進んでいる。その主役エルネストの口癖はこうだ。「ぼくが学校に帰らないのは、学校がぼくの知らないことを教えるからだよ」。そこでは非－労働に全能性が与えられている。デュラスはこれをあらゆること、あらゆる人のために繰り返し主張するが、何よりもそれをエクリチュールに適用している（書くこと、「それは非－労働に到達することなのよ」）◆23。当時のゴダール映画が実践しているモンタージュの連鎖、啓蒙的な列挙、引用、暗唱からは遠く離れている。学校は子供時代を売り渡す。デュラスはほとんどそう言っている。学校は子供時代を子供っぽさとしてカテゴライズし、野生を抑圧する。ゴダールにはどうでもいいことだ。野生には他の時期があり、それはいたるところに姿を現しうる。大事なことは、対面という制度において、学校があらゆることについて話すことを可能にしてくれることにある。学習とは交流であり、二つのイメージの間に、もしくは、あるイメージとある言葉の間に生まれる交流なのである。生徒の前に立つ「先生」。そこから交流は生まれるものなのだ。それは次々に現れる引用のようなものだ。引用とは権威に仕えるものでも、記念

◆**21**…例えば、ミシェル・コローは、デュラスの映画『船舶ナイト号』の中の「水平構造structure d'horizon」、「視像vision」の二重性についていくつかの見事な表現を残している（Michel Collot, « D'une voix qui donne à voir », in Bernard Alazet, Christiane Blot-Labarrère (dir.) , Marguerite Duras, la tention du poétique, Presses de la Sorbonne nouvelle, 2002, p. 55-70)。レイモン・ベルールはブランショの「言葉を語ることは、見ることではない」とゴダールの作品との対立を« L'autre cinéaste : Godard écrivain », (art. cité, p. 126)の中で解説している。

◆**22**…この混乱については、Serge Daney, « Le Therrorisé. Pédagogie godardienne », *La Rampe*, Éditions des Cahiers du cinéma, 1996, p. 85-95を参照。

◆**23**…『緑の眼』、一六頁［*Les Yeux verts, op. cit.*, p. 14］。

碑的な偉業に仕えるものでもなく、断片化された、作品の無限の開口部なのである。車に乗ったポール・ゴダールがするようにトラックに牽引されていくこと。そして、サウンドトラック上で作家の言葉をオフで使うジャン＝リュック・ゴダールのように、デュラスの言葉とデュラスの言葉をつなぐこと。それらは同じモンタージュという所作であり、『勝手に逃げろ／人生』と『トラック』とを弁証法的に結んでいる。すなわち「トラックごっこ」を真剣に受け止めたのがゴダールただ一人だったというのは、こうした方法においてである。

トラックの後ろという位置取りに対置されるのは、トラックの前であるが、一九九〇年公開の『ヌーヴェル・ヴァーグ』はこの新たな位置取りによって華々しく始まる。アラン・ドロン演じる主人公が誰もいない道路を猛スピードで走るセミトレーラーから逃げ、トレーラーは大音響を立てて、どこかに消え去る。死の危険。ゴダールの興味はもはや言葉の逆説的な位置取り、つまり、あらゆることについて語りながら、何も知らず、学校を拒否しながらも教師ぶり、永遠に「隣の部屋」に残るような位置取りにはない。そうではなく、彼の興味は、ロマン主義的な過剰さの中で維持される、神託のようで宇宙的な言葉、次のような崇高な肯定にある。「見なさい。彼女は言う。世界の終わりを見なさい」（『トラック』の中のこの言葉は『勝手に逃げろ／人生』の中でも言われる）。『ヌーヴェル・ヴァーグ』の冒頭の事故は、『トラック』の結末で黒いスクリーンの中でデュラスが発していた最後の言葉が生み出すヴィジョンに似ている。「トラックは消えた。事故が起き、森が騒がしくなることが予想される。車が通る音だ。誰の音なのか、何の音なのかわからない。それから、それは止んだ」。それと同じ仕方で『右側に気をつけろ』の最後にオフで発せられる言葉も、完全に終わった「通過音」への返答にも聞こえる。「そして、最初はとてもやさしく、まるで怖がらせないようにしているみたいに、ささやきが、人間がずっと前から気がついていた、そう、とても前から、人間が存在する前から存在していたささやきが、再び始まる」[24]。『トラック』の結末で触れられた森は、『破壊しに、と彼女は言う』で登場人物たちがすでにその端にいた森である。それは〈外部〉や〈開口部〉をなす深い森であり、ゴダールは『さらば、愛の言葉よ』で今日なお歩き回っている。その映画中の視聴覚的アフォリズムの一つでは、森を映すのは簡単だが、「すぐ近くに森があると感じられるような部屋を映す」のはより難しい、と説明されている。

『右側に気をつけろ』には、直接のデュラスの引用は一度もないが、彼女の影は作品につきまとっている。それは謎めいたあるシーンにかたまって現れ、ときに似通っていたり、パロディ的だったりする一連の印象群に感じられる。そのシーンでは、ジャック・ヴィル

◆24…ここで問題になっているのはヘルマン・ブロッホ『ヴェルギリウスの死』の一節である。『トラック』の結末と『ヌーヴェル・ヴァーグ』の冒頭とが潜在的な「つなぎ」の関係にあることは、以下の論文で解説されている。Didier Coureau, « Marguerite Duras-Jean-Luc Godard, rencontres réelles et virtuelles : un entretien infini », art. cité, p. 197.

レが海に面したホテルの部屋に入っていく。彼は倒れ、再び立ち上がりながらテープレコーダーを動かす。外のバルコニーには少女がいて、彼を観察している。彼女の背後には、海岸が広がり、夏の光があふれ、子供たちの歓声が聞こえる。テープレコーダーからは切れ切れの言葉が、思考の下書きのようなものが漏れ聞こえてくる。「そのことを思うと、だめだ、うまくいかない……。私を知っているやつらが来たら、そうなったらまるで……。だからってなんだ。知ったことじゃない……。始めるべきじゃなかったんだ」。声、統語法、「始めるべきじゃなかった」という口癖が、デュラスの『子供たち』の登場人物エルネストとそれを演じたアクセル・ブグスラヴスキの話し方、善良なる白痴の「どうせすっぱいブドウだったさ」を思わせる。ゴダールはデュラスへの参照を構成する要素を屈折させ、歪め、滑稽なほうに引っ張っていく。ただし、テクストは彼女のものではなく、ベケットのものである(『右側に気をつけろ』の公開年である一九八七年の対話の中でゴダールはこんなコメントを残している。「あなたやベケットの作品では、それら[言葉]は王様です」)。そこにいないブグスラヴスキのかわりに、ヴィルレがそのグロテスク版を演じている。少女はどことなくナタリー・グランジェの顔立ちに似ていて、自分の名を冠したその映画のヒロインのように、彼女も外にとどまる。しかも、鼻先でドアをバタンと閉められさえするのだ。海岸はトゥルーヴィルのそれであり、すでに『カルメンという名の女』でも使われている。デュラスが『ガンジスの女』や『アガタ』で撮影したのもこの海岸であるが、海水浴場の騒がしさは、ロシュ・ノワール館の住人デュラスが撮影していた平板な、人気のない広がりとはまるで一致しない。部屋から海を眺めるショットは『インディア・ソング』、『大西洋の男』、『オーレリア・シュタイナー、ヴァンクーヴァー』の結末部を思わせるが、ヴィルレは寒くなりフランス窓を閉めようとする。こうした滑稽な寄宿状態のすべては、否認ではなく、デュラスが持っていた放縦な崇高さへの礼儀の一形態なのである。それは子供時代に子供っぽさを追加する行為であり、最後の片足旋回《ピルエット》である。その後、彼はトラックに轢かれ、そして再び立ち上がる。[◆25] 無人のショットは、一九八〇年代の初めからゴダール映画を侵食しはじめるが、この映画のゴダールはそれらを暗黙のうちにデュラスとその神なき神秘神学に帰している。[◆26] こうしてトゥルーヴィルのホテルのフランス窓から見える海や空を映したショットが『右側に気をつけろ』のラストにまで再来する。『船舶ナイト号』の出だしに映る筋状の雲が走る青空は、すでに『勝手に逃げろ/人生』、『パッション』の冒頭のショットで再現されていたように思われる。空を描き出すぎくしゃくとしたカメラの動きは、まるで何かの

◆25…ゴダールによる、デュラス固有のテーマからの逸脱とグロテスクなイメージ形成の別の例としては、『ゴダールの探偵』の撮影中に彼が彼女に書いた手紙がある。「私はそのとき、海辺を、海《メール》に瓶を投げるあなたの手のことを考える。そしてそれは、母親《メール》を飲み干すほどのことではないのだ[=たいして難しいことではない]」(本書一九七頁を参照)。

◆26…この意味で、デュラス=ゴダールという「カップル」の最も強いきずなの一つは映画『ゴダールの決別』である。そこでは神が(ジェラール・ドパルデュー演じる)シモン・ドナデューという名の男に受肉し、その妻と愛を交わす。ドナデューはデュラスの本名であり、映画の冒頭のいくつかのシーンに現れる少女はマルグリット・デュラスという名前で呼ばれる。

形を探しているかのようだ。すなわち、言葉のリレーは視線のリレーも生み出さずにはいられない。

補遺

ジャン=リュック・ゴダールからマルグリット・デュラスへの手紙

「『ゴダールの探偵』撮影期間中に書かれた手紙――ただし名宛人に送られずにおわる」シリーズにおいて、ゴダールは『ゴダールの探偵』（一九八四年）撮影班の様々なスタッフに手紙をあてている。明白な順序もなく、彼は技術スタッフ（レンズのピント合わせ担当のピエール・ノヴィオン、チーフ撮影技師のベルナール・ブルジ、そして数々のデュラス映画――『ガンジスの女』、『インディア・ソング』、『ヴェネツィア時代の彼女の名前』、『トラック』――の撮影監督を務め、『ゴダールの探偵』でゴダール映画との唯一のコラボレーションを果たしたブルーノ・ニュイッテン）に書いたかと思えば、主要な演者たち（アラン・キュニー、オーレル・ドアザン、ジュリー・デルピー、クロード・ブラッスール、ナタリー・バイ、ジャン=ピエール・レオー）や彼の協力者にして伴侶アンヌ=マリー・ミエヴィル、プロデューサーのクリスティーヌ・ゴズランや助監督のレナルド・カルカーニに手紙を書いている。この中では、デュラスは映画制作に携わっていなかった唯一の人物である。すなわち、一九八〇年代の真ん中にあり、現実に行われていた会談の合間、デュラスは常にゴダールの仕事のかたわらで意識されていたのである。十三通の手紙は『ゴダール全評論・全発言Ⅱ 1967-1985』(六五二–六六四頁)(*Jean-Luc Godard par Jean-Luc Godard*, t. II, Éditions de l'Étoile/Cahiers du cinéma, 1998)に収録されている。

マルグリット・デュラスさま　トゥルーヴィル・スュル・メール

ホテル・テルミニュス。朝三時。起床。タバコ。シャワー。タイプライター。あと数時間もすれば、スズメたちがやってきて食べ物をねだり出す。タイプを叩きに行け、なぐりつけながら若きハメットにギャングたちが言っていた台詞だ。ぼくは書く。マックスに電話しなければ。さもなくば。スペイン人たちはドル払いだ。さもなくば。何もぼくにはわからない。では、ボクサーは？　それからぼくは笑う。煙草。シャワー。そして、あなたのことを考える。たとえ、あなたの愛人[『愛人 ラマン』]が一億部刷られたとしても、あなたなら決して書かないだろうこの手の文章のことを。映画界ではあなたはコクトー、パニョル、ギトリの実の娘だとぼくがあなたに言ったときのあなたの嬉しそうな笑顔。この笑いの正確さと正直さよ。ぼくの言うことを信じない方がいい。タイプライター、シャワー、煙草。朝五時。フェデリコ〔・ガルシーア・ロルカ〕が称え、失望した午後五時と同じぐらいにやばい時間帯だ。スズメたちはハゲタカになってしまった。自分がいい作家ではないことはわかっています。ロード・ジム〔コンラッドの小説『ロード・ジム』の主人公〕が自分はいい人間ではないと言っていたように。ただし、彼はその物語に打ち克とうと戦っていたのです。もう一度、シャワー。それから、再び、打ち始める。老ルチアーノはここに何をしに来たのか、もしくは。シャンパン、イジドールに降りるよと伝えてくれ、もしくはさらに、喜ばしい恥辱に満ちて。ヴィクトールに電話を。BMWを売りに出すぞ。ぼくはそのとき海辺のことを、海《メール》に瓶を投げるあなたの手のことを考える。母《メール》を飲み干すわけではない〔＝たいして難しいことではない〕。映画では、さかさまに書いていくんだと言えるだろうか。その通りだ。あなたの緑の眼はぼくよりさきにそれを見た。

編者による謝辞

ジャン=ポール・バッタジア
アンヌ=ロール・ブリュソー
リュック・シェセル
アルベール・ディシィ
カトリーヌ・エルマコフ
ミシェール・カストネル
ジャン・マスコロ
フレデリック・ド・ラヴィニャン
ジュディット・ルヴォ・ダロンヌ

訳者あとがき

本書は、Marguerite Duras, Jean-Luc Godard, *Dialogues. Introduction, notes et postface de Cyril Béghin*, Post-éditions, 2014の全訳である。

作家マルグリット・デュラスと映画作家ジャン゠リュック・ゴダールは、その生涯の間に、三回の対談（一九七九年、一九八〇年、一九八七年）を行っている。ＩＭＥＣ（フランス現代出版史資料館）にはその転記資料が保存されており、本書はそれらを元に、対話の全文を初めて載録し、編者シリル・ベジャンが詳細な註を付したものである。

一九七九年の対話は、政治闘争に身を投じていたゴダールが一般映画への復帰となる第二の処女作『勝手に逃げろ／人生』（一九八〇年公開）にデュラス本人を出演させるべく、ゴダールが彼女をローザンヌに呼び寄せたときに行われたものである。最初は騒がしい学校で、ついでゴダールが運転する車中で初の対話を行う両者のちぐはぐなやり取りは微笑ましくすらある。このときの様子は、マルグリット・デュラスのエッセイ集『緑の眼』における簡潔な報告記事と、『勝手に逃げろ／人生』の作品中にオフで挿入される発言の一部（デュラスはローザンヌまで来たが画面内に姿も声も現さず出演を拒否して見せた）にうかがい知るのみだったが、本書によってその全貌が初めて公開されることになる。

一九八〇年の対話は、二人が別荘を持つノルマンディ地方の避暑地トゥルーヴィルを舞台として、ゴダールがデュラスに映画の共作を持ちかけるべく行われたものである。長らく未公開だったこの対話では、近親相姦(正確には親子間、兄弟姉妹間の恋愛)がテーマとして議論されており、一九八〇年代以降のゴダールとデュラスにおける制作活動(『ゴダールのリア王』、『こんにちは、マリア』、『アガタ』等)の方向を考える上で極めて興味深い。デュラスとゴダールの年齢差を考えると、二人の関係は母と息子のそれにも見えなくもない。後述するゴダール映画に見られるデュラスの影もそれを裏付けるかのようである。

一九八七年の対話は、テレビ番組〈オセアニック〉の公開対談のために行われたものである。この対話は金字塔と言える奥村昭夫氏の訳業『ゴダール全評論・全発言』シリーズにもその邦訳が収録されているが、実際のところ、ぶっきらぼうなその展開は内容がややつかみにくい。INA(フランス国立視聴覚研究所)のインターネット・サイトで番組映像を確認してもその印象は同じである。ところが、本書の一九八七年の対話を読むと、今まで公開されていた映像や対話はかなり編集がほどこされ、「圧縮」された後のものであったことがよくわかる。訳者がIMEC所蔵の原資料と付き合わせたところ、本書にもわずかな割愛(主に本文内で[…]で示されている部分)が確認されたものの、これまで公開されていた対話に比べればまさしく完全版と呼ぶにふさわしく、デュラスとゴダールが順を追って議論を行い、ある話題から別の話題へと移っていった過程がつぶさにわかる。ユダヤ人問題に関する発言がこれまでかなりカットされていたことも確認できるし、さらに、二人が激しく対立する地点、そして、こう言っては言い過ぎかもしれないが、半ばもの別れのようなかたちで終わっていく過程までも追うことができる(これが両者の最後の対話となる)。

現実の対話は一九八七年に終わってしまったとはいえ、本書を読んで何よりも驚かされるのは、ゴダール映画におけるマルグリット・デュラスという映像作家の存在の大きさである。たしかに物書きであるデュラスは映画を作った、しかも、かなり実験的な映画を撮った作家である。だが、その作品と人物が、前衛的な芸術家同士の交流というレベルをはるかに超えて、ここまで具体的にゴダールに影響を及ぼしているとは誰が想像できるだろう。実際、『勝手に逃げろ/人生』への「出演」といい、『右側に気をつけろ』のトゥルーヴィルの窓から見える海と空の反復、『ゴダールの決別』におけるドナデュー(デュラスの本姓)という名前の登場人物、『ゴダールの映画史』における名指しのオマージュ……等々。一九九六年のデュラスの死後、その影はゴダール映画から消えたかのようにも見えるが、実は二人の対話はゴダールの内部でずっと続けられているのではないだろうか。本書の全対話で議論されていた映像と言葉の対立と共謀関係をめぐる考察は、『さらば、愛の言葉よ』(二〇一四年)にまで延長されているし、また未見で恐縮だが、二〇一八年現在の最新作の題名が『イメージの本』であるのも、デュラスの映画が「エクリチュールの映画」であったことと表裏の関係をなしている。この主題に興味を持たれた方は、是非とも本書編者の詳細な註を熟読されたい。

本書を訳出するきっかけとなったのは、パリ海外研修中の二〇一六年、本訳書の版元である読書人編集長の明石健五氏をシネマテークに案内した際、たまたま館内の書店で本書を手に取ったことに遡る。さらに思いおこせば、二〇〇二年にゴダールが三十六年ぶりの来日を果たした際、その記者会見の最前列に氏とともに駆けつけたときからの縁だったとも言えるのかもしれない。氏の熱意なくして本訳書が世に出ることはなかっただろう。その意味で、本訳書は、氏と訳者との学生時代からの二十五年以上にわたる対話の結果でもある。

対話本の翻訳は『ミヒャエル・ハネケの映画術』（水声社、二〇一五年）に続いて二作目だが、前回の原文がハネケ自身によって推敲されたフランス語であったのに対して、今回の原文は対話そのものの転記であり、訳出上の困難はアスファルトと泥道ほどの違いがあった。とはいえ、デュラスとゴダールという青春期より訳者が偏愛する二人の対談を訳するというのはこの上ない喜びであったことは言うまでもない。訳出上の不明箇所は、ジュネーヴ留学時代からの友人にしてリヨン第三大学准教授のニコラ・モラール氏に相談をしたが、最終的な判断はすべて訳者が行った。至らぬところはすべて訳者の責であり、お叱りとご助言を読者諸氏に謹んでお願いするばかりである。

最後に、パリ中の映画館をともにはしごした友人にして現在はアントワーヌ・ド・ベックのもとで論文執筆中の久保宏樹君、同じくパリ滞在中に数々の助言をいただいた古賀太氏、学生時代にシネフィルの恐ろしさを教えてくれた伊藤洋司氏、キュートな推薦文を寄せてくださった蓮實重彥氏に心よりの感謝を申し上げる。

二〇一八年初秋、パリにて

福島　勲

ディアローグ　デュラス／ゴダール全対話
DURAS/GODARD DIALOGUES

発行日……………… 2018 年 10 月 5 日　初版第 1 刷発行
2019 年 2 月 22 日　　　第 2 刷発行

著者……………… マルグリット・デュラス
ジャン=リュック・ゴダール

編者……………… シリル・ベジャン

訳者……………… 福島 勲

発行者……………… 黒木重昭

発行所……………… 株式会社 読書人
〒 101-0051
千代田区神田神保町 1-3-5
TEL：03-5244-5975
FAX：03-5244-5976
https://dokushojin.com/
email:info@dokushojin.co.jp

編集……………… 明石健五

ブックデザイン…… 鈴木一誌＋下田麻亜也

印刷所……………… モリモト印刷株式会社

製本所……………… 加藤製本株式会社

ISBN 978-4-924671-34-8

略歴

マルグリット・デュラス（1914－1996）
フランスの作家，映像作家。フランス領インドシナ生まれ。18歳でフランスに渡り，ソルボンヌ大学で学ぶ。『太平洋の防波堤』（1950年），『モデラート・カンタービレ』（1958年），『ロル・V・シュタインの歓喜』（1964年）で現代小説の新たな領野をひらく。1968年以降，映像作りを始め，『ナタリー・グランジェ』，『インディア・ソング』，『トラック』等で映画界に衝撃を与える。1984年小説『愛人 ラマン』以降，執筆に戻る。同作はゴンクール賞，リッツ・パリ・ヘミングウェイ賞を受賞。2011年にはプレイヤード叢書から全集刊行。

ジャン＝リュック・ゴダール（1930－ ）
フランス／スイスの映像作家。『カイエ・デュ・シネマ』誌の映画批評家から出発し，1959年，長編『勝手にしやがれ』で監督デビュー。ヌーヴェル・ヴァーグの旗手として『女と男のいる舗道』，『気狂いピエロ』等で世界の映画界に多大な影響を与える。ベトナム戦争期から政治闘争に向かい，『中国女』，『東風』等を制作する。1980年の『勝手に逃げろ／人生』で一般映画に回帰し，『パッション』，『右側に気をつけろ』等を制作し，1990年代には映像の一大叙事詩『ゴダールの映画史』を発表。2018年にも，第71回カンヌ国際映画祭コンペティション部門に，新作『イメージの本』を出品して話題を呼んだ。

シリル・ベジャン（1973－ ）
パリ生まれ。建築と映画を大学で学ぶ。2004年から寄稿を始め，現在は『カイエ・デュ・シネマ』編集委員。映画や映像文化に関わる多数の雑誌，図録，論集の編集・出版にたずさわる。また，Valeria Apicellaとグループcie 3.14を結成し，コレオグラフィの活動も行っている。

福島 勲（1970－ ）
早稲田大学人間科学学術院准教授。専門はフランス文学，映画，写真，現代美術，文化資源学。東京大学大学院人文社会系研究科博士課程修了。博士（文学）。著書に『バタイユと文学空間』（水声社，2011年），共著に『トラウマと喪を語る文学』（朝日出版社，2014年），『無名な書き手のエクリチュール』（同，2015年），訳書に『ミヒャエル・ハネケの映画術』（水声社，2015），共訳書にTakiguchi Shuzo, *Dali (Tokyo-1939)*（Éditions Notari, 2011年）等がある。

索 引

◉テクスト・映像作品は『　』、音楽・美術作品は《　》で表記してある。
◉nは「註」を表わす。

人名

あ

アケルマン, シャンタル Chantal Akerman…**11, 21n, 64, 65n**
アノー, ジャン=ジャック Jean-Jacques Annaud…**145n**
アブラハム Abraham…**33, 133n, 173n**
アングル Ingres…**77n**
アンテルム, ロベール Robert Antelme…**49n**
アンドレア, ヤン Yann Andrea…**75n**
アンリオ, フィリップ Philippe Henriot…**160**
イエス Jésus…**24**
ヴィアゼムスキー, アンヌ Anne Wiazemsky…**173**
ヴィルマン, グレゴリー Grégory Villemin…**96**
ヴィルレ, ジャック Jacques Villeret…**129n, 192, 193**
ヴィロロー, カミーユ Camille Virolleaud…**45n**
ヴェルジェス, ジャック Jacques Vergès…**141n**
ヴェルステーグ, ジャン Jean Versteeg…**125n**
ヴェルトフ, ジガ Dziga Vertov…**23n, 105n**
ヴォルス Wols…**135n**
ウスキーヌ, マリク Malik Oussekine…**135n**
ヴラディ, マリナ Marina Vlady…**113n, 135n**
エウリュディケ Eurydice…**119n, 122n**
エルカバシュ, ジャン=ピエール Jean-Pierre Elkabbach…**162**
オータン=ララ, クロード Claude Autant-Lara…**157**
岡田英次…**40**
オフュルス, マルセル Marcel Ophüls…**138, 141n, 174**
オリヴェイラ, マノエル・ド Manoel de Oliveira…**174**
オルフェウス Orphée…**119, 122n**

か

カヴァリエ, アラン Alain Cavalier…**80, 81n, 90, 91, 91n**
カザン, エリア Elia Kazan…**78, 79n**
カダフィ, ムアンマル Mouammar Kadhafi…**162**
カミュ, アルベール Albert Camus…**132**
カラックス, レオス Leos Carax…**81n**
カリーナ, アンナ Anna Karina…**173**
カルカーニ, レナルド Renald Calcagni…**195**
カルミッツ, マリン Marin Karmitz…**60, 61, 145n, 172**
カレット, ジュリアン Julien Carette…**184**
ガレル, フィリップ Philippe Garrel…**11, 21n, 98, 99n, 124**
キートン, ダイアン Diane Keaton…**51n, 88, 89n**
キートン, バスター Buster Keaton…**63n**
キェルケゴール, セーレン Søren Kierkegaard…**131, 133n, 173n**
ギトリ, サシャ Sacha Guitry…**102, 103n, 116, 118n, 182, 196**
キャロル, マデリーン Madeleine Carrol…**88**
キュニー, アラン Alain Cuny…**195**

ギヨン，クロード　Claude Guillon…**101n**
クーラン，ジェラール　Gérard Courant…**21n**
クノー，レイモン　Raymond Queneau…**130**
クレール，ルネ　René Claire…**118n**
クレマン，オロール　Aurore Clément…**75n**
クレマン，ルネ　René Clément…**129n, 137, 137n**
クレメール，ブルーノ　Bruno Crémer…**75n**
クロー，ディディエ　Didier Coureau…**181n**
ケイレル，ピエール　Pierre Queyrel…**21n**
ケイン，ジェームズ　James Cain…**115n**
ケリー，ジーン　Gene Kelly…**79n**
コーエン，レナード　Leonard Cohen…**10**
江青…**103n**
コクトー，ジャン　Jean Cocteau…**102, 103n, 109n, 116, 117, 118, 118n, 119n, 196**
ゴズラン，クリスティーヌ　Christine Gozlan…**195**
ファン・ゴッホ，フィンセント　Vincent van Gogh…**28, 29n**
コッポラ，フランシス・フォード　Francis Ford Coppola…**14, 51n, 77n**
ゴヤ　Goya…**35n, 77n, 127, 128n**
ゴラン，ジャン=ピエール　Jean-Pierre Gorin…**23n, 31n, 103n, 105n, 161n, 173**
コンラッド，ジョゼフ　Joseph Conrad…**117, 197**

さ

サガン，フランソワーズ　Françoise Sagan…**63n**
サルトル，ジャン=ポール　Jean-Paul Sartre…**8, 41, 128, 129n, 130, 131, 133, 135n, 157, 158, 162**
ジーバーベルク，ハンス=ユルゲン　Hans-Jürgen Syberberg…**11**
シェイクスピア，ウィリアム　William Shakespeare…**99, 99n, 106**
ジャコメッティ，アルベルト　Alberto Giacometti…**153, 171n**
シャピエ，アンリ　Henry Chapier…**63n**
シュー，ウジェーヌ　Eugène Sue…**88**
シュトラウス，リヒャルト　Richard Strauss…**10**
シュナイダー，アラン　Alan Schneider…**63n**
ジュネ，ジャン　Jean Genet…**171n**
ジュリ，セルジュ　Serge July…**64n**
ステネール，ジャン=フランソワ　Jean-François Steiner…**35n, 143n**
ストラヴィンスキー，イーゴリ　Igor Stravinsky…**150, 151n, 155, 159, 179**
ストローブ，ジャン=マリー　Jean-Marie Straub…**11, 21n**
スピルバーグ，スティーヴン　Steven Spielberg…**130, 131n**
セイリグ，デルフィーヌ　Delphine Seyrig…**26, 27n**
セザール　César…**81n**
セラーズ，ピーター　Peter Sellers…**99n**
ソルジェニーツィン，アレクサンドル　Alexandre Soljenitsyne…**130**
ソレルス，フィリップ　Philippe Sollers…**174**

た

タチ，ジャック　Jacques Tati…**129n**
ダネー，セルジュ　Serge Daney…**51n, 172**
タネール，アラン　Alain Tanner…**51n**
タネール，セシル　Cécile Tanner…**51n**
ダレッシオ，カルロス　Carlos D'Alessio…**38, 39n**
チャンドラー，レイモンド　Raymond Chandler…**111n**
チュリーヌ，ジャン=マルク　Jean-Marc Turine…**99n**
デ・ニーロ，ロバート　Robert de Niro…**51n, 88**
ディディ=ユベルマン，ジョルジュ　Georges Didi-Huberman…**139n**
ディドロ，ドニ　Denis Diderot…**109n**
ディラン，ボブ　Bob Dylan…**10**
ティントレット　Tintoret…**135n**
デートメルス，マルーシュカ　Marushka Detmers…**89n**
デジール，アルレム　Harlem Désir…**134**
テッソン，シャルル　Charles Tesson…**119n**
デュシャン，マルセル　Marcel Duchamps…**114**
デュトロン，ジャック　Jacques Dutronc…**21n, 31n,**

33n, 180
デュメジル，ジョルジュ Georges Dumézil…73n
デルピー，ジュリー Julie Delpy…195
ド・ベック，アントワーヌ Antoine de Baecque…96, 203
ドアザン，オーレル Aurelle Doazan…195
トゥビアナ，セルジュ Serge Toubiana…119n
ドゥルーズ，ジル Gilles Deleuze…176, 177n
ドーナット，ロバート Robert Donat…88
ドーマン，アナトール Anatole Dauman…63n
ドストエフスキー，フョードル Fiodor Dostoïevski …101n, 108, 109n, 111n
ドス・パソス，ジョン John Dos Passos…135n
ドナデュー，マルグリット Marguerite Donnadieu …115n, 127n, 193n, 201
ドヌーヴ，カトリーヌ Catherine Deneuve…75n
ドパルデュー，ジェラール Gérard Depardieu…15, 19n, 33, 55n, 177, 178, 193n
ドラ Dora…77n
ドライヤー，カール Carl Dreyer…119n
ドラクロワ，ウジェーヌ Eugène Delacroix…77n
ドラノワ，ジャン Jean Delannoy…130, 131n
トリュフォー，フランソワ François Truffaut…49n, 67n
ドルト，フランソワーズ Françoise Dolto…77n
ドロン，アラン Alain Delon…190
ドワイヨン，ジャック Jacques Doillon…80, 81n
トン，ルネ René Thom…174

な

ニュイッテン，ブルーノ Bruno Nuytten…195
ニューマン，デヴィッド David Newman…67n
ノヴァーリス Novalis…184, 185n
ノヴィオン，ピエール Pierre Novion…195

は

バイ，ナタリー Nathalie Baye…31n, 195
ハイデガー，マルティン Martin Heidegger…107n
バザン，アンドレ André Bazin…109n, 111n, 125n
バッハ，ヨハン・セバスティアン Johann Sebastian Bach…10, 35n, 150, 155n
パニョル，マルセル Marcel Pagnol…102, 103n, 116, 117, 124, 196
パラン，ブリス Brice Parain…174
バルダッチーニ，アンナ Anna Baldaccini…81n
バルビー，クラウス Klaus Barbie…139, 140, 141, 141n
ピアラ，モーリス Maurice Pialat…174
ピヴォ，ベルナール Bernard Pivot…100, 101n, 134
ヒッチコック，アルフレッド Alfred Hitchcock…88, 128
ファルジュ，ジョエル Joël Farges…75, 75n
フェルー，コレット Colette Fellous…96, 162, 163, 163n, 165
フォークナー，ウィリアム William Faulkner…8, 79, 79n, 107, 135n, 151n
フォトリエ，ジャン Jean Fautrier…135n
フォンダ，ジェーン Jane Fonda…31n
ブグスラヴスキ，アクセル Axel Bougousslavski …192
ブラッスール，クロード Claude Brasseur…195
ブランショ，モーリス Maurice Blanchot…107n, 186, 187n, 189n
プランタジュネ，ナディーヌ Nadine Plantagenest …67n, 82-87
プルースト，マルセル Marcel Proust…126, 127n, 128, 183
ブルジ，ベルナール Bernard Bregie…195
ブルトン，アンドレ André Breton…110
ブレッソン，ロベール Robert Bresson…108, 109n, 111n
フロイト，ジークムント Sigmund Freud…77n, 109
ブロッホ，ヘルマン Hermann Broch…107n, 191n
ブロディ，リチャード Richard Brody…60, 65n
フロベール，ギュスターヴ Gustave Flaubert …128, 129n, 184, 185n
ベーコン，フランシス Francis Bacon…29n

ベートーヴェン, ルートヴィヒ・ヴァン Ludwig van Beethoven…**10, 188**
ベケット, サミュエル Samuel Beckett…**63n, 99, 192**
ペタン, フィリップ Henri Pétain…**143n**
ヘミングウェイ, アーネスト Ernest Hemingway…**165**
ベリ, クロード Claude Berri…**142, 145n**
ペリエ, フランソワ François Périer…**119n**
ベルイマン, イングマール Ingmar Bergman…**119n**
ベルール, レイモン Raymond Bellour…**175n, 189n**
ベルガラ, アラン Alain Bergala…**117n**
ベルティンク, ハンス Hans Belting…**122n**
ベルトー, アンドレ André Berthaud…**67n, 86, 87**
ベルトルッチ, ベルナルド Bernardo Bertolucci…**144, 152**
ベルナダク, クリスチャン Christian Bernadac…**142**
ベルナノス, ジョルジュ Georges Bernanos…**109n**
ベルネーム, ニコル=リズ Nicole-Lise Bernheim…**19n**
ベルモンド, ジャン=ポール Jean-Paul Belmondo…**113n**
ベロー, リュック Luc Béraud…**65n**
ペン, アーサー Arthur Penn…**67n**
ベントン, ロバート Robert Benton…**67n**
ポオ, エドガー・アラン Edgar Allan Poe…**115n**
ボーヴォワール, シモーヌ・ド Simone de Beauvoir…**63n**
ボナフェ, ジャック Jacques Bonnafé…**89n**
ボニツェール, パスカル Pascal Bonitzer…**119n**
ポリアコフ, レオン Léon Poliakov…**142**
ポルト, ミシェル Michelle Porte…**9n, 35n**
ボロフチック, ヴァレリアン Walerian Borowczyk…**81n**

ま

マスコロ, ジャン Jean Mascolo…**165, 198**
マネ, エドゥアール Édouard Manet…**121n**
マラルメ, ステファヌ Stéphane Mallarmé…**175n**
マリア Marie…**77n, 119n**
マルシェ, ジョルジュ Georges Marchais…**162**
マルタン, アルノー Arnaud Martin…**45n**
マレー, ジャン Jean Marais…**119n**
マン, クロード Claude Mann…**27n**
ミエヴィル, アンヌ=マリー Anne-Marie Mieville…**35n, 50, 51n, 88, 100, 161n, 173, 174, 195**
ミッテラン, フランソワ François Mitterrand …**23n, 96, 141n**
ミレール, クロード Claude Miller…**64, 65n**
ムージル, ロベルト Robert Musil…**61**
メイラー, ケイト Kate Mailer…**65n**
メイラー, ノーマン Norman Mailer…**65n**
メリル, マーシャ Macha Meril…**113n, 135n**
メレディス, ジョージ George Meredith…**117**
モーゼ Moïse…**8, 23, 24, 25n, 27, 28, 148**
モーツァルト, ヴォルフガンク・アマデウス Wolfgang Amadeus Mozart…**149**
毛沢東…**38, 103n**
モロー, ジャンヌ Jeanne Moreau…**103n, 182**
モンタン, イヴ Yves Montand…**31n**

や

ユイレ, ダニエル Danièle Huillet…**11, 21n**
ユスターシュ, ジャン Jean Eustache…**11, 124**
ユペール, イザベル Isabelle Huppert…**31n, 81n**
ヨセフ Joseph…**77n, 119n**

ら

ラヴェル, モーリス Maurice Ravel…**10**
ラカズ, アンドレ André Lacaze…**35n, 142, 143n**
ラシーヌ, ジャン Jean Racine…**63n**

ラランヌ, ジャン=マルク Jean-Marc Lalanne …**105n**
ラング, フリッツ Fritz Lang…**174**
ランズマン, クロード Claude Lanzmann…**137n, 138, 139n, 141, 141n, 143n, 146, 161**
ランドン, ジェローム Jérôme Lindon…**118, 119n, 147**
リヴェット, ジャック Jacques Rivette…**73n, 119n, 172**
リナール, ロベール Robert Linhart…**25n**
ル・クレジオ, ジャン=マリー・ギュスターヴ Jean-Marie Gustave Le Clézio…**174, 175n, 184, 185n**
ル・ボニエック, イヴ Yves Le Bonniec…**101n**
ルーセル, ミリアム Myriem Roussel…**77n**
ルーベンス Rubens…**76, 76n**
ルソー, ジャン=ジャック Jean Jacques Rousseau…**8, 78, 79n**
ルノワール, ジャン Jean Renoir…**117n, 143n**
ルバテ, リュシアン Lucien Rebatet…**143n**
レ・リタ・ミツコ Les Rita Mitsouko…**107n, 119n, 163**
レヴィ, ベルナール=アンリ Bernard-Henri Lévy …**41, 141n**
レヴィ=ストロース, クロード Claude Lévi-Strauss …**72, 73, 73n**
レーガン, ロナルド Ronald Reagan…**162**
レーナルト, ロジェ Roger Leenhardt…**174**
レオー, ジャン=ピエール Jean-Pierre Léaud…**195**
レネ, アラン Alain Resnais…**21n, 40, 41n, 63n, 135n, 151n, 158, 159**
レンブラント Rembrandt…**76, 77n**
ロシュフォール, ジャン Jean Rochefort…**81n, 90**
ロッセリーニ, ロベルト Roberto Rosselini…**111n, 117n, 133n, 161**
ロム, ピエール Pierre Lhomme…**80**
ロメール, エリック Éric Rohmer…**73n, 133n**

作品名

デュラス

あ

『ああ、エルネスト』 *Ah ! Ernesto*…**49n**
『愛人 ラマン』 *L'Amant*…**10, 61, 71n, 96, 119n, 142, 143, 145n, 153, 154, 196**
『愛と死、そして生活』 *La Vie matérielle*…**37n, 127n, 151n**
『アウトサイド』 *Outside. Papiers d'un jour*…**49n, 67n, 115n**
『アガタ』 *Agatha*…**29n, 61, 71n, 85n, 99n, 192, 200**
『陰画の手』 *Les Mains négatives*…**15, 23n, 25n, 29n, 99n**
『インディア・ソング』 *India Song*…**18, 18n, 19n, 25n, 26, 27n, 29, 29n, 38, 39n, 42, 53, 74, 75n, 79n, 116, 127n, 155n, 172, 178, 193, 195**
『ヴェネツィア時代の彼女の名前』 *Son nom de Venise dans Calcutta désert*…**29n, 172, 195**
『エクリール』 *Écrire*…**37n, 63n, 173n, 175n**
『エデン・シネマ』 *L'Éden cinéma*…**60**
『エミリー・L』 *Emily L.*…**96, 101n, 113, 113n, 124, 125n, 142, 164, 165, 169**
『オーレリア・シュタイナー、ヴァンクーヴァー』 *Aurelia Steiner, Vancouver*…**15, 23n, 29n, 34, 35n, 137n, 193**
『オーレリア・シュタイナー、パリ』 *Aurélia Steiner, Paris*…**35n**
『オーレリア・シュタイナー、メルボルン』 *Aurélia Steiner, Melbourne*…**15, 23n, 29n, 34, 35n, 62, 63n, 137n**

か

『外部の世界』*Le Monde extérieur*…**37n, 55n, 63n, 65n, 71n, 99n, 125n**
『ガンジスの女』*La Femme du Gange*…**27n, 172, 192, 195**
『語る女たち』*Les Parleuses*…**37n, 109n**
『黄色い太陽』*Jaune le soleil*…**23n**
『北の愛人』*L'Amant de la Chine du Nord*…**145n**
『きまぐれ』*Caprice*…**115n**
『苦悩』*La Douleur*…**184**
『黒い夜、カルカッタ』*Nuit noire, Calcutta*…**60, 172**
『子供たち』*Les Enfants*…**10, 29n, 49n, 65n, 98, 99n, 137n, 188, 192**

さ

「三四三人の女性の宣言」*Manifeste des 343*…**69n**
『セザレ』*Césarée*…**15, 23n, 29n, 63n, 99n**
『戦争ノート』*Cahiers de la guerre et autres textes*…**69n**
『船舶ナイト号』*Navire Night*…**15, 19n, 29n, 55n, 99n, 105n, 172, 189n, 193**

た

『大西洋の男』*L'Homme atlantique*…**8, 29n, 98, 99n, 193**
『太平洋の防波堤』*Un Barrage contre le Pacifique*…**26, 27, 103, 137n**
『デュラス、映画を語る』*La Couleur des mots*…**19n, 35n, 63n, 177n**
『トラック』*Le Camion*…**12, 13, 15, 19n, 21n, 26, 32, 33n, 34, 41, 53, 54, 55n, 71n, 156, 172, 177, 179, 180, 183n, 188, 190, 191, 191n, 195**

な

『ナタリー・グランジェ』*Nathalie Granger*…**182, 188**
『夏の雨』*La Pluie d'été*…**65n**
『二十四時間の情事』(『ヒロシマ・モナムール』) *Hiroshima mon amour*…**21n, 23n, 37, 40, 62, 63n, 139n, 151n, 183**
『熱中時代』*Les Heures chaudes*…**115n**
『ノルマンディの売春婦』*La Pute de la côte normande*…**119n**

は

『破壊しに、と彼女は言う』*Détruire, dit-elle*…**10, 115n, 155n, 186, 187n, 191**
『バクスター、ヴェラ・バクスター』*Baxter, Vera Baxter*…**26, 29n**
『八〇年夏』*L'Été 80*…**60, 65n, 85n, 161n**
『副領事』*Le Vice-consul*…**60, 148, 165, 172**

ま

『マルグリット・デュラスの世界』*Les Lieux de Marguerite Duras*…**9n, 34, 35n, 37n, 180**
『緑の眼』*Les Yeux verts*…**8, 15, 16, 23n, 35n, 37n, 63, 63n, 66, 67n, 79n, 83n, 86, 87, 103n, 118n, 119n, 123n, 127n, 173n, 177n, 180, 181n, 183, 183n, 189n, 199**
『ミュジカ』*Musica*…**149**
『娘と少年』*La Jeune Fille et l'enfant*…**85n**
『モデラート・カンタービレ』*Moderato Cantabile*…**119n**

ら

『ローマの対話』*Dialogue de Rome*…**63**
『ローラ・ヴァレリー・シュタイン』*Lola Valérie Stein*…**26**

『ロル・V・シュタインの歓喜』
Ravissement de Lol. V. Stein…**39, 41, 62, 63n, 105n, 165**

わ

『私はなぜ書くのか』
La Passion suspendue. Entretiens avec Leopoldina Pallota della Torre…**37n, 79n**

ゴダール

あ

『イメージの本』*Le Livre d'image*…**201**
『ウラジミールとローザ』*Vladimir et Rosa*…**23n, 145n**
『オールド・プレイス』*The Old Place*…**51n**

か

『勝手にしやがれ』*À bout de souffle*…**79n**
『勝手に逃げろ／人生』*Sauve qui peut (la vie)*…**7, 14, 15, 21n, 23n, 31n, 33n, 35n, 43n, 51n, 57n,58, 59, 60, 65n, 75n, 80, 81n, 115n, 163, 163n, 179, 180, 183n, 187, 188, 190, 193, 199, 201**
『彼女について私が知っている二、三の事柄』
Deux ou trois choses que je sais d'elle…**7**
『カルメンという名の女』*Prénom Carmen*…**61, 71n, 77n, 89n, 107n, 127n, 145n, 192**
『気狂いピエロ』*Pierrot le fou*…**29n, 113n**
『軽蔑』*Mépris*…**71n**
『恋人のいる時間』*Une femme mariée*…**63n, 113n, 135n**
『ゴダール　映画史（全）』*Introduction à une véritable histoire du cinéma*…**8, 14, 139n**
『ゴダール全評論・全発言 I 1950-1967
Jean-Luc Godard par Jean-Luc Godard
…**75n, 117n, 131n, 133n**
『ゴダール全評論・全発言 II 1967-1985
Jean-Luc Godard par Jean-Luc Godard…**11n, 89n, 143n, 196**
『ゴダール全評論・全発言 III 1984-1998
Jean-Luc Godard par Jean-Luc Godard…**7n, 31n, 73n, 81n, 97n, 107n, 111n, 113n, 115n, 121n, 129n, 131n, 135n, 187n, 200**
『ゴダール・ソシアリスム』*Film socialisme*…**27n, 71n**
『ゴダールの映画史』*Histoire(s) du cinéma*
…**29n, 43n, 67n, 81n, 103n, 119n, 121n, 122n, 123n, 125n, 171n, 174, 175, 180, 182, 183, 184, 201**
『ゴダールの決別』*Hélas pour moi*…**101n, 193n, 201**
『ゴダールの探偵』*Détective*…**103n, 123n, 183n, 193n, 195**
『ゴダールのリア王』*King Lear*…**61, 65n, 96, 99n, 107n, 128n, 145n, 200**
『言葉の力』*Puissance de la parole*…**9, 115n**
『こんにちは、マリア』*Je vous salue, Marie*…**61, 77n, 117n, 119n, 200**
『映画『こんにちは、マリア』に関するささやかな覚書』*Petites notes à propos du film Je vous salue, Marie*…**35n**

さ

『ザ・ストーリー』*The Story*…**14, 51n, 60, 89n**
『さらば、愛の言葉よ』*Adieu au langage*…**9, 29n, 49n, 113n, 186, 191, 201**
『ジェーンへの手紙』*Letter to Jane*…**31n**
『JLG／自画像』
JLG/JLG. Autoportrait de décembre…**174**
『シャルロットとジュール』*Charlotte et son Jules*
…**119n**

『勝利の日まで　パレスチナ革命の思考と作業の方法』
Jusqu'à la victoire. Méthode de pensée et de travail de la révolution palestinienne…**161n**
『ソフト＆ハード』*Soft and Hard*…**51n, 174**

た

『東風』*Vent d'est*…**103n**

な

『ナンバー・ツー』*Numéro deux*…**75n**
『二十一世紀の起源』
L'Origine du XXIème siècle…**125n**
『ヌーヴェル・ヴァーグ』*Nouvelle Vague*…**190, 191n**

は

『パッション』*Passion*…**9, 24n, 25n, 60, 77n, 175n, 193**
『映画『パッション』のシナリオ』
Scénario du film Passion…**24n, 174**
『万事快調』*Tout va bien*…**31n, 115n**
『ヒア ＆ ゼア こことよそ』*Ici et ailleurs*…**51n, 161n**
『二人の子どもフランス漫遊記』
France tour détour deux enfants…**17n, 43n, 45n, 65n, 188**
『フランス映画の二×五〇年』
Deux fois cinquante ans de cinéma français
…**15, 172**
『放蕩息子たちの出発と帰還』
L'Aller-retour andate e ritorno des enfants prodigues degli filhi prodighi…**123n**

ま

『右側に気をつけろ』*Soigne ta droite*…**94, 95, 96, 99n, 101n, 106, 107n, 109n, 112, 115n, 119n, 127n, 128n, 129n, 145n, 165, 181, 191, 192, 193, 201**

ら

『6×2』*Six fois deux (Sur et sous la communication)*
…**17n, 51n**

わ

『ワン・プラス・ワン』*One + One*…**115n**

それ以外

あ

『愛の対象』*Aimée*…**75n**
『アブサロム、アブサロム！』*Absalon, Absalon !*…**79n, 107, 107n**
『アルベルト・ジャコメッティのアトリエ』
L'Atelier d'Alberto Giacometti…**171n**
『荒れ狂う河』*Wild River*…**78, 79n**
『アンジェール』*Angèle*…**116, 117n**
『田舎司祭の日記』
Journal d'un curé de campagne…**109n, 111n**
『イメージ、それでもなお　アウシュヴィッツからもぎ取られた四枚の写真』
Images malgré tout…**139n**
『ヴェルギリウスの死』*La Mort de Virgile*…**107n, 191n**
『失われた時を求めて』
À la recherche du temps perdu…**125n, 126, 127n, 128n,**
『内なる傷痕』*La Cicatrice intérieure*…**99n**
『映画とは何か』*Qu'est-ce que le cinéma ?*…**111n**
『嘔吐』*La Nausée*…**133**
『大いなる幻影』*La Grande Illusion*…**184**

《大ガラス》 *Le Grand Verre*…**114**
『おそれとおののき』
Crainte et tremblement…**131, 133n, 173n**
『オルフェ』 *Orphée*…**119n**
『俺たちに明日はない』 *Bonnie and Clyde*…**66, 67n**
『終わりなき対話』 *L'Entretien infini*…**186, 187n**

か

『哀しみと憐れみ』 *Le Chagrin et la Pitié*…**138, 141n**
《彼女の独身者たちによって裸にされた花嫁、さえも》 *La Mariée mise à nu par ses célibataires, même*…**114**
『カメラを持った男』 *L'Homme à la caméra*…**105n**
『カルメン』 *Carmen*…**106**
『感情教育』 *L'Éducation sentimentale*…**128**
『記号と事件 1972-1990年の対話』
Pourparlers…**177n**
『奇妙な旅』 *Un étrange voyage*…**81n, 91n**
『首輪のない犬』 *Chiens perdus sans collier*…**131n**
『ゲアトルーズ』 *Gertrud*…**119n**
『ゲームの規則』 *La Règle du jeu*…**135n**
《結婚》 *Noces*…**150, 151n, 154, 155**
『現像液』 *Le Révélateur*…**99n**
『恋人たち』 *Les Amants*…**66**
『告白』 *Les Confessions*…**78**
『国民の創生』 *The Birth of a Nation*…**161**
『孤高』 *Les Hautes Solitudes*…**99n**
『言葉の力』 *The Power of Words*…**115n**

さ

『三十九夜』 *The 39 Steps*…**88, 89n**
『シーシュポスの神話』 *Le Mythe de Sisyphe*…**132**
『仕事場』 *L'Établi*…**25n**
『自殺――もっとも安楽に死ねる方法』
Suicide mode d'emploi…**101n**
『シチュアシオン』 *Situations*…**133, 134, 135n**
《詩篇交響曲》 *La Symphonie des psaumes*…**150, 151n, 154**
『邪淫の館 獣人』 *La Bête*…**81n**
《十字軍のコンスタンティノープルへの入城》
L'Entrée des Croisés dans Constantinople…**77n**
『ショア』 *Shoah*…**136, 137, 137n, 139n, 140, 141, 151, 157, 158,**
『ショアー』 *Shoah*…**139n**
《小浴女》 *La Petite Odalisque*…**77n**
『新エロイーズ』 *La Nouvelle Héloïse*…**78, 79n**
『親族の基本構造』
Structures élémentaires de la parenté…**73n**
『シンドラーのリスト』 *Schindler's List*…**131n**
『水晶の揺籠』 *Le Berceau de cristal*…**99n**
『スティレンの唄』 *Le Chant du styrène*…**159**
《スチュピッド・エニウェイ》 *Stupid Anyway*…**163**
『精神分析に照らした福音書』
L'Évangile au risque de la psychanalyse…**77n**
『そして愛に至る』 *Après la réconciliation*…**51n**
『存在と無』 *L'Être et le Néant*…**135n**

た

『チャップリンの独裁者』 *Le Dictateur*…**135n**
《ディアベリ変奏曲》 *Diabelli*…**188**
《テイク・ディス・ワルツ》 *Take This Waltz*…**10**
『鉄路の闘い』 *La Bataille du rail*…**137, 137n**
『ドイツ零年』 *Allemagne, année zéro*…**161**
《途切れる想い出》 *J'ai la mémoire qui flanche*…**103n, 183**
『特性のない男』 *L'Homme sans qualités*…**61**
『トレブリンカ――絶滅収容所の反乱』
Treblinka…**35n, 143n**
『トンネル』 *Le Tunnel*…**35n, 142, 143n**

な

『長いお別れ』 *The Long Goodbye*…**111n**
『ノー・マンズ・ランド』 *No Man's Land*…**51n**

は

『白痴』*L'Idiot*···**101n, 107, 108**

《罰せられた者の地獄堕ち》

La Chute des damnés···**77n**

『バルタザールどこへ行く』

Au hasard Balthazar···**109n**

《春の祭典》*Le Sacre du printemps*···**150, 152, 154, 181**

『美女と野獣』*La Belle et la Bête*···**66, 119n**

『左側に気をつけろ』*Soigne ton gauche*···**129n**

『秘密の子供』*L'Enfant secret*···**99n**

《ファン・ゴッホの肖像のための習作2》

Étude pour un portrait de Van Gogh···**29n**

『フィルム』*Film*···**63n**

『ブーローニュの貴婦人』

Les Dames du Bois de Boulogne···**109n**

『フレンチ・コップス』*Ripoux*···**129n**

『ペスト』*La Peste*···**132**

『ベレニス』*Bérénice*···**63n**

『ボヴァリー夫人』*Madame Bovary*···**66, 67n**

『放蕩娘』*La fille prodigue*···**81n**

《ホェン・ヒー・リターンズ》*When He Returns*···**10**

『ボーイ・ミーツ・ガール』*Boy Meets Girl*···**81n**

『ホテル・テルミニュス』*Hôtel Terminus*···**141n**

ま

《マドリード、一八〇八年五月三日》

Tres de mayo···**77n**

『マリアの本』*Le Livre de Marie*···**51n**

『無防備都市』*Roma città aperta*···**161**

『収穫月《メシドール》』*Messidor*···**51n**

や

《夜警》*La Ronde de nuit*···**77n**

『野生の棕櫚』*The Wild Palms*···**79n**

『郵便配達は二度ベルを鳴らす』

Facteur sonne toujours deux fois···**115n**

『誘惑者の日記』*Le Journal du séducteur*···**132, 133n**

『汚れた手』*Mains sales*···**129n**

『夜と霧』*Nuit et Brouillard*···**135n, 158**

《夜のカフェ》*Le Café de nuit*···**29n**

ら

『ラストエンペラー』*The Last Emperor*···**144**

『倫理学のためのノート』

Cahier pour une morale···**133, 135n**

『ロード・ジム』*Lord Gim*···**197**

「6×2(コミュニケーションの上と下で)」

Six fois deux···**176, 177n**

わ

『わたしたちはみんなまだここにいる』

Nous sommes tous encore ici···**51n**